MINHA LEMBRANÇA FAVORITA

Autoras Bestsellers do *New York Times*

PENELOPE W...
VI KEELA...

Copyright © 2020. MY FAVORITE SOUVENIR by Penelope Ward and Vi Keeland
Direitos autorais de tradução© 2022 Editora Charme.

Todos os direitos reservados.

Nenhuma parte desta publicação pode ser reproduzida, distribuída ou transmitida sob qualquer forma ou por qualquer meio, incluindo fotocópias, gravação ou outros métodos mecânicos ou eletrônicos, sem a permissão prévia por escrito da editora, exceto no caso de breves citações consubstanciadas em resenhas críticas e outros usos não comerciais permitidos pela lei de direitos autorais.

Este livro é um trabalho de ficção.
Todos os nomes, personagens, locais e incidentes são produtos da imaginação da autora. Qualquer semelhança com pessoas reais, coisas, vivas ou mortas, locais ou eventos é mera coincidência.

1ª Impressão 2023

Modelo - Simone Bredariol
Fotógrafo - Davide Martini
Designer da Capa - Sommer Stein, Perfect Pear Creative
Adaptação da capa e Produção Gráfica - Verônica Góes
Tradução - Laís Medeiros
Revisão - Equipe Charme

Esta obra foi negociada pela Brower Literary & Management.

CIP-BRASIL. CATALOGAÇÃO NA PUBLICAÇÃO
SINDICATO NACIONAL DOS EDITORES DE LIVROS, RJ

W233m

Ward, Penelope
  Minha lembrança favorita / Penelope Ward, Vi Keeland ; [tradução Laís Medeiros]. - 1. ed. - Campinas [SP] : Charme, 2023.
  404 p.

  Tradução de: My favorite souvenir
  ISBN 978-65-5933-108-6

  1. Romance americano. I. Keeland, Vi. II. Medeiros, Laís. III. Título.

23-82110
CDD: 813
CDU: 82-31(73)

Gabriela Faray Ferreira Lopes - Bibliotecária - CRB-7/6643

www.editoracharme.com.br

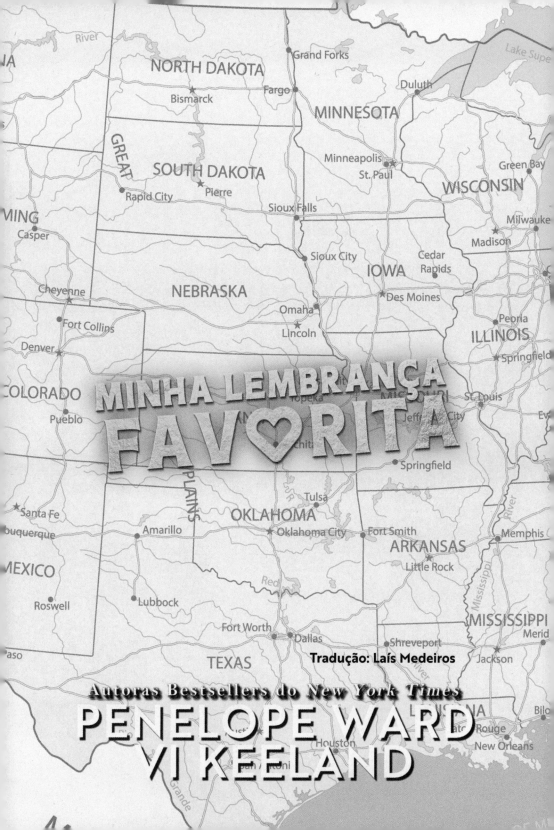

6   VI KEELAND E PENELOPE WARD

CAPÍTULO 1
Hazel

— Boa tarde. Você ligou para o Resort Four Seasons, em Vail, Colorado. Como posso ajudar?

Respirei fundo.

— Oi. Fiz o checkout hoje mais cedo. Minha reserva era de dez dias, mas acabei ficando somente por duas noites. Existe alguma chance de o meu quarto ainda estar disponível? Ou qualquer quarto, aliás? Meu voo foi cancelado por causa da tempestade.

— Deixe-me dar uma olhada. Qual é o seu sobrenome?

— Appleton. — Balancei a cabeça. — Na verdade, a reserva estava no nome Ellis. Sobrenome do meu noivo. — *Ou ex-noivo*. Mas eu a deixaria me chamar de sra. Ellis, àquela altura, se significasse que eu teria um lugar para dormir.

— Me dê um momento que vou conferir.

— Obrigada.

Eu estava sentada no saguão do Best Western, terceiro hotel no qual estive nas últimas duas horas. Foi burrice minha fazer checkout pela manhã. Entretanto, pelo menos, eu era consistente. Após tomar a péssima decisão de ir para a minha lua de mel planejada sozinha, decidi brilhantemente fazer checkout no hotel após dois dias de viagem... *sem* conferir a previsão do tempo em Vail. Quando cheguei ao aeroporto, não fazia ideia de que iria cair uma nevasca. Mas a companhia aérea havia me assegurado de que o meu voo ainda estava marcado como planejado. E eles mantiveram a palavra até cinco minutos antes do horário em que deveríamos começar a embarcar, quando anunciaram um atraso de duas horas. Duas horas se transformaram em três, e três se transformaram em cinco, e quando chegamos a seis horas de espera em assentos de plástico desconfortáveis em frente ao portão, eles finalmente admitiram que não haveria o voo. Todos os outros já estavam cancelados, àquela altura. E então, todos os hotéis pareciam estar lotados.

A telefonista do hotel voltou à linha.

— Oi, sra. Ellis?

Me encolhi ao ser chamada daquele jeito, mas respondi mesmo assim.

— Sim?

— Sinto muito. Depois que a senhora fez o checkout, o seu quarto foi reservado. Na verdade, estamos lotados por hoje, por causa da nevasca.

Suspirei. *É claro que estão.*

— Tudo bem. Obrigada.

Ultimamente, minha sorte andava assim mesmo. Liguei para outros quatro hotéis, até que um disse que podia ter alguns quartos disponíveis. Aparentemente, eles tinham hóspedes que não haviam chegado ainda e estavam fazendo ligações para confirmar se eles ainda iriam. Os quartos seriam liberados e disponibilizados para quem estivesse aguardando por ordem de chegada. Então, decidi ariscar e ir para lá. Já eram sete da noite, e não fazia mais sentido ficar sentada ali. Surpreendentemente, ainda tinham carros disponíveis no Uber, mesmo que o aeroporto tivesse desistido de todos os voos havia horas.

Do lado de fora, a neve estava caindo a todo vapor. Um SUV gigantesco com correntes de neve nos pneus estacionou em frente à entrada. Não consegui checar a placa ou conferir o modelo do carro, já que estava coberto de neve, então me aproximei e gesticulei para a motorista abrir a janela.

— Você é a Hazel? — a mulher mais velha ao volante perguntou.

Sorri.

— Sim.

— Indo para o Snow Eagle Lodge?

— Sim, por favor.

Embora o hotel ficasse a apenas pouco mais de três quilômetros de distância, levamos quinze minutos para chegar lá. Quando paramos em frente, o tempo estava quase completamente encoberto. Não devia mais ser seguro dirigir naquelas condições.

— Meu Deus, o tempo está terrível por aqui — eu disse ao puxar o capuz do meu casaco. — Tenha cuidado ao dirigir esta noite.

— Oh, pode deixar, querida. Meu próximo destino será minha casa. Só aceitei sua corrida porque ficava no caminho. Que bom que você está no seu hotel agora. Não vai ter mais ninguém na estrada esta noite.

Ótimo. É melhor mesmo que esse lugar tenha um quarto para mim.

Ao descer do SUV, uma rajada de neve me atingiu no rosto, apesar do fato de estarmos paradas sob a marquise do prédio. O vento fazia parecer que estávamos dentro de um globo de neve muito agitado. No hotel, limpei flocos dos meus cílios e olhei o saguão.

Ai, não.

Não parecia nada bom. Uma fila de pelo menos trinta ou quarenta pessoas serpenteava por cinco fileiras de cadeiras, esperando chegar ao balcão da recepção. Suspirei e arrastei minha mala até ficar atrás da última pessoa. Mais de meia hora depois, finalmente cheguei ao início.

— Oi. Eu liguei mais cedo, e a pessoa com quem falei disse que alguns quartos poderiam ficar disponíveis, que vocês contatariam hóspedes que não haviam aparecido para ver se eles ainda viriam.

A mulher assentiu, franzindo a testa.

— Sim. Posso colocá-la na nossa lista de espera. Mas ainda estamos fazendo ligações, e, para ser honesta, não está muito promissor.

Curvei os ombros.

— Ok. Bem, me adicione à lista de espera, por favor.

A mulher pegou uma prancheta e a colocou sobre o balcão. Ela passou algumas páginas e a virou para mim, apontando para a próxima linha disponível, que era a antepenúltima da página.

— Coloque seu nome e número de telefone.

Anotei as duas coisas e deixei as páginas anteriores voltarem ao lugar. Notando que a folha do topo era igual à que agora tinha meu nome, cinco ou seis páginas depois, dei uma olhada rápida nos papéis. Devia ter pelo menos cem nomes e números de telefone.

— Todos esses nomes estão na lista de espera?

A recepcionista assentiu.

— Quantas pessoas com reserva não apareceram?

— Acho que umas doze.

Ai, Deus. Isso não era mesmo nada promissor. Mas talvez tivessem apenas colocado seus nomes e ido embora, como em um restaurante lotado. Talvez a maioria das pessoas que estavam na minha frente na lista tivessem encontrado outros hotéis.

Virando para me afastar da recepção, qualquer esperança que eu tivesse me convencido a cultivar murchou imediatamente. Todos os assentos na área de espera do saguão estavam ocupados. Algumas pessoas estavam sentadas no chão, apoiadas em suas bagagens. Com pouquíssimas opções, encontrei um espaço vazio em uma área coberta por carpete no chão, não muito longe do balcão da recepção. Embora eu soubesse que era inútil, peguei meu iPad e continuei a procurar um hotel com vagas. Mesmo que eu encontrasse algum, chegar lá seria um milagre, àquela altura.

O balcão da recepção perto de mim ficou vazio enquanto eu rolava pela tela do meu iPad e fazia ligações, mas, naquele momento, duas mulheres se aproximavam. Uma delas reconheci ser a gerente, já que eu havia passado meia hora olhando para as pessoas atrás do balcão enquanto esperava na fila. A outra tinha um crachá com seu nome e segurava uma prancheta. Não pude evitar ouvir a conversa entre elas de onde estava sentada.

— Ainda não conseguimos contatar esses sete aqui — a gerente disse. — Todos os outros quartos foram ocupados pelos hóspedes que reservaram ou realocados para pessoas da lista de espera.

A funcionária passou as páginas e olhou em volta do saguão.

— Nossa. E parece que essa nevasca durará dias.

Pelo canto do olho, notei um cara de pé do outro lado do balcão. Ele estava de costas para as mulheres conversando, mas, pela forma como esticou o pescoço, imaginei que também estava bisbilhotando a conversa. Pensando que ele provavelmente estava tão entediado quanto eu, voltei a fazer minhas buscas no iPad, até que, alguns minutos depois, notei que ele estava rabiscando alguma coisa em sua palma com uma caneta.

O que ele está fazendo?

Ele escreveu por alguns segundos e, então, pareceu voltar a prestar atenção na conversa. A gerente havia se afastado, deixando a funcionária fazer os telefonemas. Ela encerrou uma chamada e começou a discar novamente.

— Olá. Aqui é Catherine, do Snow Eagle Lodge. Estou tentando falar com Milo ou Madeline Hooker.

No instante em que ela disse os nomes, o bisbilhoteiro rabiscou na mão novamente.

Catherine continuou a deixar o recado.

— Só queria confirmar se vocês ainda chegarão esta noite. Suas reservas estão garantidas, então seguraremos pelo tempo que precisarem.

Entretanto, caso a nevasca tenha causado uma mudança em seus planos de viagem, temos uma longa lista de espera de hóspedes presentes que poderiam usar os dois quartos que vocês reservaram. Meu número aqui é 970-555-4000, se puderem, por favor, retornar a ligação o quanto antes possível. Obrigada.

A mesma coisa aconteceu com as próximas duas ligações. Catherine deixou um recado e o bisbilhoteiro anotou. Curiosa quanto ao que ele poderia estar aprontando, fiquei de olho nele. Depois que a recepcionista terminou de fazer as ligações, voltou ao balcão. O bisbilhoteiro pegou sua mochila e saiu andando casualmente até um corredor ali perto. Inclinei-me para observar aonde ele estava indo e, eventualmente, ele colocou seu capuz e saiu por uma porta lateral que eu nem havia percebido que tinha ali.

Achei aquilo estranho, mas imaginei que o show havia acabado.

Contudo, alguns minutos depois, um cara com a mesma jaqueta de ski passou pela porta de entrada do saguão. Ele abaixou o capuz, e pude ver bem seu rosto pela primeira vez.

Puta merda, ele era lindo. Cabelos castanho-médio que estavam um tanto bagunçados e precisavam de um corte, lábios cheios, olhos cor de avelã e pele bronzeada. Seu tom de pele quente se destacava bastante em meio à cor pálida que a maioria das pessoas no Colorado tinha nessa época do ano, incluindo a mim. Era uma pena eu odiar homens naquele momento, porque ele era lindo. Ele limpou um pouco de neve dos ombros e foi esperar na fila. Estava bem mais curta, com apenas dois homens à sua frente, porque as pessoas não estavam mais enfrentando a nevasca. Eu não fazia ideia do que me compeliu a fazer isso, mas decidi me levantar e esperar atrás dele. Talvez eu estivesse imaginando coisas para me manter entretida, mas tinha a sensação de que ele estava aprontando alguma.

Quando chegou sua vez na recepção, me aproximei o máximo possível para ouvir sem parecer uma perseguidora.

— Oi. Vim fazer o check-in — o homem disse.

— Ótimo. Qual é o seu sobrenome, senhor?

Ele pigarreou.

— Hooker. Milo Hooker.

Estreitei os olhos. O cara estava mentindo na cara dura. *Eu sabia!*

A recepcionista, sem suspeitar de nada, digitou algumas coisas e sorriu.

— Encontrei a sua reserva. Dois quartos por duas noites, com café da manhã incluso. Está correto?

— Hã... — O cara assentiu. — Sim. Reservei dois quartos. Mas, no fim das contas, vou precisar de apenas um. — Ele olhou para trás, por cima do ombro. — Mas parece que vocês não terão problemas para realocar o outro.

Ela sorriu.

— Não, definitivamente não teremos. Só vou precisar de um cartão de crédito e um documento de identificação com foto, por favor, sr. Hooker.

Esperei. Esse era o momento da verdade. Se ele não era realmente Milo Hooker, teria que inventar alguma desculpa.

O cara colocou a mão no bolso da frente da calça, como se fosse tirar sua carteira de lá. Por um segundo, pensei que talvez tivesse me enganado, mas então, ele puxou um maço de dinheiro.

— Perdi minha carteira nas montanhas hoje. Por sorte, consegui sacar dinheiro antes da nevasca ficar forte demais. Posso pagar em espécie?

A mulher hesitou.

— O senhor não tem nenhum documento de identificação? Não posso fazer o check-in de alguém sem uma identificação com foto.

Milo Falso reuniu todo seu charme. Ele inclinou-se para frente e exibiu um par de covinhas.

— Poderíamos tirar uma *selfie* juntos, que tal?

A mulher deu risadinhas. *Risadinhas.*

— Deixe-me falar com minha gerente.

Ela desapareceu por alguns instantes e retornou com a gerente.

Uma ideia maluca surgiu em minha mente. Ela disse que eram dois quartos... Tomei uma decisão impulsiva e me aproximei do balcão.

— Aí está você, Milo! — Apoiei uma mão no ombro do cara. — Meu voo foi cancelado. Espero que ainda tenham nossos quartos.

Milo Falso virou-se e olhou para mim com as sobrancelhas franzidas.

Ele ia estragar o disfarce se eu não fizesse alguma coisa, então virei minha atenção para as funcionárias do hotel.

— Meu irmão e eu reservamos quartos aqui para duas noites, mas eu estava tentando ir embora antes da nevasca. Obviamente, não tive sorte. Passei o dia inteiro no aeroporto. Por favor, me diga que ainda tem o meu quarto. Estou louca para tomar um banho quente.

Milo olhou para mim, depois para as funcionárias do hotel, e novamente para mim. Sorri e arqueei uma sobrancelha. Por um segundo, quase senti pena do sujeito. Ele parecia tão confuso. Como ainda parecia sem saber o que dizer, decidi continuar falando.

— Fomos esquiar hoje de manhã e nossas mochilas foram roubadas. Entre isso e a nevasca se aproximando, imaginei que fosse um sinal de que deveríamos ir embora mais cedo. Aparentemente, a mãe natureza tinha outros planos. Reservamos dois quartos: Milo e Madeline Hooker. Alguém deixou um recado na minha caixa postal nos pedindo para confirmar. O nome dela era Catherine, eu acho.

A recepcionista assentiu.

— Sim, fui eu. A tempestade deixou muitas pessoas presas aqui inesperadamente e sem quartos, então estávamos ligando para hóspedes que ainda não haviam chegado.

A gerente alternou olhares entre mim e Milo Falso.

— Precisaremos de um adiantamento de cem dólares para incidentes para cada quarto, já que vocês não estão com cartão de crédito.

Sorri.

— Claro.

Ela assentiu para sua funcionária.

— Pode fazer o check-in deles. Está tudo bem.

O homem ao meu lado ainda estava de queixo caído. Então, abri minha bolsa, tomando cuidado para não mostrar minha carteira, que havia sido supostamente roubada, e peguei todo o dinheiro em espécie que eu tinha.

— Quanto custam os quartos? — perguntei à recepcionista.

— Vejamos. Com impostos, ficam trezenos e quarenta dólares cada, pelas duas noites, e precisamos dos cem dólares de adiantamento.

Merda. Eu não achava que tinha todo aquele dinheiro. Contei as notas em minha mão e deslizei diante do Milo Falso.

— Pode me emprestar quarenta dólares? Você sabe que pago depois, maninho.

— Hã, sim. Claro.

Após pagarmos e recebermos as chaves dos quartos, caminhamos lado a lado até os elevadores em silêncio. Somente quando estávamos sozinhos e as portas do elevador de fecharam foi que Milo virou-se para mim.

— Que porra acabou de acontecer?

Dei risada.

— Acabamos de conseguir dois quartos.

Ele balançou a cabeça.

— Mas quem é você?

— Eu notei que você estava ao lado do balcão da recepção ouvindo enquanto ela ligava para os hóspedes que não tinham chegado ainda. — Estendi a mão e peguei a dele, abrindo-a para exibir o que estava escrito em sua palma. — Você anotou os nomes dos hóspedes. Achei estranho, então te segui até a recepção para ver o que você estava aprontando. Quando inventou aquela história sobre ter perdido a carteira para justificar a falta de um documento de identificação, eu soube que estava mentindo. — Dei de ombros. — Quando a mulher disse que havia *dois quartos*, vi uma chance e aproveitei.

— Como você sabia que eu ia entrar na sua onda?

Sorri.

— Eu não sabia. Mas por isso foi tão divertido! — Coloquei a mão no peito. — Parece que meu coração está tentando saltar para fora. Faz muito tempo desde que fiz algo arriscado assim.

Os olhos dele examinaram meu rosto. Tive a sensação de que ainda não sabia bem o que achar sobre mim, embora eu tivesse acabado de explicar o que fizera. Ele baixou o olhar para meus lábios, que ainda estavam curvados em um sorriso empolgado.

— Por quê?

Franzi a testa.

— Por quê o quê?

— Por que faz muito tempo desde que fez algo arriscado? Me parece que você curtiu muito.

Pisquei algumas vezes, por não estar esperando uma pergunta que me atingisse de um modo tão profundo, e meu sorriso murchou um pouco.

— Não sei. Acho que meio que me tornei uma pessoa diferente nos últimos anos.

Milo Falso prendeu meu olhar. Fomos de dar risada após uma louca façanha para uma seriedade estranha. Seus olhos desceram para meus lábios e voltaram, mais uma vez.

— Que pena. Você tem um sorriso lindo.

Um calor se espalhou por mim, e eu não conseguia desviar o olhar do daquele estranho... pelo menos, até o elevador fazer *ding* e as portas se abrirem no terceiro andar.

— É o nosso andar — ele disse. — Quartos 320 e 321.

— Oh. Certo. Ok.

Saí e segui as setas até nossos quartos. Já que éramos, é claro, parentes, nos colocaram um ao lado do outro. Ficamos a alguns passos de distância enquanto abríamos nossas respectivas portas. Quando abri minha tranca e virei a maçaneta para entrar, me dei conta de uma coisa.

— Ah, quase esqueci! Te devo quarenta dólares pelo quarto.

Ele sorriu.

— Não se preocupe com isso.

— Não, não seja bobo. Eu só não tinha dinheiro em espécie suficiente e não queria entregar um cartão de crédito para a mulher quando não deveríamos ter identificação. Vou colocar minhas coisas no quarto e descer para procurar um caixa eletrônico. Eles devem ter um aqui, em algum lugar.

— Pensei que você estava louca para tomar um banho quente. Ou isso também fazia parte da atuação?

Dei risada.

— Não, não fazia. Eu não estava mentindo quando disse que passei o dia inteiro no aeroporto. Um banho quente me parece uma ideia incrível agora. Mas posso ir pegar o seu dinheiro primeiro. Não vai me tomar muito tempo.

Milo Falso coçou a barba por fazer em seu queixo.

— Vamos fazer assim. Vou tomar um banho rápido e, depois, descer para beber alguma coisa no bar. Tome o seu banho. Você pode me encontrar lá depois para me entregar o dinheiro.

— Tudo bem.

Olhamos um para o outro por um momento.

— Bem, aproveite o seu banho, maninha.

Sorri.

— Obrigada, Milo. Te vejo depois.

CAPÍTULO 2
Hazel

— Oi.

Depois do banho, encontrei Milo exatamente onde ele disse que estaria... no bar.

Ele girou em seu banco e abriu um sorriso.

— E aí, Hooker?

— Como é?

Ele deu risada.

— É o nosso sobrenome, Madeline.

Sorri.

— Oh. É, acho que sim.

Ele tomou um gole de sua garrafa de cerveja.

— Mas acho que você tem mais cara de Maddie do que de Madeline.

— Que bom que você não disse que tenho cara de Hooker. — Dei risada, diante do fato de que "hooker" significa "prostituta".

Milo apontou com os olhos para o assento vazio ao seu lado.

— Quer se juntar a mim e beber alguma coisa?

— Oh... não. Eu só vim para te devolver o dinheiro que devo. — Peguei as notas na bolsa e estendi para ele, que fez um gesto vago com a mão.

MINHA LEMBRANÇA FAVORITA 19

— Use para pagar a próxima rodada.

Imaginei que não faria mal beber alguma coisa. Meu pescoço estava me matando. Eu não gostava de viajar de avião, e um dia inteiro esperando no aeroporto me deixou tensa, sem contar o estresse de não saber onde dormiria naquela noite. Talvez uma bebida fosse me ajudar a relaxar um pouco.

Assenti.

— Claro. Por que não?

Milo acenou para o barman enquanto eu me acomodava no banco ao lado do seu.

— Ed, esta é minha irmã, Maddie. Maddie, este é o Ed.

O barman estendeu a mão para me cumprimentar.

— Prazer em conhecê-la, Maddie.

— Igualmente.

— O que gostaria de beber?

— Hum. Vou querer uma vodca com suco de cranberry e limão, por favor.

Ed bateu os nós dos dedos sobre o balcão do bar.

— É pra já. — Ele olhou para a minha esquerda. — Quer outra Coors Light, Milo?

— Claro. Obrigado, Ed.

Dei risada quando o barman se afastou.

— O seu nome é mesmo Milo ou só está entrando no personagem?

Ele deu de ombros.

— Meio que gosto mais de Milo. Já pensei em mudar de nome. Então, estou experimentando este.

Eu não soube dizer se ele estava brincando ou não.

Milo Falso prendeu meu olhar. Fomos de dar risada após uma louca façanha para uma seriedade estranha. Seus olhos desceram para meus lábios e voltaram, mais uma vez.

— Que pena. Você tem um sorriso lindo.

Um calor se espalhou por mim, e eu não conseguia desviar o olhar do daquele estranho... pelo menos, até o elevador fazer *ding* e as portas se abrirem no terceiro andar.

— É o nosso andar — ele disse. — Quartos 320 e 321.

— Oh. Certo. Ok.

Saí e segui as setas até nossos quartos. Já que éramos, é claro, parentes, nos colocaram um ao lado do outro. Ficamos a alguns passos de distância enquanto abríamos nossas respectivas portas. Quando abri minha tranca e virei a maçaneta para entrar, me dei conta de uma coisa.

— Ah, quase esqueci! Te devo quarenta dólares pelo quarto.

Ele sorriu.

— Não se preocupe com isso.

— Não, não seja bobo. Eu só não tinha dinheiro em espécie suficiente e não queria entregar um cartão de crédito para a mulher quando não deveríamos ter identificação. Vou colocar minhas coisas no quarto e descer para procurar um caixa eletrônico. Eles devem ter um aqui, em algum lugar.

— Pensei que você estava louca para tomar um banho quente. Ou isso também fazia parte da atuação?

Dei risada.

— Não, não fazia. Eu não estava mentindo quando disse que passei o dia inteiro no aeroporto. Um banho quente me parece uma ideia incrível agora. Mas posso ir pegar o seu dinheiro primeiro. Não vai me tomar muito tempo.

Milo Falso coçou a barba por fazer em seu queixo.

— Vamos fazer assim. Vou tomar um banho rápido e, depois, descer para beber alguma coisa no bar. Tome o seu banho. Você pode me encontrar lá depois para me entregar o dinheiro.

— Tudo bem.

Olhamos um para o outro por um momento.

— Bem, aproveite o seu banho, maninha.

Sorri.

— Obrigada, Milo. Te vejo depois.

CAPÍTULO 2
Hazel

— Oi.

Depois do banho, encontrei Milo exatamente onde ele disse que estaria... no bar.

Ele girou em seu banco e abriu um sorriso.

— E aí, Hooker?

— Como é?

Ele deu risada.

— É o nosso sobrenome, Madeline.

Sorri.

— Oh. É, acho que sim.

Ele tomou um gole de sua garrafa de cerveja.

— Mas acho que você tem mais cara de Maddie do que de Madeline.

— Que bom que você não disse que tenho cara de Hooker. — Dei risada, diante do fato de que "hooker" significa "prostituta".

Milo apontou com os olhos para o assento vazio ao seu lado.

— Quer se juntar a mim e beber alguma coisa?

— Oh... não. Eu só vim para te devolver o dinheiro que devo. — Peguei as notas na bolsa e estendi para ele, que fez um gesto vago com a mão.

MINHA LEMBRANÇA FAVORITA 19

— Use para pagar a próxima rodada.

Imaginei que não faria mal beber alguma coisa. Meu pescoço estava me matando. Eu não gostava de viajar de avião, e um dia inteiro esperando no aeroporto me deixou tensa, sem contar o estresse de não saber onde dormiria naquela noite. Talvez uma bebida fosse me ajudar a relaxar um pouco.

Assenti.

— Claro. Por que não?

Milo acenou para o barman enquanto eu me acomodava no banco ao lado do seu.

— Ed, esta é minha irmã, Maddie. Maddie, este é o Ed.

O barman estendeu a mão para me cumprimentar.

— Prazer em conhecê-la, Maddie.

— Igualmente.

— O que gostaria de beber?

— Hum. Vou querer uma vodca com suco de cranberry e limão, por favor.

Ed bateu os nós dos dedos sobre o balcão do bar.

— É pra já. — Ele olhou para a minha esquerda. — Quer outra Coors Light, Milo?

— Claro. Obrigado, Ed.

Dei risada quando o barman se afastou.

— O seu nome é mesmo Milo ou só está entrando no personagem?

Ele deu de ombros.

— Meio que gosto mais de Milo. Já pensei em mudar de nome. Então, estou experimentando este.

Eu não soube dizer se ele estava brincando ou não.

— Se você diz...

— Então, Mads, qual é a sua desculpa para não ter um quarto de hotel esta noite?

Suspirei.

— É uma longa história.

Ele puxou a manga de sua camisa e girou o braço para checar o relógio.

— Foi o que pensei.

— O quê?

Ele deu de ombros.

— Tenho bastante tempo para uma longa história.

Dei risada.

— Bem, para não entediá-lo até a morte, vou contar a versão resumida, de qualquer forma. — Fiz uma pausa para pensar em como explicar e decidi não amenizar as coisas. — Estou aqui no que deveria ser a cidade da minha festa de casamento e lua de mel. Meu ex-noivo cancelou o casamento há alguns meses. Nossas passagens e o hotel não eram reembolsáveis, então escolhi fazer bom uso disso e sair da cidade por alguns dias. Ultimamente, ele voltou a tentar contato comigo, dizendo que sentia minha falta. Então, decidi que seria o momento perfeito para vir e aproveitar um momento de introspecção, entender melhor quem sou e o que quero. Mas após dois dias da minha viagem que deveria durar dez, me dei conta de que tinha sido uma má ideia e decidi ir embora. Só que não conferi a previsão do tempo antes de fazer checkout do hotel hoje de manhã. Então, acabei mofando no aeroporto o dia todo e, quando finalmente cancelaram meu voo e percebi que todas as acomodações da área estavam lotadas, o hotel já tinha dado meu quarto para outra pessoa.

Milo ergueu as sobrancelhas.

— Nossa. É uma péssima história.

Dei risada.

— Valeu. Isso me faz sentir bem melhor.

— Foi mal. — Ele riu.

O barman trouxe minha bebida.

— Quer abrir uma comanda?

— Coloque a dela na minha, Ed.

— Ah, não, tudo bem. Vou beber apenas essa, então pode deixar que eu pago.

— Eu insisto. — Ele piscou para mim. — A mamãe não gostaria de saber que deixei minha irmãzinha pagar.

Coloquei os quarenta dólares diante dele sobre o balcão.

— Obrigada. Aceite ao menos o dinheiro que te devo pelo quarto.

Milo Falso assentiu.

— Então, o que aconteceu?

Por que eu parecia estar sempre me perdendo no meio da conversa com aquele homem?

— Como assim, o que aconteceu?

— Você disse que seu noivo cancelou o casamento. Ele sempre foi um babaca e você só descobriu isso agora, ou há mais coisas por trás disso?

— É uma pergunta meio pessoal, não acha?

Ele deu de ombros.

— Sou seu irmão. Você pode me contar qualquer coisa. Além disso, estou achando que talvez eu precise ir dar uma surra nele por te magoar, sabe... defender a honra da minha irmã e tal.

Eu gostava do Milo Falso. Ele tinha um senso de humor único. Mas não havia uma resposta fácil para o que causou o fim do meu noivado. Contudo, parecia que o homem ao meu lado estava esperando uma.

— Não precisa ir dar uma surra nele. Na verdade, parte da culpa é minha.

Ele arregalou os olhos.

— Como é? Você é parcialmente culpada por aquele imbecil cancelar o casamento?

— Bom, não pelo modo como ele fez isso, mas talvez pelo que levou a isso.

— O que poderia dar a ele uma desculpa para cancelar um casamento? Se você não tem certeza, não deve nem fazer o pedido.

Como explicar...

— Bem, quando ele me conheceu, eu era um espírito livre, adorava me divertir... o completo oposto dele. Mas, sabe, opostos se atraem, certo? Embora ele fosse mais certinho, se sentia atraído pela minha personalidade mais selvagem. Mas, no decorrer dos anos, eu me perdi disso. Me tornei... mais como ele. E acho que, apesar de um respeito mútuo, ele acordou um dia e se deu conta de que precisava recuar antes que firmasse um compromisso duradouro com alguém que não era mais a mesma pessoa.

— Você ficou noiva por quanto tempo?

— Um ano.

Milo franziu a testa.

— Isso é uma puta baboseira, e você sabe disso, não é? Não existe motivo para iludir alguém até logo antes do casamento. — Ele bebeu um pouco de cerveja e bateu a garrafa sobre o balcão. — Enfim, você acha que teve mais coisa por trás disso? Tipo, talvez ele estivesse fodendo outra pessoa e se sentiu culpado? Não que ele pudesse ter razão alguma para fazer isso, se tinha você em casa.

Balancei a cabeça.

— Não, não acho que ele faria uma coisa dessas. Quero dizer, algumas vezes me perguntei sobre umas colegas de trabalho dele. Tem um grupo de pessoas do escritório dele que sai bastante depois do trabalho. Eles bebem um pouco além da conta. Mas não acho que ele tenha feito algo além de somente flertar com elas.

Recontar qualquer coisa que tinha a ver com Brady estava começando a me deixar enjoada.

— Como ele te contou... que não queria mais casar? — Milo perguntou.

— Ele apenas disse que não tinha mais certeza se era a decisão certa. Foi bem vago. E tão repentino. Mesmo que talvez eu devesse ter previsto isso, não previ. Acreditei que ele realmente me amava, mesmo que nosso relacionamento tivesse mudado com o tempo. Como eu disse, não o culpo por mudar de ideia.

— Bem, você deveria culpá-lo pela forma como ele lidou com as coisas. Foi sacanagem deixar você planejar um casamento e então fazer uma merda dessas.

— Ter que fazer isso pareceu realmente doer nele. Não acho que tenha sido uma decisão fácil. Ele provavelmente já sabia disso há um tempo, mas estava relutante em me contar. Ele se desculpou demais.

— Como deveria mesmo!

Revirei os olhos

— É.

— Mas sabe de uma coisa?

— O quê?

Ele fez uma pausa.

— Ele é um idiota. Um dia, vai se arrepender.

Senti minhas bochechas esquentarem, e nossos olhares se prenderam por alguns instantes.

— Bem, é muita gentileza sua dizer isso. Sabe, acho que, se eu já não soubesse, pensaria que você realmente é meu irmão — falei baixinho. — Você está agindo de uma maneira muito protetora com alguém que nem conhece.

Ele virou-se para o barman.

— Ed, pode trazer outra bebida para minha irmã?

Erguendo as mãos, eu disse:

— Não acho que deveria beber mais uma.

— Acredite em mim, você vai precisar.

— E por quê?

— Porque estou prestes a te mandar a real. Talvez você vá precisar de alguma coisa para aliviar a tensão.

Estreitei os olhos.

— Ah, é mesmo?

— Sim.

Ed colocou outra vodca com cranberry diante de mim.

Milo abriu um sorriso largo.

— Pode beber.

Tomei um longo gole. O álcool queimou minha garganta.

— Então, o que tem para me dizer que preciso estar bêbada para ouvir?

Milo inclinou-se para mim.

— Esse seu ex vai voltar, implorando para que você dê a ele mais uma chance.

— Como sabe disso?

— Só sei, ok? Homens são burros pra caralho, e ele vai se dar conta do erro que cometeu e tentar te reconquistar.

Seu tom me deu uma leve suspeita de que talvez ele tivesse aprendido isso em primeira mão.

— Está falando por experiência própria? — perguntei.

— Na verdade, sim. A mesma coisa aconteceu com o meu irmão. Foi um pouco diferente da sua situação, porque ele realmente traiu minha cunhada com uma colega de trabalho. Ela o perdoou, o aceitou de volta e ele agradeceu traindo-a novamente, dessa vez com outra colega de trabalho. Meu irmão sempre foi um babaca, até mesmo quando éramos crianças. Eu o amo, mas ele é um babaca. As pessoas não mudam, Maddie. Não mudam. E se esse cara pôde abrir mão de você tão facilmente, vai fazer merda de novo. Ele não te merece.

Parte de mim queria acreditar que ele estava errado.

— Bem, não posso evitar continuar tendo esperança de que não desperdicei esses últimos anos da minha vida.

Milo deu de ombros.

— As pessoas fazem maus investimentos o tempo todo. Só resta aceitar que foi um erro e seguir em frente. Não se demora em cima de um cavalo morto só porque o cavalgou até cansar. — Ele fez uma pausa. — Talvez essa não tenha sido uma boa metáfora. Mas, enfim, o que dá para fazer com um cavalo morto é passar por cima dele e seguir em frente. Sabe o que acontece se você tentar acordar o cavalo morto?

— O quê?

— Ele te morde na bunda.

Dei risada.

— Ok, entendo seu ponto. Mas, sabe, seguir em frente depois de um relacionamento que durou vários anos é mais fácil na teoria do que na prática. Mas agradeço seu conselho.

Ele piscou um olho.

— É para isso que servem os irmãos mais velhos. — Ele tomou um gole de cerveja. — Enfim, me conte por que acha que é tão entediante.

Fitei minha taça.

— Eu nem me reconheço mais, Milo.

— Tirando o fato de que você está personificando uma Hooker, o que quer dizer com isso?

Isso me fez rir.

— Só para constar, nós dois estamos personificando Hookers, e é uma longa história.

Ele fingiu conferir seu relógio novamente.

— Mais uma vez, tenho bastante tempo. Caso não tenha conferido o clima recentemente, nenhum de nós vai a lugar algum tão cedo.

— Acho que é verdade.

Ele sorriu.

— Então, converse comigo.

Soltei um longo suspiro.

— Ok, bem, para me entender, você precisa saber que meus pais eram hippies.

Ele cruzou os braços.

— Paz e amor. Legal.

Assenti.

— Nós nos mudamos bastante enquanto eu crescia. Sempre detestei isso... sabe, ter que ficar mudando de escola e tudo. Mas, conforme fui ficando mais velha, me acostumei a esse estilo de vida. Depois da faculdade, eu basicamente me tornei os meus pais.

— Você virou hippie?

— Não exatamente. Mas eu nunca ficava em um lugar só. Eu sou fotógrafa. Anos atrás, logo após terminar a faculdade, trabalhei para uma revista musical e viajei o país fotografando várias bandas. Eu definitivamente já vi minha parcela de ônibus de turnê. E, naquele tempo, eu gostava bastante de curtir festas com as bandas. Foi divertido por um bom tempo, até...

— Que deixou de ser — ele terminou minha frase.

— Sim, exatamente. Em determinado ponto, me dei conta de que eu estava realmente me tornando os meus pais, e embora tenha ficado bem com isso durante os meus vinte e poucos anos, estava começando a perder a graça.

— Então, você pediu demissão?

— Não imediatamente. Conheci o meu ex-noivo em um show, por mais irônico que seja.

Milo assentiu.

— O dia em que a música morreu...

Aquilo me fez rir novamente. Ou talvez fosse o álcool.

— Ele era tudo que eu não era: convencional, com raízes. E, pela primeira vez na minha vida, comecei a acreditar que queria esse tipo de vida em vez da que tinha. Acho que, na verdade, estava em busca de um sentimento de segurança mais do que qualquer coisa.

Ele recostou-se e acomodou-se melhor em seu assento.

— Entendo.

— Os pais dele são casados há trinta e cinco anos, e ele ainda vai a sua casa de infância todo domingo à noite para um jantar em família. Eu não tinha um lar de verdade, então decidi pedir demissão para ficar com ele.

— Você parou de tirar fotos?

— Não. Ele me ajudou a abrir um estúdio que se tornou um negócio bem-sucedido de fotografias escolares. Sou a rainha das fotos escolares da minha cidade.

— Fascinante. Você coloca luzes neon azul e rosa nos fundos das fotos?

— Claro que não! Isso é tão anos oitenta. Mas acho que minha mãe tinha uma foto dessas de seus tempos de escola.

— Acho que as mães de todo mundo tinham. Não se esqueça do rosto de perfil flutuando no canto superior da foto. — Ele deu risada.

— Posso dizer com orgulho que as minhas fotos têm muito mais classe.

— Falando sério, que bom que você encontrou uma forma de lucrar com seu talento.

Dei de ombros.

— Fotografia escolar não é uma coisa criativa, mas paga as contas e me ajuda a manter a vida confortável com a qual me acostumei.

Ele parecia saber me desvendar muito bem.

— Mas, às vezes, você quer trocar o confortável pelo obsceno de novo, não é?

O jeito como ele disse *obsceno* fez um arrepio descer pela minha espinha. Adorei a forma como essa palavra soou saindo da boca dele.

Pude sentir o quão vermelho meu rosto devia ter ficado.

— Nossa, nós passamos todo esse tempo falando apenas sobre mim. Eu nem ao menos perguntei o que raios *você* está fazendo em Vail.

— Na verdade, eu sou daqui. Cresci em Vail.

Aquilo me surpreendeu.

— Sério?

— Aham.

— Então, por que está hospedado em um hotel?

— Não moro mais aqui. Estava apenas visitando meus pais e alguns amigos. Eles moram mais afastados da cidade, e eu queria passar alguns dias aqui, no coração de tudo.

— Onde você mora agora?

— Seattle.

— O que você faz?

— Sou professor de música do ensino médio.

Não sei bem por quê, mas aquilo aqueceu meu coração. Eu tinha lembranças maravilhosas dos meus professores de música, que fizeram parte da minha inspiração para buscar uma carreira em fotografia musical.

— Sério? Isso é tão maneiro.

— Bem, eu tento ser maneiro, mas geralmente meus alunos não se enganam tão facilmente.

Nossa. Eu podia imaginar quantas adolescentes cheias de hormônios tinham uma queda por aquele cara. Quanto mais eu o olhava, mais sentia que estava começando a parecer uma delas. Ele era sexy de uma maneira desalinhada, seus cabelos em uma bagunça despenteada perfeita. Seus olhos pareciam conter um brilho permanente quando ele olhava para mim, de um jeito um pouco perscrutador e muito sensual. E nem me faça falar sobre seus lábios, tão cheios. Eram bem chamativos.

Balancei a cabeça, porque a última coisa de que eu precisava era começar a fantasiar sobre um estranho que eu nunca mais veria depois de amanhã.

Pigarreei.

— Uau, ok... então, nós dois já trabalhamos em ramos que envolvem música. Só que você de uma forma bem diferente, é claro.

— Bom, naturalmente, quando você disse que trabalhou como

fotógrafa musical, fiquei de orelhas em pé. Só que costumo supervisionar excursões em ônibus escolares, enquanto você zanzava por aí em ônibus de *turnê*. Isso parece muito mais empolgante.

Suspirei.

— Era mesmo.

— Presumo que você tenha namorado alguns músicos.

— Só um. Herbie Allen. O baterista da banda Snake. Já ouviu falar dele?

— Sim, claro. O que aconteceu?

— Nós namoramos por alguns meses e, então, decidi que ficar com um músico só iria acabar em decepção. Eu estava com medo de me magoar, então terminei com ele. Muito irônico, considerando que foi meu noivo convencional que acabou partindo meu coração. Eu provavelmente teria ficado mais segura com Herbie. Pelo menos, eu não me surpreenderia. — Afastei o pensamento. — Enfim, me conte como você acabou se tornando um professor de música.

Ele me encarou por alguns segundos.

— Acho que essa é uma história para outro dia.

Balancei a cabeça.

— Não teremos outro dia. Não nos veremos mais depois de hoje.

Ele piscou para mim.

— A noite é uma criança, irmã.

Quem é esse homem e por que me sinto tão cativada por ele que quase me esqueci completamente de que estava presa nesse hotel por causa da neve? Por que estou contando a ele minha história de vida?

Eu tinha tantas outras perguntas para "Milo", mas ele logo mudou o assunto de volta para mim.

— Então, quem realmente é você, Maddie?

Girando o restante do meu coquetel na taça, respondi sinceramente.

— Não sei mais, Milo. Não sei mesmo. Sinto-me muito perdida agora, como se não soubesse por qual direção seguir com a minha vida. — Ergui o olhar para ele. — Mas, nesse momento, estou bem feliz em ser apenas Maddie, em esquecer meus problemas por um tempinho.

— Então, você continuará sendo Maddie. — Ele sorriu. — O que te deixar feliz. Considere o nosso tempo aqui uma pequena aventura.

— Eu gostaria disso, sr. Hooker.

— Muito bem, srta. Hooker.

Suspirei.

— Eu perdi meu senso de aventura no decorrer dos últimos anos. Já me perguntei se meu noivo ter cancelado o casamento pode ter sido um sinal de que segui pela direção errada. Todos os dias estavam ficando iguais. E por mais que eu gostasse da estabilidade, não sei se esse tipo de vida combina mesmo com a minha natureza.

— Essa é a minha garota. Encare o que aconteceu como se tivesse sido sua passagem para coisas maiores e melhores. Posso ver a necessidade de aventura nos seus olhos.

— E como é a aparência de alguém com necessidade de aventura? Cansada, maluca?

Ele apenas deu risada.

Continuamos no bar, curtindo nossa conversa por mais um tempinho até decidirmos encerrar a noite. Milo deu uma gorjeta gorda a Ed antes de seguirmos juntos em direção aos elevadores.

Após chegarmos aos nossos quartos adjacentes, nos demoramos um pouco antes de abrirmos as portas.

Fui a primeira a falar.

— Bem... foi legal conversar com você. Obrigada pelas bebidas.

Apesar de eu ter essencialmente me despedido, continuamos no mesmo lugar.

De repente, Milo balançou a cabeça.

— Não.

Fiquei confusa.

— Não?

— Isso não pode terminar assim. Eu voltando para o meu quarto. Você voltando para o seu. Adormecermos e seguirmos caminhos diferentes pela manhã. Você disse que queria aventura, não foi?

Meu coração acelerou.

— O que tem em mente, sr. Hooker?

— Está com a sua câmera?

— Claro. Que tipo de fotógrafa eu seria se não estivesse com minha câmera?

Sua boca curvou-se em um sorriso malicioso.

— Ótimo. Pegue-a. Depois, me encontre lá embaixo no lobby daqui a uns dez minutos. Vista algo que te aqueça bem.

34   VI KEELAND E PENELOPE WARD

CAPÍTULO 3
Matteo

Ela disse que queria aventura; era o que eu pretendia dar a ela.

Eu queria ver se conseguiria colocar um sorriso em seu rosto. Aquela garota — quem quer que fosse — tinha sido muito injustiçada. Por que não aproveitar o fato de estar preso em Vail? Havia outros lugares piores para se estar preso. Se tinha alguém que sabia como aproveitar esse lugar da melhor forma, era eu. Embora não morasse ali permanentemente há anos, ainda tinha uma grande vantagem em uma das melhores atrações da cidade.

O único problema seria sair dali naquela nevasca.

Eu estava esperando no lobby quando Maddie saiu do elevador. Porra, ela era linda. Cabelos ruivos selvagens e algumas sardas salpicadas pelo nariz. Ela usava um gorro branco de tricô que combinava com sua jaqueta acolchoada branca. Ela parecia um anjo de neve em pessoa. Apesar da dor óbvia que havia vivenciado recentemente, seu rosto inteiro ainda se iluminava quando ela sorria. Sim, com certeza havia situações piores para se estar preso. Eu não estava me importando nem um pouco com isso.

Minha parceira de aventuras estava com sua câmera dentro de um estojo de couro e com a alça pendurada em volta do pescoço. Ela parecia ter passado um pouco de batom. Essa garota era deslumbrante sem um pingo de maquiagem, mas o fato de que havia feito aquilo fez com que eu me perguntasse se estava tentando me impressionar. Ela não tinha me dado indício algum de que estava interessada. Era meio doentio da minha parte

MINHA LEMBRANÇA FAVORITA 35

ao menos pensar nisso, já que ela estava se recuperando de um coração partido. Isso era uma sacanagem. Desde que ela me contara o que seu ex-noivo aprontou, fiquei com uma pequena raiva se formando dentro de mim — definitivamente uma reação estranha para se ter em defesa de alguém que eu mal conhecia.

Quando ela ficou bem diante de mim, pude perceber que também tinha colocado um pouco de perfume.

— Você está bonita.

— Obrigada. — Sua pele clara enrubesceu. — Então, para que tudo isso?

— Você verá. Não seria uma aventura se eu te contasse, seria?

— Ah, cara. No que estou me metendo?

— Você vai ficar bem. Eu nunca deixaria nada acontecer com a minha irmã. — Pisquei para ela.

A primeira coisa que eu precisava descobrir era como conseguiríamos ir do ponto A ao B.

— Espere um pouco aqui, ok? Vou tentar arranjar uma carona para nós.

— Boa sorte com isso.

— Questionando minha habilidade de fazer mágica, hein? Está se esquecendo de como conseguimos nossos quartos?

Ela deu risada enquanto eu dava passos para trás, abrindo um sorriso convencido para ela e balançando as sobrancelhas. Uma pena eu quase ter trombado de bunda em um carrinho de bagagens.

Sua falta de confiança só me fez ainda mais determinado a fazer a carona dar certo.

Me aproximei do recepcionista para ver se havia alguma chance de ele poder nos ajudar.

— Estou precisando de uma carona para sair daqui e voltar em algumas horas. Gostaria de saber se você pode me ajudar.

Sem ao menos erguer o olhar para mim, ele disse:

— As condições para dirigir não estão nada favoráveis, senhor. Não é aconselhável pegar a estrada, mesmo que eu pudesse arranjar isso.

— Deixe-me perguntar mais uma vez. — Peguei minha carteira e bati uma nota de cinquenta dólares sobre o balcão. — Você pode me ajudar a conseguir um carro que me leve ao Resort Parkside e me traga de volta daqui a cerca de três horas?

Ele pegou o dinheiro.

— Me dê um minuto para que eu veja o que posso fazer.

O recepcionista fez algumas ligações enquanto eu esperava no balcão. Olhei para Maddie, que estava balançando as pernas para cima e para baixo, nervosa. Ela sorriu quando notou que eu estava olhando. Aquele sorriso valia muito mais do que cinquenta pratas.

O recepcionista desligou o telefone.

— Boa notícia. Consegui encontrar um motorista com um Toyota 4Runner que pode levá-lo aonde precisa ir.

— Beleza. Obrigado, cara.

Alguns minutos depois, o SUV preto parou em frente ao hotel. Saímos pela porta giratória e entramos no banco de trás. Um homem robusto estava ao volante.

— Muito obrigado por fazer isso — eu disse a ele, soprando ar quente nas minhas mãos frias. Rapidamente peguei as luvas no bolso e as calcei.

O cara virou-se para olhar para nós.

— Não me chamam de Abe Doidão à toa. Não faz sentido as pessoas crescerem por aqui e surtarem quando veem neve.

— Exatamente o que pensei.

— Estão indo para o Resort Parkside?

— Sim.

Maddie olhou para mim.

— Vamos a uma estação de esqui?

— Talvez.

— Uau. Ok. O engraçado era que aqui estava eu achando que iria embora de Vail sem realmente curtir a neve. Mas... o lugar ao menos está aberto agora?

— Não se preocupe. Tenho contatos.

Meus tios eram donos do Parkside, e eu tinha uma chave para o teleférico de gôndola. Estava torcendo para que meus planos dessem certo.

Não demorou até ficar bem aparente que Abe Doidão havia merecido seu apelido. O cara estava dirigindo rápido demais, considerando as condições da estrada.

Por isso, talvez eu não devesse ter ficado tão surpreso quando ele atolou em um aterro de neve.

— Merda! — Maddie gritou.

— Você está bem? — Levei alguns segundos para me dar conta de que eu havia estendido meu braço diante dela de maneira protetora e minha mão havia pousado em seu peito. Mesmo através de sua jaqueta, pude sentir a maciez de seus seios.

— Sim — ela ofegou. — Estou bem.

— Foi mal aí! — Abe gritou.

As rodas do SUV ficavam girando inutilmente conforme ele pisava no acelerador. Estávamos oficialmente atolados. Sem hesitar, saí do carro e comecei a empurrar, tentando ajudar Abe a voltar para a estrada.

Contudo, era claro que seria preciso mais força além da minha.

Fui até a janela do lado do motorista.

— Você se importa em me ajudar a empurrar esse troço? Ela pode vir para o volante e pisar no acelerador enquanto empurramos.

Ele negou com a cabeça.

— Desculpe, não vai rolar.

— O que quer dizer?

— Tenho problemas na coluna. Não posso fazer esforço excessivo. Vou acabar indo parar no hospital.

Esse cara iria parar no hospital por outro motivo se não saísse da porcaria daquele carro e fosse me ajudar.

Mas ele nem se moveu. Quando dei por mim, Maddie tinha saído do carro e estava ao meu lado, ajudando-me a empurrar.

— Aquele cara é inacreditável — ela disse.

— Obrigado por vir — eu falei, sentindo-me um bunda mole por não dar conta daquilo sozinho.

Apesar de nós dois estarmos usando todas as nossas forças, o 4Runner não se movia. E já estávamos cobertos de neve.

— Não era exatamente isso que eu tinha em mente quando falei em aventura — eu comentei.

— Não foi culpa sua. — Ela sorriu.

O fato de que ela era capaz de sorrir em um momento com aquele revelava muito sobre seu caráter. Maddie era gente boa.

Tiramos um rápido intervalo e retomamos o processo de empurrar. Os limpadores de para-brisas traseiro limparam neve do vidro e nos permitiram ver dentro do carro enquanto dávamos duro naquele trabalho.

Aparentemente, percebemos ao mesmo tempo.

Aquilo não é...

Não é...

Não pode ser.

Enquanto Abe pisava no acelerador distraidamente, assistia algo em seu celular.

Mas não qualquer coisa.

Maddie ficou de queixo caído.

— Ele está assistindo pornô?

— Considerando a bunda gigantesca na tela, eu diria que essa é uma suposição certeira.

Ela arregalou os olhos.

— Porra, nós temos que dar o fora daqui.

Assenti em concordância.

— O empurrão mais forte que conseguirmos. Pronta?

— Sim!

Os gemidos que emitimos ao usarmos toda a nossa força provavelmente competiam com os sons que estavam rolando dentro do veículo. Foi questão de mente sobre matéria, porque, daquela vez, por milagre, o carro desatolou. Só me restava torcer para que Abe guardasse o pau de volta na calça para nos levar de volta para a estrada.

— Uau. Isso é muito lindo. — Maddie olhou para a camada fresquinha de neve pela janela da gôndola. — Nunca estive em uma dessas antes.

— Você quer dizer em uma estação de esqui?

— Não, quis dizer que nunca estive em uma gôndola de esqui antes.

— Sério? Por quê?

— Hã... porque eu não sei esquiar.

Virei-me para olhar para ela.

— Como assim, não sabe esquiar?

Ela deu de ombros.

— Nunca tentei.

— Mas a sua lua de mel seria em Vail? Quem vai à capital dos resorts de esqui dos Estados Unidos quando nem ao menos sabe esquiar?

Ela franziu a testa.

— Meu ex adorava esquiar.

— Mas você não.

Maddie enfiou as mãos nos bolsos de sua jaqueta.

— Eu te disse que comecei a me perder de mim mesma.

O modo como seu rosto murchou causou uma dor inesperada em meu peito.

— Então, viajar para esquiar não era exatamente a sua lua de mel ideal?

— Eu gosto da ideia de uma bela lareira com uma janela enorme com vista para a neve. Isso conta?

Cocei meu queixo.

— Qual *é* a sua lua de mel ideal?

Ela pensou sobre a minha pergunta. Pelo tempo que demorou para responder, ficou claro que o idiota do seu ex-noivo nunca sequer se deu ao trabalho de perguntar isso a ela. Quanto mais eu ouvia coisas sobre seu relacionamento, mais pensava que ele ter cancelado o casamento tinha sido uma bênção disfarçada.

— Eu sempre quis ir à ilha de Mo'orea, no Taiti. Ficar em um daqueles bangalôs sobre a água.

Sorri. Eu havia crescido em Vail, e esquiar costumava ser tão natural para mim quanto andar, mas eu preferia Maddie usando um biquíni a usando camadas e camadas de roupas de frio. Seu noivo não era apenas um covarde. Era um pamonha.

— Quando o cara certo surgir na sua vida, é para lá que ele vai te levar na sua lua de mel.

Maddie abriu um sorriso triste.

— Obrigada.

Subimos de gôndola até o topo da montanha. Eu havia programado uma viagem apenas de ida, então, quando chegamos ao terminal, a gôndola desacelerou e parou.

— Prepare a câmera.

Eu ainda não havia dito a ela por que tínhamos subido ali, e ela não tinha perguntado. Isso provava que ela realmente tinha um espírito aventureiro. Maddie abriu a bolsa de sua câmera e retirou duas lentes.

— Vou precisar de uma lente para perto ou longe?

— Para longe, com certeza.

Ela retirou a lente normal da câmera e encaixou uma lente telefoto, limpou o visor e fechou novamente a bolsa.

— Estou pronta. Devo prender minha calça dentro das botas? Qual a profundidade da neve lá fora?

Dei risada.

— Não importa. Você não vai sair.

Ela franziu a testa.

— Você vai?

— Só por alguns minutos. — Inclinei-me e abri uma das janelas da gôndola para que ela pudesse ter uma vista limpa. Em seguida, curvei-me para calçar um par de sapatos de neve. — Você vai olhar bem para ali. —

Apontei para a área escura da floresta à distância. — A gôndola fica a mais ou menos sessenta centímetros do chão porque, geralmente, as pessoas desembarcam usando esquis compridos. Vou descer e ir até aquela cabine que contém a estação de controle para acender as luzes daqui. Depois, voltarei para me juntar a você.

Pude ver a animação em seu rosto.

— Ok!

Quando eu estava voltando para a gôndola, ouvi Maddie arfar.

Sorri e me apressei para entrar no recinto quente e seco. Fechando a porta atrás de mim, limpei a neve dos meus ombros.

— Consegue vê-los? Eu não tinha certeza se você conseguiria ou não, por causa da neve. Mas diminuiu bastante desde que saímos do hotel. Acho que estamos no olho da tempestade.

O som de um obturador clicando respondeu antes de Maddie.

— Que tipo de urso é aquele? São tão adoráveis.

— São ursos-negros.

— Eles são perigosos?

— Não acho que exista algum urso que seja seguro, a não ser o Zé Colmeia, talvez. Mas as montanhas dessa estação de esqui são cheias de ursos-negros. Eles basicamente aprenderam a conviver com os humanos. Ficam fora do seu caminho, se você também ficar fora dos deles.

Maddie ajustou sua lente e tirou mais fotos.

— Achei que ursos hibernavam durante o inverno.

— Eles hibernam. Mas isso não significa dormir em novembro e acordar em junho. Eles simplesmente dormem bastante para conservar energia durante os meses em que não podem sair para caçar comida. Mas acordam a cada poucos dias.

— Eles estão acordados agora. Ursos são notívagos?

— Geralmente, não, mas, em estações de esqui como esta, muitos deles se ajustam para evitar pessoas.

— Isso é incrível. Como você sabia que eles estavam aqui?

— Meus tios são donos desse resort. Passei aqui outro dia e um dos meus primos me trouxe até aqui em cima para vê-los. Eles tiveram que fechar essa parte para os esquiadores, provavelmente durante a temporada, devido à proximidade das tocas dos ursos.

Ficamos no topo da montanha, observando a família de ursos e tirando fotos, até que os dentes de Maddie começaram a bater. Estava mais quente e mais seco dentro da gôndola do que do lado de fora, mas não muito com a janela aberta.

— Você está congelando. É melhor irmos.

Ela assentiu.

— Tudo bem. — Seu nariz e bochechas estavam bem vermelhos, então fechei a janela e comecei a colocar meus sapatos de neve novamente. — Espere. Você vai sair de novo?

— Se quisermos descer, vou sim. Não há um controle aqui para colocar a gôndola em movimento. Além disso, preciso desligar as luzes.

Maddie arregalou os olhos.

— Mas há ursos lá fora.

— Também havia ursos quando saí para acender as luzes.

— Eu sei. Mas eu não sabia sobre eles antes!

Dei risada e terminei de prender o segundo sapato de neve.

— Relaxe. Volto já. — Comecei a abrir a porta, mas virei-me para ela com a expressão mais solene possível. — Caso eu seja atacado, há um espaço debaixo do estofado do assento onde você poderá encontrar um apito e sinalizadores de emergência.

Ela parecia alarmada.

— Está brincando?

Dei risada.

— Sim. Não há sinalizadores nem apitos aqui. Você provavelmente vai congelar até a morte se os ursos não chegarem até você depois de terminarem de me devorar. — Desci da gôndola e corri para desligar as luzes.

Quando voltei para a cabine da gôndola, Maddie estava na porta, bloqueando minha entrada. Suas mãos estavam nos quadris, e ela não parecia muito feliz. No entanto, sua tentativa de parecer brava até que era meio sexy. Não há nada melhor do que uma ruiva impetuosa. Aposto que ela ficava linda quando estava *realmente* zangada.

— Eu nem deveria deixar você entrar depois do que acabou de aprontar.

Sorri.

— Tudo bem. Mas acho que você deveria saber que essa gôndola vai começar a andar em menos de trinta segundos. O tempo começa a contar depois que aperto o botão. — Coloquei uma das mãos em concha em volta da minha orelha. — Você ouviu isso? A engrenagem acabou de começar a rodar. Menos de dez segundos agora. Nove. Oito. Sete...

Os olhos de Maddie se arregalaram, e ela inclinou-se para frente, agarrando minha mão e me ajudando a subir na gôndola.

— Meu Deus, entre logo!

Depois que entrei e fiquei seguro com a porta fechada, a gôndola não começou a se mover, então Maddie estreitou os olhos para mim.

— Você não ouviu barulho de engrenagem algum, não foi?

— Não. Mas a gôndola teria mesmo ido embora sem mim... em uns sete ou oito minutos. Programei para que ela começasse a se mover em dez minutos.

Maddie empurrou meu peito, mas tinha um sorriso no rosto.

— Você é mesmo como um irmão mais velho, brincando e me dando sustos.

Assim que começamos a nos mover, ela pressionou o nariz contra o vidro da janela, olhando para o lado de fora. Do topo da montanha, era possível ver inúmeras trilhas de esqui, assim como as luzes da cidade ao longe. A tempestade de neve havia diminuído, mas a nova camada no chão fazia tudo parecer cintilante. Parecia um inverno encantado. Quase tinha me esquecido do quão lindo o Colorado podia ser.

— Deve ter sido legal crescer aqui — ela disse.

— É, foi. As pessoas que moram no litoral vivem pelas férias de verão e a luz do sol. A maioria de nós daqui vive pela primeira nevasca. Eu cresci nessas montanhas.

— Então, você deve esquiar muito bem, não é?

Assenti.

— Fui instrutor nesse resort por seis anos.

— Oh, uau! Que pena não termos mais tempo. Meu irmão poderia me ensinar a esquiar. — Ela sorriu.

Fitei as montanhas.

— Não esquio há anos.

— Você se machucou ou algo assim?

— Algo assim. — A merda que aconteceu na última vez em que coloquei um par de esquis não era algo sobre o qual eu queria falar, então mudei de assunto rapidamente. — Você acha que conseguiu boas fotos?

— Com certeza. Mal posso esperar para descarregá-las no meu laptop e dar uma olhada. Faz muito tempo que não fotografo outra coisa além de estudantes. Esqueci o quanto isso pode ser revigorante. Sinto como se fosse capaz de subir essa montanha enorme correndo agora mesmo.

Os olhos de Maddie estavam arregalados e brilhantes. Seu rosto inteiro se iluminou como o de uma criancinha em uma manhã de Natal. A beleza ali do lado de fora que eu estava apreciando nem se comparava ao sorriso daquela mulher. Nem um pouco. Percebendo que estava encarando seus lábios, forcei meu olhar a se desviar para outro lugar.

— Fico feliz que tenha gostado.

— Gostei muito. Na verdade, foi o ponto alto da minha lua de mel — ela disse com uma risada.

— Que triste. — Dei risada. Usando meus dentes para prender a extremidade de uma das minhas luvas, puxei a mão de dentro dela para poder enfiar no meu bolso para pegar as chaves da estação de controle da base da montanha conforme nos aproximamos.

Após desembarcarmos, desliguei todas as luzes, devolvi meus sapatos de neve à sala de aluguel e tranquei tudo. Nosso motorista chegou em alguns minutos.

Abri a porta do SUV e, quando Maddie começou a entrar, sussurrei em seu ouvido:

— Talvez seja melhor não encostar em nada aí dentro.

— Aff. Quase tinha me esquecido disso. Você tinha que me lembrar?

Dei uma piscadela.

— É para isso que servem os irmãos mais velhos.

O caminho de volta para o hotel foi, felizmente, tranquilo. Podia nevar pra cacete em Vail, mas definitivamente sabiam como limpar as estradas. Os limpa-neve já haviam passado uma vez pelas vias principais, que estavam muito mais transitáveis do que na viagem de ida. Eu não estava pronto para encerrar a noite, então pensei em talvez convidar Maddie para beber alguma coisa no bar novamente quando voltamos. Mas o bar do hotel já estava fechado. Senti-me derrotado, embora soubesse que talvez tivesse sido melhor assim. A última coisa de que aquela mulher precisava era que eu bebesse um drinque ou dois e desse em cima dela.

Mais uma vez, diante das portas dos nossos quartos adjacentes, enrolamos um pouco.

— Obrigada mais uma vez por esta noite — ela disse. — Significou mais do que você imagina.

Sorri.

— Fico feliz.

Maddie me surpreendeu quando se aproximou e ficou na ponta dos pés para me dar um beijo na bochecha.

— Adeus, Milo. Espero que faça uma boa viagem amanhã.

— Você também, Mads. Cuide-se.

Ela abriu a porta de seu quarto e virou-se para acenar para mim uma última vez. Tudo em que eu conseguia pensar enquanto a observava desaparecer era: *Espero muito que essa nevasca continue caindo por mais um tempinho.*

CAPÍTULO 4
Hazel

Normalmente, eu não tinha problema algum em dormir até mais tarde. Mas, naquela manhã, fiquei virando e revirando na cama desde as seis, embora tivesse conseguido adormecer somente quase uma da manhã. Eu não conseguia parar de pensar em como me sentira naquela montanha na noite anterior — o quão extasiada e viva me sentira. Meu coração martelava no peito o tempo todo e isso me fez perceber há quanto tempo eu não sentia esse tipo de empolgação. Foi como se eu tivesse passado os últimos anos morta, só que ninguém tinha me obrigado a isso.

Por mais estranho que fosse, nem ao menos tinha sido Hazel Appleton que havia despertado. Foi Maddie Hooker. Durante toda a noite, começando com a loucura do check-in no hotel, senti-me animada como não acontecia há muito tempo. E isso dizia muita coisa.

Dois meses antes, eu acreditava que estava perfeitamente feliz. Se Brady não tivesse feito o que fez, eu provavelmente estaria na minha lua de mel com ele naquele exato momento. Esse pensamento não me caiu muito bem por muitas razões. Tantas perguntas povoavam minha mente.

Eu seria mesmo feliz se Brady não tivesse cancelado o casamento e tivéssemos nos casado?

Como apenas uma noite — algumas horas com um estranho aleatório — podia ter me feito sentir mais viva do que me sentira durante os últimos anos com um homem que eu supostamente amava?

MINHA LEMBRANÇA FAVORITA 49

Eu amava Brady?

Ou amava o que Brady poderia *representar*?

Que direção eu seguiria a partir de então? Voltaria para Connecticut e me reestabeleceria na minha vida confortável, tirando fotos de estudantes com narizes escorrendo pelos próximos quarenta anos?

Uma sensação de pânico me tomou com o pensamento, e tive que me sentar na cama e retirar as cobertas de cima de mim.

Deus, sentia-me um pouco enjoada.

Eu precisava parar de ficar deitada na cama ruminando sobre a minha vida. Também precisava descobrir o que raios estava acontecendo com meus voos cancelados. A companhia aérea me dissera para conferir meu número de confirmação pela internet, pois logo todos os passageiros seriam redirecionados para novos voos. Então, estendi a mão para pegar o celular na mesa de cabeceira. Quando entrei no site, descobri que haviam me colocado em um voo às duas da tarde que faria uma conexão em Atlanta, em vez do voo direto que eu tinha antes. Contudo, o alerta vermelho enorme e brilhante no site da companhia aérea, avisando que poderia haver atrasos e cancelamentos novamente, não devia ser um bom sinal.

Suspirei e me arrastei para fora da cama, indo em busca de um pouco de cafeína.

No andar térreo, peguei dois copos do café cortesia do saguão do hotel. Pensei em ouvir atrás da porta de Milo e, caso identificasse algum sinal de que ele estava acordado, entregar um dos cafés para ele. Era o mínimo que eu poderia fazer depois de todo o esforço que ele fizera na noite anterior.

Nem precisei encostar a orelha na porta para ouvir a televisão ligada em um volume alto em seu quarto. Bati levemente. Após um minuto ou dois, imaginei que talvez ele já tivesse saído ou havia dormido com a televisão ligada. Mas assim que me virei para voltar para meu quarto, a porta de Milo se abriu.

— O... — Não passei da primeira vogal em meu cumprimento.

Oh.

Jesus.

Minha nossa.

Milo estava no vão da porta, usando nada além de uma toalha branca em volta da cintura. Gotículas de água desciam por seu peito... seu peito perfeitamente esculpido.

Engoli em seco.

— Desculpe — ele disse, passando uma mão pelo cabelo molhado. — Eu estava no chuveiro.

Deus, ele tinha o corpo mais incrível que eu já tinha visto. Seus ombros eram largos, seu peito, esguio e esculpido, e sua pele era perfeitamente suave e bronzeada. Sem contar que aquela toalha estava abraçando um V delicioso.

— Hã... chuveiro. Certo.

Pisquei algumas vezes e forcei meu olhar a encontrar o seu antes que fosse flagrada. Mas o sorriso presunçoso e o brilho em seus olhos me disseram que não tinha mais jeito. Ele tinha me visto comer seu corpo com os olhos.

Milo cruzou os braços à frente do peito, e seu sorrisinho convencido se transformou em um sorriso largo.

— Como você dormiu?

— Eu... hã... dormi.

Parecendo se divertir, ele riu. Ele olhou para baixo, notando os dois copos de café em minhas mãos.

— Você não é muito de falar antes de beber o seu café pela manhã?

Assenti.

— Ah... sim. Isso mesmo.

— É por isso que você está com dois?

Balancei a cabeça e ofereci um dos copos a ele.

— Oh. Não. Um é para você. Por isso bati à porta.

Ele recebeu o café.

— Obrigado.

Pelo menos um de nós estava completamente à vontade conversando no corredor do hotel com ele usando apenas uma toalha. Uma pena não ser eu.

— Você já tomou café da manhã? — ele perguntou. — Eu ia bater à sua porta depois do banho para ver se você gostaria de ir comer alguma coisa.

— Não, não comi ainda. Só fui lá embaixo para pegar os cafés. Também preciso tomar um banho.

— Quanto tempo vai levar?

— Hum... não sei. Talvez uns vinte minutos, se eu não lavar o cabelo.

Ele assentiu.

— Ok, ótimo. Estarei lá em quinze.

Franzi as sobrancelhas.

— Quinze? Está mandando eu me apressar?

Ele me lançou uma piscadela.

— Eu também gostaria de ter uma chance de apreciar você de toalha.

Senti meu rosto esquentar. Jesus. Eu não conseguia me lembrar da última vez em que ruborizara antes daquelas últimas vinte o quatro horas, durante as quais isso havia acontecido múltiplas vezes.

— Engraçadinho. Você não podia deixar essa passar, não é?

Milo se balançou sobre os calcanhares.

— Sem chance, maninha.

— Vamos fazer assim. Que tal eu bater à sua porta quando estiver pronta?

Ele deu de ombros.

— Não vai ser tão divertido quanto a minha ideia, mas tudo bem.

— Quero te agradecer mais uma vez por ontem à noite — eu disse a ele enquanto tomávamos café da manhã.

Milo terminou de comer seu bacon e limpou a boca.

— Não foi nada de mais.

Tomei um gole da minha segunda xícara de café.

— Esse é o ponto. Talvez não tenha sido nada de mais mesmo, mas foi… pelo menos, para mim. Tive dificuldades para dormir ontem à noite porque fiquei pensando em todas as coisas que estão faltando na minha vida. Passei os últimos anos apenas empurrando com a barriga, seguindo o fluxo. Mas, enquanto vivia o meu dia a dia, não percebia que estava faltando algo. E agora que percebi, não sei bem o que fazer daqui em diante.

Ele assentiu.

— Acho que por isso dizem que é olhando para trás que aprendemos as lições.

Suspirei.

— Com certeza.

Estávamos sentados no restaurante do hotel a uma mesa perto de uma janela enorme. Do lado de fora, as árvores pendiam com neve pesada e novos flocos caíam.

— Aqui é muito lindo.

— É, mesmo. Acho que tinha me esquecido disso nos últimos anos.

Conversamos tanto sobre mim que eu ainda não sabia muita coisa sobre Milo, além do fato de que ele havia crescido no Colorado.

— O que te fez ir embora daqui e se mudar para Seattle?

Os olhos de Milo se mantiveram grudados ao lado de fora.

— Eu precisava de uma mudança.

Algo em sua voz me dizia que havia mais história por trás. Geralmente, eu não era do tipo que se intrometia, mas, dessa vez, foi o que fiz.

— Você teve uma epifania, como eu tive ontem à noite? Que dizia que você precisava de algo mais na vida e foi em busca disso?

Os olhos de Milo desviaram da janela para encontrar os meus. Ele pareceu perder o foco por alguns segundos enquanto ponderava minha pergunta, e então, fechou os olhos e balançou a cabeça.

— Eu perdi uma pessoa querida, e ficou difícil continuar aqui.

Ai, Deus. Agora eu sabia por que nunca me intrometia. Senti-me péssima por ter trazido isso à tona.

— Eu sinto muito. Não fazia ideia.

— Tudo bem. Foi há quatro anos.

Eu não sabia o que dizer depois daquilo, então fiquei calada. Milo chamou a garçonete e pediu mais uma xícara de café, enquanto um ajudante recolhia nossos pratos. O clima ainda estava um pouco desconfortável após alguns minutos. Por fim, Milo quebrou o silêncio.

— Então, acho que nós dois precisávamos sair de onde estávamos para encontrar uma maneira de seguir em frente.

Assenti.

— Não sei se encontrei meu caminho, mas com certeza me dei conta de que preciso fazer algumas mudanças.

Olhei para a hora em meu celular. Estávamos ali há quase duas horas e, mesmo assim, pareciam ter se passado apenas dez minutos. Milo Falso também olhou para seu relógio.

— Está ficando tarde. Acho que é melhor eu subir e arrumar minhas coisas para pegar meu voo para Nova York.

— Nova York? Pensei que você morava em Seattle.

— E moro. Vou visitar um amigo depois daqui, então vou pegar um voo para o aeroporto JFK.

— Ah. Que engraçado. Eu também vou para Nova York. Mas para o La Guardia. É mais fácil conseguir um voo direto para lá do que para o aeroporto que fica mais perto de onde moro, em Connecticut. Prefiro dirigir para casa por uma hora de Nova York a ficar presa em algum lugar durante uma conexão. Mas, de qualquer forma, o meu novo voo terá uma conexão.

— A que horas será o seu voo? — ele perguntou.

— Duas. E o seu?

— Três. Mas nenhum desses voos vai sair hoje — ele disse.

— Por que diz isso?

— A segunda rodada da tempestade de neve começará logo. O aeroporto mal se recuperou do golpe que tomou ontem. Morei aqui por vinte e cinco anos. As únicas pessoas daqui que não sabem que todos os voos da tarde serão cancelados são as que trabalham nas companhias aéreas.

No dia anterior, eu estava louca para ir embora, tanto que fiz checkout do meu hotel de luxo mais cedo e desisti da pequena fortuna que havíamos pagado antecipadamente para a nossa viagem. Contudo, vinte e quatro horas depois, eu não estava nada chateada com a perspectiva de ter que ficar por mais um dia. Bom, presumindo que o meu *irmão* ficasse também.

— Acho que devemos ir para o aeroporto e ver o que acontece, não é?

Milo esfregou a barba por fazer em sua bochecha.

— Na verdade, eu estava pensando em adiar o meu voo até amanhã. Se entregarmos os quartos e nossos voos forem mesmo cancelados, eles com certeza não estarão mais disponíveis quando voltarmos nos arrastando com as nossas bagagens entre as pernas.

— Ah, é. Merda. Nem tinha pensado nisso.

— Então, o que me diz? Nós dois adiamos nossos voos e eu te levo para mais uma aventura.

— Não sei...

— Você se lembra de como se sentiu lá no topo daquela montanha tirando fotos ontem à noite?

Claro que eu me lembrava. Meu corpo vibrou de uma maneira pulsante e incrível, e meu coração parecia ter personificado um trem descarrilhado. Nada muito diferente de como me sentia enquanto considerava passar mais um dia com Milo. Além disso, eu tinha folga no trabalho pelas próximas duas semanas, já que viajaria nesse período, de qualquer forma. Eu realmente não tinha por que me apressar para voltar. Talvez, mais uma aventura me trouxesse ainda mais clareza.

— Quer saber? Vamos nessa. Estou dentro.

Pude ver o sorriso em seus olhos.

— Excelente.

— Mas eu tenho um pedido para a nossa aventura de hoje.

— O quê?

— Você me ensina a esquiar?

Bem, quem diria? Aparentemente, é preciso um traje apropriado para esquiar em Vail. Pelo que eu havia trazido de Connecticut, estava preparada para tomar chocolate quente em um chalé, não esquiar. Claramente, eu não tinha a menor intenção de esquiar quando fiz minha mala. Milo me levou a uma loja e compramos itens sobre o quais eu sequer ouvira falar, como roupa íntima de esqui e meias de esqui. Compramos uma calça especial, uma jaqueta de esqui, um gorro e luvas. Eu já tinha esses dois últimos, mas imaginei que ficariam completamente molhados quando terminássemos, então eu precisava de extras. Milo também insistiu em comprar um capacete para mim. Quando perguntei se todo mundo usava, ele disse que era um requisito para iniciantes.

Após a excursão de compras, Milo me levou a uma estação de esqui que ele costumava frequentar. Não era a mesma na qual ele dava aulas antigamente.

— É ao menos possível aprender a esquiar em um dia? — perguntei enquanto estávamos no teleférico de cadeirinha.

Ele piscou para mim.

— Com um bom instrutor, é, sim.

Estar em um teleférico de cadeirinha era mais assustador do que o teleférico de gôndola da noite anterior. Embora não fôssemos subir tão alto quanto, era aberto e fácil de imaginar que eu poderia escorregar e cair. Contudo, eu meio que queria estar com o meu celular para tirar algumas fotos. A vista era espetacular. Eu o havia deixado no armário alugado, provavelmente um das primeira vezes em que me separava do aparelho em eras. Eu tinha a sensação de que estava prestes a fazer um papel de otária enorme, então só me restava torcer para que Milo tivesse muita paciência.

Assim que chegamos às montanhas, comecei a suspeitar de que pedir a ele que me ensinasse a esquiar não tivesse sido uma boa ideia, já que havia subestimado o quão inexperiente eu era.

Porém, eu precisava admitir que não me incomodava muito com todo o contato conforme ele me ajudava a colocar os esquis, algo que eu não tinha ideia de como fazer.

— Preste atenção para ouvir o clique.

— Já fez clique? — perguntei.

— Você ouviu o clique?

Dei de ombros.

— Não.

— Então, não fez clique.

Espertinho.

— Você me acha uma grande idiota, não é?

Ele ergueu o olhar para mim e abriu um sorriso.

— Que nada. É adorável, até. Eu costumava ensinar novatos como você o tempo todo.

— Ah, é mesmo. Esqueci que você provavelmente está acostumado com isso.

Assim que ele terminou de me ajudar com os esquis, disse:

— Ok, então, agora você tem que pular algumas vezes para se certificar de que estão bem colocados.

Sentindo-me uma pateta, pulei várias vezes.

— Parecem estar firmes.

— Meus parabéns. Você foi aprovada no primeiro passo da arte de esquiar, que é colocar os esquis.

Mas então, eu mal consegui me mexer.

— Ai, meu Deus. Como se anda com essas coisas?

— Isso nos leva à sua próxima lição, na verdade. Chama-se cambalear.

Milo começou a demonstrar o que queria dizer. Ele estava basicamente me ensinando a andar como um pato.

— Então, pratique essa técnica — ele disse. — É só andar como se tivesse algo grande entre as pernas.

Que imagem interessante.

— Essa técnica irá te ajudar a se locomover caso perca um dos bastões de esqui — ele acrescentou.

Erguendo as pernas uma após a outra, eu o imitei. Era esquisito. E certamente fazia um bom tempo desde que tivera qualquer coisa grande entre as pernas. *Ai, ai.* Eu estava com a mente suja desde que vira Milo de toalha de manhã.

Após a aula de andar como um pato, ele me ensinou a usar os bastões adequadamente.

Assim que começamos a nos mover, fiz o melhor que pude.

— Não é tão íngreme quanto imaginei que seria.

— Porque esta é uma pista para iniciantes, querida.

Sempre ouvi falar nesse termo — *pista para iniciantes*. Pensando bem, a maioria das pessoas ali eram crianças. Eu era mais patética do que pensei.

Ele passou um bom tempo se certificando de que eu soubesse como parar e virar à direita e à esquerda. Tive um pouco de dificuldade, mas consegui finalmente dominar os movimentos básico após cerca de uma hora.

— Quando sairemos da pista de iniciantes?

— Por hoje, é só isso. Você não estará pronta para algo mais avançado. Não quero que se machuque.

Por mais que aquilo tivesse soado um tanto patético, apreciei o fato de que ele estava sendo protetor comigo. E ele tinha razão, é claro. Eu tinha grandes chances de me machucar.

— Deve ter sido tão empolgante ser instrutor de esqui — comentei ao andar cambaleando ao lado dele.

— As vantagens eram divertidas, mas também existe o lado chato de lidar com crianças e adultos reclamões. Não é tão moleza assim.

— As mulheres deviam adorar você.

Me arrependi imediatamente daquele comentário. *No que está pensando, Hazel? Não foi ruim o suficiente você tê-lo comido com os olhos quando ele estava de toalha?*

— Na verdade, eu tinha uma namorada durante a maior parte do tempo em que trabalhei com instrução de esqui.

— Ah, é?

Quase imediatamente após dizer aquilo, ele mudou de assunto. Quase rápido demais, o que me fez imaginar se havia uma história por trás.

— Vou te ensinar mais algumas curvas — ele disse.

E foi isso que ele fez, e em todas as vezes, eu caí. Mas havia um lado bom em cair: Milo estendia a mão e me ajudava a levantar. A força que ele tinha com apenas um braço era impressionante. Talvez eu tenha caído de propósito algumas vezes, fingindo ter dificuldades para levantar só para que ele me ajudasse.

Pois é, àquela altura, eu estava recorrendo a emoções baratas. Eu sabia que nada aconteceria entre mim e Milo antes de seguirmos nossos caminhos separados, então aproveitei o contato físico inocente da maneira que pude.

O contraste entre o céu azul e a neve branca era de tirar o fôlego, uma calmaria antes da próxima tempestade que estava se formando para cair durante a tarde. Talvez eu devesse estar prestando mais atenção em por onde estava andando do que no céu, porque, em determinado momento, esbarrei com tudo em Milo, que estava a vários metros de distância à minha frente. Nós desabamos no chão juntos. A luz do sol cintilou diretamente em seus lindos olhos.

— Você está bem? — ele perguntou, preocupado somente comigo.

— Sim. Me desculpe. Ainda preciso aprender a me lembrar de me inclinar para frente e não para trás quando sentir que estou perdendo o equilíbrio. Olhar para frente e não para o céu ajudaria também.

Mais uma vez, ele me ajudou a levantar.

— Você vai pegar o jeito. Queria que tivéssemos mais tempo. Mais alguns dias e eu acho que você se sairia muito bem.

Sorri.

— Ganhei um chocolate quente, então?

Ele deu risada.

— Essa é a minha deixa para te levar de volta, não é?

Mais tarde, após retornarmos ao hotel, uma nuvem de tristeza pairou no ar.

Na manhã seguinte, iríamos para o aeroporto juntos e seria o fim da nossa pequena aventura. Nós dois conseguimos mudar nossos voos, mas, mesmo que fôssemos para Nova York, ainda iríamos por companhias aéreas diferentes e com destino a aeroportos diferentes.

Voltamos para nossos respectivos quartos, mas planejamos nos encontrar no bar após tomarmos banho. Optei por um banho de banheira para aliviar meus músculos doloridos depois de todas as quedas que eu tinha levado. Assim que me vesti, bati à porta de Milo para ver se ele queria que descêssemos juntos.

— Entre — ele disse.

Achei que o fato de que ele havia me pedido para entrar significava que estava completamente vestido. Mas, em vez disso, abri a porta e me deparei com ele sem camisa, passando uma toalha no cabelo molhado. Mais uma vez, foi difícil não olhar para seu corpo magnífico. Como já tinha me flagrado babando nele pela manhã, eu não queria ser pega novamente.

Então, intencionalmente, desviei o olhar ao falar.

— O plano ainda é descermos para beber alguma coisa no bar? — perguntei, olhando pela janela.

— Você está falando com um fantasma lá fora ou algo assim?

Ele estava brincando comigo.

Fingi não entender seu comentário, enquanto continuava com o olhar distante.

— Como assim?

— Estou vestido. Você já pode olhar para mim.

Virei-me para olhar para ele e pigarreei. Ele abriu um sorriso sugestivo.

— Como está se sentindo?

— Ótima.

— Achei que estaria um pouco dolorida.

— Ah, na verdade, estou sim.

— Sabe o que seria muito bom para melhorar isso?

— O quê?

— A banheira de hidromassagem. Tem uma perto da piscina interna. Quer ir?

A ideia de mergulhar em uma banheira de hidromassagem com ele me causou um misto de sensações.

— Você tem bermuda de banho ou sunga? — perguntei.

— Não. Mas eu estava pensando que você poderia entrar sozinha.

Ah.

— Eu trouxe um biquíni.

— Perfeito, então.

— O que você vai fazer enquanto eu estiver na banheira?

Ele deu de ombros.

— Ficar te olhando?

— Você vai ficar lá sentado olhando para mim?

— Não. — Ele piscou para mim. — Seria grosseiro ficar olhando para uma pessoa que não está completamente vestida.

Que ótimo.

Senti meu rosto esquentar.

— Vou vestir o biquíni.

Quando desci, fui direto para a hidromassagem enquanto Milo foi ao bar para pegar uma cerveja para ele e uma taça de vinho branco para mim, que colocou sobre a beira de azulejo ao lado de onde eu estava imersa na água quente e borbulhante.

Uma garotinha com boias nos braços apareceu de repente e entrou na banheira. Seus pais estavam do outro lado, na área da piscina.

— Olá. — Sorri.

— Oi — ela disse, tímida.

— Qual é o seu nome? — Milo perguntou.

— Georgie.

— Prazer em conhecê-la, Georgie. Eu sou Milo Hooker, e esta é minha irmã, Maddie Hooker.

Dei risada diante da ênfase que ele deu ao nosso sobrenome falso. Quase tinha me esquecido disso.

A garotinha ficou brincando tranquilamente enquanto apoiei a cabeça para trás e deixei o vapor penetrar no meu corpo dolorido.

— Sente-se melhor? — Milo perguntou, fazendo-me abrir os olhos.

— Você tinha razão. Isso ajuda mesmo a aliviar os músculos doloridos.

— Eu meio que queria estar com a minha bermuda de banho agora.

Em vez de concordar e me meter em ainda mais encrenca, perguntei:

— Qual a sua projeção sobre nossos voos amanhã? Acha que vamos conseguir sair daqui?

Ele tomou um gole de cerveja e balançou a cabeça afirmativamente.

— Acho que amanhã conseguiremos, sim, mas tomamos a decisão certa hoje.

— Você merece todo o crédito por essa decisão.

— Bom, pensei: por que não tirarmos mais um dia para não sermos quem somos de verdade?

— Tenho que admitir que estou curtindo muito a Maddie. Ela não tem que se preocupar com mais nada no mundo, exceto com o que escolher no cardápio de bebidas. Ela é impulsiva. E agora, meio que sabe esquiar. — Sorri.

Ele retribuiu meu sorriso e, então, sua expressão ficou mais séria.

— Você não era a única que estava precisando de uma mudança. Acredite.

Tive que aproveitar a deixa.

— Então... eu queria te perguntar uma coisa. Você disse que é professor de música do ensino médio, mas está no meio dessa viagem e, depois, vai para Nova York. Isso me parece bastante folga. Quanto tempo de férias você pode tirar?

Ele baixou o olhar para sua cerveja.

— Na verdade, eu tirei uma licença do trabalho por um semestre.

— Uau. Você pode fazer isso?

— Aparentemente, sim. Me concederam.

— Você só precisava de um tempo?

Ele expirou.

— Eu estava começando a sentir que não estava mais fazendo isso com o mesmo entusiasmo. E preciso muito que seja assim. Então, fiz algo que as pessoas raramente fazem: tirei um tempo para me afastar.

— Você acha que estará pronto para voltar depois desse semestre?

— Sim. Às vezes, na vida, nós simplesmente continuamos porque sentimos como se o mundo fosse desmoronar se pararmos de nos mover em um ritmo frenético. Mas esse não é necessariamente o modo que deveríamos agir. O diretor da minha escola gosta muito de mim, então isso ajuda, é claro. Se eles não tivessem me concedido uma licença sem me garantir que eu ainda teria um emprego, acho que não teria tirado.

Por mais que eu admirasse sua filosofia, ainda estava coçando a cabeça internamente.

— Então, você está... reavaliando sua vida com esse tempo de folga?

— Pode-se dizer que sim.

— Que inveja. É preciso muita coragem para saber quando parar. Eu não me dei conta de que essa viagem seria tipo isso para mim até ficar presa aqui. Somente nesses dois dias em que temos passado tempo juntos percebi tantas coisas sobre mim mesma. Meus desejos verdadeiros, quantas coisas perdi por não viver espontaneamente.

— Eu diria que conseguimos muita coisa em um pequeno intervalo de tempo, maninha. — Ele piscou para mim.

— É. — Sorri.

Eu sabia que havia muito mais coisas sobre ele do que me demonstrava. Ele disse que perdeu uma pessoa. Eu nunca insistiria que falasse sobre isso, mas estava me perguntando o que aconteceu. Quase perguntei naquele momento mesmo, mas, no fim das contas, não queria passar nossos últimos momentos juntos tocando em um assunto que poderia ser triste para ele.

Estávamos tão envolvidos em nossa conversa que mal prestamos atenção à pequena Georgie, que continuava a bater os braços pela água. Alguns minutos depois, seus pais recolheram suas coisas e vieram até a banheira.

— Georgie, você está pronta? Venha, querida. Vamos voltar para o quarto.

A garotinha apontou para mim de repente e soltou:

— Estou aqui com a *Hooker*.

Senti o sangue subir para minha cabeça. Seus pais congelaram por um instante antes de pegar a pequena Georgie com pressa, achando que sua filha estava na mesma banheira que uma prostituta.

É claro que, assim que ela disse isso, eu estava tomando um longo gole do meu vinho com meus peitos quase saindo da parte de cima do biquíni.

Milo soltou um risinho pelo nariz e, então, acabou caindo na gargalhada depois que eles foram embora.

Ele esfregou os olhos.

— Esse foi o jeito perfeito de terminar esta noite.

Com Georgie e seus pais fora dali, nós dois ficamos completamente sozinhos na área da piscina.

Milo me chocou quando tirou sua camisa e começou a abrir a calça.

— O que você está fazendo? — Engoli em seco, pegando-me admirando seu peito nu.

— Estou dando continuidade à nossa onda de impulsividade, entrando na hidromassagem de cueca boxer. É para comemorar você ter sido confundida com uma prostituta.

Mal tive um vislumbre do volume impressionante em sua cueca antes de ele imergir na água ao meu lado.

CAPÍTULO 5
Matteo

Eu não sabia por que não tinha tido essa ideia antes. Uma cueca boxer não era tão diferente de uma sunga.

Tomei um gole de cerveja e inspirei o vapor.

— Isso que é vida, não é?

Maddie fechou os olhos.

— Com certeza. Estou mesmo feliz por você ter me convencido a ficar hoje. Obrigada mais uma vez por ter me levado à estação de esqui.

— O prazer foi meu. Fazia muito tempo desde que estive lá. Estava precisando muito.

Aquele não era o momento para falar sobre o motivo pelo qual eu não esquiava há tanto tempo. Embora parte de mim quisesse se abrir para ela, eu não achava que seria uma boa ideia deixar o clima da noite sombrio. Estávamos alterados e seminus em uma banheira de hidromassagem. Eu precisava curtir aquilo e não trazer a vida real para a fantasia da qual vínhamos desfrutando há dois dias. *Você é o Milo, não Matteo, nesse momento. Lembre-se disso.*

Ela deu risada.

— A única coisa ruim em você ter se juntado a mim é não termos mais alguém apropriadamente vestido para buscar mais bebidas para nós.

— Eu me seco e visto minhas roupas novamente, se for preciso. Depois, volto a entrar na banheira — eu disse.

— Você é um cara legal.

— Bem, você não parece se importar em ver eu me vestir e me despir, não é?

Seu rosto ficou vermelho como um tomate. *Merda*. Talvez eu tenha forçado demais.

— Só estou brincando, Maddie.

Ela soltou uma respiração frustrada pela boca.

— Quer saber? A antiga eu negaria que tinha te comido com os olhos hoje de manhã. Mas já que, nessa viagem, eu supostamente sou despreocupada, vou dizer que sim, admiro sua forma física. Mas termina aí. Não estou procurando nada, muito menos sexo com um quase estranho. Ou meu irmão. Espero que saiba disso.

Ai. Quase estranho. Achei que já tínhamos ido um pouco além disso.

Tudo ficou em silêncio.

Bem, isso deixou as coisas bem deprimentes.

Não tive a intenção de deixá-la desconfortável ou na defensiva. Eu estava meio bêbado e com a boca frouxa.

— Peço desculpas por ter te deixado desconfortável. Eu estava só brincando com você.

— Ok. Bom, eu não queria que você interpretasse errado as coisas. Acabei de passar por um péssimo término, e talvez parte de mim esteja um pouco solitária e vulnerável, mas não o suficiente para perder minhas inibições com você, caso eu tenha insinuado alguma coisa.

Cara, ela ficou muito tensa de repente. Isso meio que me deu vontade de beijá-la, levá-la para o quarto e ajudá-la a descontrair. Mas eu sabia que nada disso aconteceria. Primeiro, ela tinha acabado de fechar essa porta.

Segundo, que sentido faria tomar alguma iniciativa se iríamos embora no dia seguinte? E terceiro, ela meio que me odiava agora.

Maddie claramente não era o tipo de garota com quem você poderia ter um caso sem importância, apesar de seu suposto desejo de ser mais impulsiva. Mulheres enviavam sinais, e, desde o início, eu soube que ela não era do tipo que fazia sexo casual. Ela era mais complexa que isso. E muito mais... especial. Eu esperava mesmo que ela não aceitasse de volta o babaca que a magoara.

Senti como se estivesse engolindo sapos.

— Ok, agora que esclarecemos que não há expectativas, podemos tentar relaxar um pouco antes de termos que ir embora amanhã de manhã? Posso ir pegar mais bebidas para nós?

— Seria ótimo. — Ela me ofereceu um pequeno sorriso, que não serviu muito para consertar a confusão que causei.

Após voltarmos para nossos quartos, tive dificuldades para dormir.

E, na manhã seguinte, acordei me sentindo da mesma maneira: um lixo.

Eu havia forçado, deixado Maddie constrangida. Em vez de provocá-la, eu deveria ter falado a porra da verdade: que me sentira vivo com ela na estação de esqui no dia anterior de uma maneira que não acontecia havia anos.

Mais tarde, naquela manhã, nos encontramos para um café da manhã quieto no restaurante do hotel.

O caminho até o aeroporto foi mais quieto ainda.

Quando chegamos, descobrimos que nossos voos iriam atrasar cerca de uma hora, mas ainda estávamos marcados para embarcar naquele dia.

Fiquei grato pelo tempo extra que poderia passar com ela antes de termos que nos despedir.

O clima ainda estava sombrio. Estávamos diante de uma banca de revistas quando eu disse:

— Chegamos cedo. Você quer ir comprar um café e sentar em algum lugar comigo?

Ela assentiu.

— Eu adoraria.

Entramos na fila da Starbucks e disputamos quem pagaria pelo aplicativo de celular. Acabei sendo mais rápido e ganhando.

Em seguida, sentamos em uma das áreas de espera.

Acenei com a cabeça em direção a um idoso sentado do outro lado de frente para nós. Ele usava um casaco de lã e estava comendo o que parecia ser repolho cru dentro de um saquinho plástico.

— Qual é a dele? — perguntei a ela.

— Como assim?

— Vamos fazer uma brincadeira. Me diga quem você acha que ele é e para onde está indo.

Ela apertou os lábios, ponderando.

— Acho que a esposa dele acabou de morrer e ele não sabe cozinhar, então coloca vegetais crus em saquinhos plásticos e os come de lanche.

— Teoria interessante. Vou terminar a história.

— Ok. — Ela riu.

— Archibald... — Virei-me para ela. — Esse é o nome dele... vinha sofrendo após a morte de sua esposa. Até se deparar com Irina em um catálogo de noivas por correspondência. Ele está a caminho de Moscou para se encontrar com ela. — Acenei com a cabeça, incentivando Maddie a continuar a história.

— Para seu futuro desgosto, Irina não será nem um pouco parecida com sua falecida esposa — ela disse. — Ela não sabe cozinhar, nem cuidar da casa. Ele sentiu que Irina poderia ser a escolha certa para ele, mas verá que a viagem foi um erro. Ela tem idade para ser filha dele, e eles não têm nada em comum. — Ela suspirou dramaticamente. — Então, Archibald decide retornar para os Estados Unidos sozinho.

— Mas não antes de deixar Irina chupá-lo atrás do Kremlin.

Ela revirou os olhos.

— Você tinha que estragar tudo!

Dei risada e apontei para novos alvos: uma mulher e um homem que estavam ignorando um ao outro, com a atenção fixa no celular.

— E eles?

— Eles estão indo visitar a filha na faculdade em Boston. As coisas estão meio delicadas desde que ela foi embora de casa. A síndrome do ninho vazio está pesando muito neles, e estão se dando conta de que passam mais tempo ignorando um ao outro do que interagindo.

Assenti.

— Então, é por isso que, nesse momento, ele está mandando mensagens sacanas para ela bem aqui no aeroporto. Ele está tentando apimentar uma situação, que perdeu a graça, mandando para ela uma foto do pau que tirou mais cedo no banheiro.

Maddie caiu na risada.

— Ela não reagiu ainda porque o marido não percebeu que acidentalmente enviou a foto para sua sogra.

— Ai! — Gargalhei. — Isso é terrível. Mas muito bom. Agora você está pegando o jeito da coisa.

Ela sorriu, mas então, uma onda de silêncio substituiu o clima alegre.

— Milo, eu tenho que te pedir desculpas — ela disse após um momento.

Virei-me para ela, perplexo.

— Por quê?

— Eu... fiquei muito na defensiva ontem à noite, e sinto muito. Não sou assim. Você estava só brincando, e eu levei a sério, porque estava me sentindo emotiva e talvez um pouco insegura. Você é um homem muito bonito, e por mais que eu não estivesse procurando nada além de amizade com você, não sou cega. Eu te admirei fisicamente e deveria ter simplesmente assumido em vez de agir de maneira tão defensiva.

Merda. Ela não deveria estar se desculpando. Deveria ser o contrário.

— Maddie, por favor, não pense mais nisso. Eu me sinto muito confortável quando estou com você, e isso faz com que seja fácil fazer brincadeiras. Quando se fechou ontem à noite, me senti um merda. Essa era a última coisa que eu queria, não somente porque você pareceu ficar chateada, mas porque eu não queria desperdiçar um minuto das nossas últimas horas juntos. — Minhas barreiras começaram a desmoronar um pouco. — Você me disse, assim que nos conhecemos, que estava se sentindo perdida. Isso me atingiu lá na alma, porque eu estava me sentindo exatamente da mesma forma... até nos conhecermos. Os últimos dois dias sendo o Milo da Maddie foram incríveis, e eu estava precisando muito disso também. Acredite em mim.

O sorriso que se espalhou em seu rosto fez minha confissão valer a pena.

— Fico feliz por não ter sido só eu.

— Não foi. E quero que saiba... aquele cara que te magoou? Ele é um grande otário. Você é tão inteligente quanto linda. Criativa e aventureira. Tudo que um homem poderia querer. E não estou dizendo isso como um cara que está tentando te fazer sentir bem ou te levar para a cama. Estou dizendo isso como seu amigo.

— Ou irmão. — Ela piscou para mim.

E então, ela me puxou para um abraço, algo que eu não estava esperando. Pude sentir seu coração batendo contra meu peito.

— Obrigada por me lembrar de como é se sentir viva — ela disse.

Nós nos soltamos, levantamos e começamos a percorrer o longo caminho até nossos portões. A cada segundo que passava, minha sensação de pavor ficava mais intensa. Eu não queria voltar para a minha vida pré-Maddie, principalmente porque estive lidando com as coisas de uma maneira bem solitária. Eu gostava da companhia dela. Ela nem tinha ido embora ainda e eu já estava ansiando pelas coisas que estávamos deixando para trás.

Chegamos a um ponto onde ela teria que virar à esquerda para o Terminal A, e eu, à direita para o Terminal B.

Paramos e ficamos de frente um para o outro.

— Bem, acho que é isso — ela disse.

Não me pergunte o que deu em mim naquele momento, mas uma voz dentro de mim simplesmente disse: *o caralho que é.*

— Não precisa ser o *fim*, Maddie.

As palavras saíram tão rápido que não tive certeza se havia acabado de proferi-las ou pensá-las.

— Não precisa ser o fim? — ela questionou. — O que quer dizer?

— Você quer mesmo voltar para Connecticut agora?

Seus olhos fitaram os meus.

— Sinceramente? Não, nem um pouco.

— Posso te fazer uma pergunta?

— Sim.

— Qual foi a coisa mais louca que você já fez?

— Não me lembro agora...

— Não importa. Porque eu quero que a resposta seja: disse sim a um quase estranho que me convidou para embarcar em uma aventura às cegas com ele.

— O que você está dizendo?

— Estou dizendo que não estou pronto para me despedir do Milo, se você estiver a fim de brincar de Maddie por mais um tempinho.

Sua respiração acelerou enquanto ela parecia estar considerando minha proposta.

— Para onde vamos?

— Para onde o vento nos levar? Para qualquer lugar que quisermos? Contanto que não seja Connecticut, Nova York ou Seattle.

Ela limpou o suor da testa.

— Seria uma loucura total se eu dissesse sim?

— Não se isso for o que o seu coração está mandando você dizer.

— Então... sim. — Ela confirmou com a cabeça. — Eu digo sim. Eu quero ir.

Senti uma onda de alívio.

— Me deixe te fazer uma pergunta — eu disse.

— Sim?

— Qual foi a coisa mais louca que você já fez?

— Disse sim a um quase estranho que me convidou para embarcar em uma aventura às cegas com ele.

— Maddie, bem-vinda ao dia mais louco da sua vida.

Ela abriu um sorriso de orelha a orelha.

— Hooker Parte Dois?

Ergui a mão e nos cumprimentamos com um "toca aqui".

— Vamos nessa.

CAPÍTULO 6
Matteo

— Eles estão em um primeiro encontro. Ele está com medo de o cartão de crédito ser rejeitado porque gastou além da conta esse mês com seu vício em pornô de garotas na webcam.

Maddie olhou para mim como se eu tivesse duas cabeças. Ergui o queixo e sinalizei para o casal de pé diante do balcão. O cara estava esfregando as mãos na lateral das pernas como se suas palmas estivessem suadas, e realmente parecia estar muito pálido. É claro que isso podia ser porque ele estava prestes a alugar uma supermáquina que chegava a duzentos e quarenta quilômetros por hora com apenas um capacete como proteção. Mas eu gostava mais da minha história.

Maddie entendeu que eu estava fazendo nossa brincadeira novamente e inclinou-se para mim.

— Ele conheceu Candi, sua garota da webcam, há um ano na internet. Eles nunca conversam. Ele curte voyeurismo, então manda mensagens para ela contando as diversas coisas que quer que ela faça, e quando ele entra, os dois fingem que ele não está pagando para assisti-la. A garota com quem ele está hoje se chama Emily. Ela mora a alguns quarteirões de distância dele. Ela acha que eles se conheceram na academia por acaso. A pobrezinha não faz ideia de que o cara com quem está saindo passou um ano subindo em uma árvore do outro lado da rua de sua casa. Ele a observa se trocar pela janela do quarto à noite.

Minhas sobrancelhas saltaram.

— Isso é um pouco pervertido. Adorei. Não achei que você fosse capaz de elaborar essas coisas, Madeline Ophelia Hooker.

Ela deu risada.

— Ophelia? Esse é o meu nome do meio?

Dei de ombros.

— Nossa mãe era muito fã de *Hamlet*.

Depois que Maddie e eu decidimos continuar nossa aventura, alugamos um carro no aeroporto e fomos para Steamboat Springs. Maddie dissera que nunca tinha andado de moto de neve antes, e as trilhas ali tinham paisagens lindas. Imaginei que poderíamos incorporar sua arte de fotografar no nosso dia explorando as belas montanhas do Colorado. Além disso, a ideia de passar o dia com seu corpo pressionado ao meu por trás... bem, não era nada mal.

— Sr. e sra. Hooker? — um homem gritou de trás do balcão. O cara suado e sua acompanhante tinham desaparecido.

Maddie olhou para mim.

— Você disse a eles que éramos marido e mulher, em vez de irmãos, dessa vez?

— Não. Nos registrei apenas como Maddie e Milo Hooker. Acho que presumiram.

Nos aproximamos, e o cara que havia nos ajudado com a papelada nos levou para o lado de fora até o nosso transporte. Eu tinha alugado um modelo Ski-Doo Grand Touring para duas pessoas, que tinha ótima suspensão e um lugar para guardar o equipamento de fotografia de Maddie. O assento era disposto de forma que um passageiro ficaria na frente do outro, estilo motocicleta, e ajudei Maddie a subir primeiro.

— Vamos andar por cerca de meia hora antes da primeira parada — eu disse. — Essas coisas são barulhentas, então vai ser difícil conversar. Me dê um tapinha nas costas se precisar que eu pare por algum motivo. — Eu já tinha ido ao lugar o suficiente para saber quais eram as melhores trilhas, e estava ansioso para ver sua reação quando chegássemos ao lugar que eu tinha em mente. — Está com medo?

Ela abriu um sorriso enorme.

— Estou!

Dei risada. Normalmente, pessoas que estavam com medo pareciam estar prestes a borrar as calças, mas não era o caso com Maddie. Ela parecia canalizar o medo transformando-o em empolgação, e isso tinha uma influência muito estimulante em mim. Como no dia anterior, por exemplo. Fazia quatro anos que eu evitava esquiar. Se dependesse de mim, eu nunca mais teria colocado um par de esquis, mas ela havia me inspirado a transformar as lembranças ruins em novas e boas memórias.

Terminei de guardar seu equipamento de fotografia no compartimento de armazenamento traseiro e escondi a garrafa térmica de chocolate quente que ela não fazia ideia de que eu havia comprado para o nosso passeio. Em seguida, montei na frente dela.

— Está confortável? — gritei.

— Estou. Mas onde eu me seguro?

Havia alças presas às laterais de seu assento que ela poderia agarrar para se segurar, mas, por sorte, o cara que nos deu as instruções sobre o veículo não mencionou isso.

— Você coloca os braços em torno de mim.

— Oh. Ok. Preciso me afastar um pouco para frente, então.

— Sim, precisa.

Ela estava sentada com um espaço entre nós, o que poderia ter mantido se soubesse sobre as alças. Em vez disso, suas coxas envolveram as minhas, e abaixei a mão para apertar levemente uma delas.

— Pronta?

— Sim. Estou confortável.

É, eu concordava plenamente — era muito mais confortável assim. Uma pena estarmos empacotados em roupas pesadas de inverno. Nota mental: desviar a direção dessa aventura para um lugar um pouco mais quente para nos livrarmos de algumas dessas camadas talvez não seja uma má ideia.

Liguei a moto de neve e Maddie apertou os braços à minha volta.

— Ahhh! — ela guinchou. — Estou tão nervosa. — E eu não pude evitar meu sorriso ao pisar no acelerador.

A viagem pelas trilhas era linda. Árvores e arbustos verdes cobertos por uma camada densa de neve delineavam o perímetro do caminho. Mais de uma vez, Maddie gritou e apontou para alguma coisa. Embora eu tivesse feito aquele passeio uma centena de vezes, tudo parecia novo, como se eu estivesse vendo através da perspectiva dela ao invés da minha. Serpenteamos pelas montanhas até estarmos quase no topo e, então, desacelerei.

— Segure mais firme, ok? Vamos desviar das trilhas por alguns minutos.

— Tudo bem!

Adorei o fato de ela não ter perguntado se era permitido ou o que iríamos ver. Maddie confiava que eu a manteria segura, mesmo que só nos conhecêssemos há alguns dias. Assim que nos aproximamos da vista, estacionei e desci, tirando meu capacete e pendurando-o no guidão.

Maddie também desceu, tirou o capacete e começou a massagear seu traseiro.

— Acho que minha bunda está um pouco dormente por causa da vibração.

— Estou sentindo a mesma coisa nas minhas bolas.

Ela deu risada.

— Acho que eu deveria ficar feliz por você não estar massageando-as, então.

— E você acha que eu te trouxe aqui para mostrar o quê? — Pisquei para ela.

Descarreguei seu equipamento fotográfico da parte traseira da moto de neve e peguei a garrafa térmica de chocolate quente.

— Vamos. Por aqui.

Conduzindo-a até uma rocha gigantesca a cerca de seis metros de distância da beira da montanha, subi primeiro e, então, estendi a mão para puxá-la.

Ela se virou e deu a primeira olhada na vista do inverno encantado lá embaixo. A paisagem era verdadeiramente magnífica. A floresta estava toda branca, o céu estava azul brilhante, e fumaça pairava sobre uma fonte termal no centro do vale.

— Meu Deus. É deslumbrante.

Olhei para seu sorriso enorme.

— É mesmo.

Maddie pegou sua câmera o mais rápido que pôde. Ela a levantou e tirou fotos, perdida em seu próprio mundo durante uns dez minutos. Quando se sentou e suspirou, decidi que era o momento perfeito para uma bebida quente, então servi um pouco do chocolate quente fumegante na tampa de plástico que servia como caneca e entreguei para ela.

— Oh, nossa. Isso é perfeito — ela disse.

Ficamos alternando goles na caneca de chocolate quente.

Ela balançou a cabeça e suspirou.

— Não posso tirar somente fotos de crianças pelo resto da vida.

— Não?

— Tem que haver um meio-termo em algum lugar. Eu adorava meu emprego na revista de música, mas nunca ficava em casa. Eu quero ter uma família, um dia, e de jeito nenhum quero arrastar meus filhos pelo mundo sem parar como meus pais fizeram comigo. Mas os últimos dias aqui me fizeram perceber o quanto eu também preciso estimular minha alma.

Assenti.

— Entendo. Foi assim que encontrei meu caminho como professor.

— Sabe, quando te perguntei naquele dia como você acabou se tornando professor, você matou o assunto. Disse que era uma história para outro dia. — Ela bateu o ombro no meu. — Bem, hoje é outro dia, sr. Hooker.

Encarei o céu por um momento, sem saber bem por onde começar. Eventualmente, fechei os olhos e decidi que talvez fosse melhor começar logo pela pior parte da história.

— Conheci Zoe no primeiro semestre da faculdade. Não nas aulas, mas em um bar onde eu estava fazendo uma apresentação, embora ela também fosse aluna. Ela tinha um metro e meio de altura e não devia pesar mais do que quarenta e cinco quilos. Mas foi até o microfone e simplesmente começou a cantar comigo *Some Kind of Wonderful*, da banda Grand Funk Railroad.

Balancei a cabeça e lembrei-me daquela noite. Era a primeira vez em muito tempo que eu sorria ao pensar em Zoe.

— Ela tinha uma voz insana, profunda e rouca. Parecia pertencer a uma cantora gospel de quarenta anos e mais de cento e trinta quilos. Eu costumava dizer a ela que me apaixonei pela mulher presa dentro da garota jovem e linda que ela era. Realmente uma velha alma. — Fiz uma pausa. — Enfim, aquela foi a última apresentação que fiz sozinho.

— Você e Zoe se tornaram uma dupla?

Confirmei com a cabeça.

— Ela não conseguia cantar se olhasse para a plateia. Então, cantávamos um para o outro. Éramos estudantes, então tocávamos principalmente em lugares próximos durante a semana. Mas abríamos um pouco o leque aos fins de semana, e começamos a reunir uma grande quantidade de pessoas que nos acompanhavam e curtiam nossa música. No nosso último ano, uma gravadora veio nos ver cantar e nos ofereceu um contrato.

— Oh, uau. Eu não fazia ideia.

— Isso é porque nunca gravamos o álbum. Zoe e eu estávamos prontos para tirar uma licença da faculdade por um semestre. Estávamos agendados para ir para Los Angeles e gravar em janeiro. Na noite antes de irmos, tive a brilhante ideia de irmos esquiar uma última vez antes de irmos para a terra da luz do sol. Zoe era boa em esquiar, mas não costumava fazer trilhas muito avançadas como eu. Em vez de ficar nas trilhas regulares com ela, eu disse que a encontraria no final porque queria descer uma última vez pelas trilhas duplo diamante negro. Ela insistiu em ir comigo. Não argumentei o suficiente, então ela foi. No meio do caminho, ela se deparou com um monte de gelo e desviou do curso da rampa. — Respirei fundo e engoli em seco. — Ela bateu em uma árvore. Quebrou o pescoço. Morreu na hora.

— Oh, meu Deus, Milo. — Maddie estendeu os braços e me puxou para um abraço, envolvendo-me com firmeza. — Eu sinto muito.

Assenti.

— Obrigado. — Após alguns minutos, ela afrouxou o abraço e me soltou, e finalizei a história. — Enfim, ontem foi a primeira vez que esquiei desde aquele dia. E decidi me tornar professor para continuar na música, que é algo que amo. Mas nunca mais consegui cantar sem Zoe.

— Nossa. Posso entender por quê. Mas, minha nossa, Milo. Por que você não me contou o quanto ontem foi importante?

Eu não sabia qual era a resposta para aquela pergunta.

— Acho que eu precisava *não* colocar tanta importância assim. Fazer ser sobre você me ajudou a me distrair do motivo pelo qual parei de esquiar.

— E eu aqui te contando todos os meus problemas. O que passei não chega nem perto do seu trauma.

— Nós dois sofremos a perda de alguém que amávamos. Só que de maneiras diferentes.

Maddie retirou sua luva e, em seguida, deu um puxão leve em uma das minhas. Assim que nossas mãos ficaram livres, ela entrelaçou os dedos aos meus e apertou.

— Acho que estávamos destinados a nos conhecer, Milo Hooker. A vida nos uniu por um motivo. — Ela apoiou a cabeça em meu ombro e soltou um suspiro profundo. — Estamos aqui para ajudar um ao outro a encontrar novos caminhos.

Assenti.

— Acho que você tem razão, maninha. Realmente acho que você tem razão.

Depois do passeio, encontramos um pequeno hotel perto da Rua Principal no centro de Steamboat Springs para passar a noite. Mais uma vez, pedimos quartos adjacentes.

— Estou morrendo de fome — Maddie disse enquanto estávamos diante de nossas respectivas portas e passamos os cartões-chaves para abri-las. — Quando estávamos dirigindo pela cidade, vi um lugar bonitinho onde eu gostaria de comer.

— Ah, claro. Que lugar?

Ela sorriu.

— É uma surpresa.

Retribuí o sorriso.

— Ok. De quanto tempo você precisa para ficar pronta?

— Uns quarenta minutos.

— Ótimo. Bata à minha porta quando terminar.

Tomei um banho e me vesti. Em seguida, deitei na cama para descansar os olhos por alguns minutos. Uma batida na porta me despertou um tempo depois.

Abri a porta, ainda sonolento, e encontrei Maddie toda arrumada em um vestido prateado justo com alças finas. Seus cabelos ruivos estavam modelados em ondas suaves, e sua maquiagem estava um pouco mais forte do que já a vira usando. Tive que piscar algumas vezes para conferir se não estava sonhando.

— Nossa. Você está incrível. Acho que preciso me trocar.

Ela deu um passo para trás e baixou a cabeça para olhar para si.

— Isso é demais? Eu trouxe tantas roupas bonitas. Não sei aonde pretendia ir toda arrumada, já que vim sozinha, mas pensei: por que não usá-las? Mas olhe como esse vestido é nas costas. É exagerado? Eu obviamente preciso pegar meu casaco antes de sairmos.

Ela virou-se e me mostrou o decote baixo de seu vestido nas costas, que exibia uma pele clara cremosa até logo acima de sua bunda. Salivei ao ver o material sedoso abraçando suas nádegas perfeitamente redondinhas.

Pigarreei.

— Hummm... realmente não é uma roupa típica de inverno, mas, nossa, você está sexy pra caralho. Acho que não deveríamos dizer às pessoas que somos irmãos esta noite, porque elas podem achar nojento quando eu babar olhando para você.

Ela ruborizou.

— Que gentil da sua parte. Mas é melhor eu me trocar?

— Porra, de jeito nenhum. — Acenei com a cabeça para meu quarto.

— Mas entre para que eu possa ao menos vestir uma camisa social.

Aquele pareceu um pedido perfeitamente inocente, mas, no instante em que a porta se fechou atrás dela, isso mudou. Talvez fosse o fato de ela estar em um quarto que tinha basicamente apenas uma cama combinado a como ela ficava naquele vestido, mas, de repente, senti uma vontade enorme de ver seus lindos cabelos ruivos espalhados sobre o meu travesseiro.

Precisando me distrair daquele pensamento, fui até minha mala e remexi o conteúdo enquanto Maddie se sentava na beira da cama. Ela cruzou as pernas, e perdi a batalha da tentativa de não encará-la.

Caralho, ela também tinha pernas incríveis.

E eu nem havia notado seus sapatos sensuais pra cacete. Eram brilhantes, com uma tira fina em volta do tornozelo e um salto alto fino. Nunca me senti tão grato pelo trabalho estupendo que o Colorado fazia na limpeza das calçadas nas áreas turísticas. Aqueles sapatos eram muito melhores do que botas de neve, com toda certeza.

Eu estava usando uma calça preta e um suéter, mas o retirei para vestir uma camisa social cinza. Quando terminei de vestir a camiseta que coloquei por baixo, flagrei Maddie me dando uma conferida novamente.

O sentimento é mútuo, Mads. Totalmente mútuo.

Ao sairmos para a rua, ofereci meu braço para ela.

— Não quero que escorregue em algum monte de neve com esses sapatos.

— Oh. Obrigada.

Ela agarrou meu bíceps e, juntos, caminhamos por dois quarteirões. Eu não fazia ideia de para onde estávamos indo, mas Maddie parecia saber. Seguindo sua postura aventureira, não perguntei.

Ela parou em frente a um bar local.

— Chegamos.

O lugar já existia há anos e parecia ser uma espelunca. Fiquei surpreso por ela não ter escolhido um lugar mais elegante, diante da maneira como estava vestida.

— Acho que no cardápio daqui só tem bebidas e hambúrgueres, essas coisas. Há uma churrascaria no próximo quarteirão, se quiser algo mais refinado.

Ela sorriu.

— Não. O que quero está bem aqui. Você escolheu as últimas duas aventuras. Esta noite, é minha vez.

Dei risada.

— Como quiser.

Após entrarmos, uma garçonete nos disse para sentarmos onde quiséssemos, então escolhemos uma mesa. Olhei em volta. Devia fazer uns oito anos desde que eu estivera ali, mas o lugar não tinha mudado absolutamente nada. Era escuro, com paredes cobertas por painéis de madeira e chão de concreto. Havia música tocando no que parecia ser um sistema de som bem decente para um bar de tão baixa qualidade, e em um canto, ficava um pequeno palco onde dois caras estavam montando um equipamento.

— Você quis vir para ouvir música ou algo assim? Não dá para imaginar que você escolheu esse lugar pela comida.

— Sim, eu vim pela música.

Assenti. Isso fazia um pouco mais de sentido. Contudo, eu não tinha visto anúncio de banda em lugar nenhum ali.

— Quem vai cantar esta noite?

Maddie sorriu.

— Você. É noite de karaokê. O letreiro lá fora dizia que começará em dez minutos.

Eu odiava ser um estraga-prazeres quando Maddie vinha topando tudo sempre que eu direcionava as nossas aventuras, mas de jeito nenhum eu ia cantar.

— Desculpe, Mads. Aprecio o fato de que você quis vir aqui por mim. Mas não posso fazer isso.

Esquiar era uma coisa, mas subir no palco sem Zoe era outra completamente diferente. Era o lugar ao qual ela pertencia.

— Tudo bem. Mas espero que não se importe que eu vá.

— Não sabia que você cantava.

Ela abriu um sorriso de orelha a orelha.

— E não canto.

Eu bebi uma cerveja, e Maddie tomou uma taça de vinho, que notei que ela engoliu bem rápido. Quando terminou, ficou de pé.

— Vou me inscrever. Algum pedido especial?

Abri os braços e os apoiei sobre o encosto do assento.

— Surpreenda-me.

Ela disse que não sabia cantar, mas presumi que estava apenas exagerando. Quem se inscreve em um karaokê a menos que seja, no mínimo, um pouco afinado? Quando se está sóbrio, pelo menos. Entretanto, quando ela voltou para a mesa e pediu um vinho *e* um shot, me dei conta de que seu objetivo devia ser ficar bêbada antes de chamarem seu nome.

— Você canta em karaokê com frequência?

Ela virou o shot e fez uma careta como se tivesse sentido cheiro de peixe morto antes de bater o copinho sobre a mesa.

— Nunca cantei.

Ergui as sobrancelhas.

— Sério?

— Sério. Nunca cantei em público antes. Bem, a menos que meu primeiro apartamento conte. Eu morava em um estúdio que tinha paredes finas. Aparentemente, a parede do meu chuveiro ficava ao lado do quarto do apartamento vizinho. Eu costumava cantar no chuveiro à noite. Às vezes, até usava um frasco de shampoo como microfone quando entrava mesmo no clima. Então, um dia, minha doce e idosa vizinha bateu à porta. A sra. Eckel me entregou uma torta e abriu um sorriso educado antes de me dizer que seu cachorro chorava toda vez que me ouvia cantando. Ela perguntou se eu poderia evitar cantar no banheiro, dali em diante.

Dei risada.

— Você só pode estar brincando. Isso não aconteceu.

Ela traçou uma cruz com um dedo sobre o peito.

— Juro por Deus. — Ela gesticulou para a garçonete e pediu outro shot.

— Hum... você está virando vodca como se fosse água. Com que frequência toma shots?

— Com a mesma frequência que canto em karaokês.

Merda.

Por sorte, o cara encarregado do karaokê chamou seu nome antes do terceiro shot chegar à mesa.

— A próxima será Madeline Ophelia Hooker. Ela vai cantar uma música do CeeLo Green... a original, não a versão não-explícita que tocam nas rádios.

Maddie se levantou e alisou seu vestido.

— Ai, meu Deus. Não acredito que vou fazer isso. Como estou?

— Sinceramente? Sexy pra caralho. Aposto que nem ao menos perceberão se você não souber mesmo cantar nada. Mas ainda dá tempo de desistir se não quiser ir em frente. Aprecio o que estava tentando fazer, quer você suba lá ou não.

Maddie curvou-se e beijou minha bochecha. Mas, ao invés de se afastar logo em seguida, ela aproximou a boca da minha orelha.

— Lembra-se de hoje mais cedo, quando você tirou a camisa na minha frente? — Seu hálito quente fez cócegas em minha orelha.

— Sim.

— Se você se juntar a mim, retribuirei o favor em algum momento antes de seguirmos nossos caminhos separados.

Soltei uma respiração intensa pela boca. Deus, aquela mulher era tão imprevisível quanto linda. Mas nem mesmo isso me convenceria a encarar aquele microfone.

— Boa sorte, linda.

Observei Maddie caminhar até o palco. Aquele vestido deixava sua bunda fenomenal. Eu tinha quase certeza de que minha cabeça ficou balançando de um lado para o outro em sincronia com o balançar de seus quadris conforme ela andava. A garçonete trouxe o shot que Maddie havia pedido assim que ela estava subindo no palco. Peguei o copinho de sua mão antes que ela tivesse a chance de colocá-lo sobre a mesa e o virei.

— Vou precisar de mais um desses, por favor.

O encarregado do karaokê falou ao microfone.

— Escolha interessante de música, Madeline. Você gostaria de dedicá-la a alguém?

Maddie pigarreou e puxou o microfone para que ficasse diante de sua boca.

— Sim. Para o meu ex-noivo, e para todos os homens babacas do mundo.

O cara deu risada.

— Muito bem, então. Vamos lá.

A música começou a tocar, e imediatamente reconheci qual música do

CeeLo Green ela havia escolhido. *Fuck You*[1], embora a maioria das estações de rádio a chamasse de *Forget You*[2] e colocasse *bips* em metade da letra.

Maddie começou a cantar e, meu Deus, ela não estava mentindo. Algumas pessoas tinham uma voz ruim, outras eram completamente desafinadas, e outras simplesmente não tinham ritmo para cantar. A pobre Mads sofria dos três males.

Ela era péssima.

Muito, muito ruim.

No começo, o bar ficou quieto. Acho que a maioria das pessoas provavelmente estava perplexa por ouvir um som tão horrível saindo de uma mulher tão linda. Mas, eventualmente, o bar despertou e as pessoas começaram a resmungar. Alguns idiotas até a vaiaram. Maddie parecia querer se enfiar em um buraco.

Porra.

Passei uma mão pelo cabelo.

Puta que pariu.

As vaias da plateia ficaram mais altas, mas Maddie continuou, tentando ir até o fim.

Eu não podia deixá-la ali sozinha fazendo papel de trouxa.

Resmunguei *porra* e me levantei da mesa, marchando em direção ao palco. Ela esteve comigo a todo momento, e eu não podia deixá-la fazer isso sozinha.

Parei na estação do encarregado pelo karaokê e pedi a ele que me fizesse um favor e colocasse outra música. Havia dois microfones no palco. Segui o fio de um deles e retirei o plug da parede. Assim que o cara desligou a música do CeeLo Green, eu disse à Maddie que ficasse diante do microfone que não estava mais ligado.

---

1   Em tradução livre, Vá se foder. (N.T.)
2   Em tradução livre, Esquecer você. (N.T.)

— O que você está fazendo? — ela sussurrou.

— Deixando de ser covarde. Agora, vá para o outro microfone antes que a próxima música comece.

CAPÍTULO 7
Hazel

Eu não conseguia parar de olhar para Milo.

Ele tinha uma voz incrível. Era rouca e profunda, e no instante em que começou a cantar, senti como se estivesse me envolvendo como um cobertor quentinho. Ele cantou a música *Need You Now*[3], de Lady Antebellum, que, embora fosse um dueto, ele não precisou de mais ninguém para cantar junto.

Fiquei parada diante do microfone assistindo-o, maravilhada com o quanto ele parecia cantar sem esforço e o quanto estava confortável ali no palco. Quando chegou ao refrão, olhou para mim e sorriu, apontando para o meu microfone. Juntei-me a ele, mas, por sorte, ninguém podia me ouvir.

Quando a música terminou, fomos aplaudidos de pé. Bem, falemos a verdade: Milo foi aplaudido de pé. Ele acenou para a plateia e me ofereceu a mão ao descer do palco. Nossos olhares se prenderam.

— Obrigada por me salvar — eu disse.

— Não, Mads. Eu que agradeço por você me salvar.

---

3   Em tradução livre, Preciso de Você Agora. (N.T.)

Acordei com um sorriso enorme na manhã depois da apresentação de Milo.

Meu humor só melhorou ao fazermos o checkout no hotel de Steamboat Springs e colocarmos as malas no carro alugado para seguirmos em direção à próxima aventura.

— Para onde vamos agora, sr. Hooker?

— Você sabe qual é a resposta para essa pergunta.

— Para onde o vento nos levar?

Ele apontou para mim.

— Na mosca.

— O vento pode nos dar uma dica sobre para onde ele quer que a gente vá? — Dei risada.

Ele colocou o cinto de segurança.

— O vento estava pensando que, talvez, pudéssemos ir devagar na direção sudeste e, depois, seguir para o norte. Presumo que você vai querer ir para Connecticut quando tudo isso acabar.

Pensar em voltar à realidade me deixou um pouco inquieta, mesmo que ainda estivesse bem longe.

— Parece perfeito. Não conheço muito a parte sudeste do país. Eu adoraria ver o Texas... Nova Orleans.

Pegamos a estrada e, sete horas depois, estávamos em Santa Fé, Novo México.

Que lugar lindo. O terreno montanhoso, a arquitetura. Havia uma paz ali instantaneamente acolhedora.

Abaixei o vidro da janela para inspirar o ar puro.

— Eu costumava cantar aquela música *Do You Know The Way to Santa Fe* — contei a Milo.

— Acho que é *San Jose*. — Ele olhou para mim. — *Do you know the way to San Jose*[4]...

— Mesma coisa. — Dei uma piscadela. — A propósito, você sentiu um estresse pós-traumático agora quando mencionei que cantava?

Milo sorriu.

— Um pouquinho, talvez.

Quiquei no assento.

— Não vou embora desse lugar sem botas de caubói bem doidonas. Podemos ir fazer compras amanhã?

— Claro. Na verdade, acho que deveríamos comprar uma lembrancinha de todos os lugares em que pararmos.

— Ah, droga. — Fiz beicinho. — Não temos nada de Steamboat.

— Na verdade, temos, sim. — Pisquei para ela.

— O quê?

— Meus colhões que recuperei. Eu os havia perdido, agora os tenho de novo.

Dei um tapa em sua perna.

— Bem, isso é verdade.

— Na verdade, eu trouxe uma coisa de lá — ele disse. — Uma lembrancinha.

Me animei.

— Sério?

— Sim. — Ele retirou algo do bolso e me entregou.

Era um pequeno broche do Snoopy, onde estava escrito *Steamboat*. O Snoopy usava um gorro, um suéter e um par de esquis.

---

4   Em tradução livre, Você Conhece o Caminho Para San Jose. (N.T.)

— Que fofo. Onde você conseguiu isso?

— Eu encontrei. Quando eu disse que trouxe algo de lá, quis dizer que peguei do chão. Parece vintage, não é?

Passando um dedo sobre o objeto, eu falei:

— É fofo. Posso ficar com ele?

— Claro.

Feliz, prendi o broche do Snoopy no meu casaco.

Finalmente chegamos ao nosso destino: um lindo hotel e spa que tinha uma vista deslumbrante dos Montes Sangre de Cristo. O sol estava começando a se pôr, e a paisagem ali era um espetáculo memorável.

Após fazermos o check-in, estávamos indo em direção aos elevadores quando notamos os funcionários do hotel arrumando algum tipo de evento em um dos salões de eventos. A decoração era predominantemente extravagante, com tecidos de linho amarelos e brilhantes, e isso despertou minha curiosidade.

— O que será que vai acontecer ali?

— Talvez um casamento — Milo disse.

— Pode ser. Mas você viu todo aquele amarelo? E a bola de discoteca gigante que estão pendurando? Além disso, não há flores. Acho que talvez seja outra coisa.

Vi a palavra "encrenca" estampada na expressão de Milo.

— O quê? — perguntei.

— Está a fim de se arrumar esta noite e entrar de penetra?

— Está falando sério?

— Claro. — Ele deu de ombros. — Por que não? Isso nos dará uma boa chance de colocar nossas habilidades impostoras recém-adquiridas para jogo.

— Então, os Hooker vão a um festa sem nem saberem do que se trata?

— Isso realmente importa? Algum dos destinos aos quais já fomos importou? A questão é a experiência, a emoção do desconhecido. Nunca é o destino.

Ele tinha razão. Entrar de penetra em uma festa misteriosa parecia divertido.

— Tem razão. — Assenti. — Vamos nessa.

Milo e eu entramos em nossos respectivos quartos e combinamos que nos encontraríamos em uma hora após tomarmos banho e nos vestirmos. Mais uma vez, ele insistiu em pagar pelos nossos quartos de hotel, mas eu disse a ele que era melhor que me deixasse fazer isso na próxima cidade, ou ao menos cuidar dos custos do meu quarto. Como professor de música do ensino médio, ele provavelmente não tinha um fundo de renda infinito. Ele nem ao menos estava trabalhando no momento.

Enquanto a água quente do chuveiro caía sobre mim, não pude evitar pensar sobre o nosso tempo em Steamboat e sua confissão sobre Zoe e seu trágico acidente. Pensar naquilo me partia o coração e explicava tanta coisa. Ele perdera sua parceira e alma gêmea. Isso era muito pior do que o que eu havia passado, e ajudou muito a colocar as coisas com Brady em perspectiva. Eu podia seguir em frente ou escolher perdoá-lo. Eu tinha opções. Mas Milo havia sido forçado a se despedir do amor de sua vida. Ele não tivera escolha alguma quanto a isso, o que era terrivelmente triste. Limpei minhas lágrimas e saí do banheiro.

Pegando um dos vestidos mais sensuais da mala, me arrumei toda para nossa festa misteriosa. Estávamos prestes a entrar de penetra em uma festa de casamento? De uma empresa? Um bar mitzvah? Quem sabia? De uma forma ou de outra, os Hooker estavam prontos para mandar ver com seu charme.

Olhei-me no espelho. O vestido que escolhi era preto com lantejoulas, tomara que caia e curto. Calcei os mesmos sapatos sexy de salto alto que usei no karaokê e decidir deixar meus cabelos soltos.

Assim que terminei de me arrumar, senti-me agitada, então fui bater à porta de Milo.

Quando ele abriu, suspirei diante de seu corpo sem camisa. *De novo.* Isso parecia acontecer sempre. Quase me perguntei se o idiota estava fazendo isso comigo de propósito, esperando para vestir a camisa somente depois que eu tivesse a chance de comê-lo com os olhos. Quanto tempo um cara demora para terminar de se vestir? Ele sempre parecia estar "atrasado" e, portanto, estava seminu quando eu batia.

Ele me olhou de cima a baixo.

— Você está ainda mais linda agora do que quando usou aquele vestido em Steamboat. O visual de hoje é o vencedor, Maddie.

— Ora, obrigada. Ouvi dizer que vou a uma festa hoje à noite, então quis estar o mais elegante possível.

— Bem, missão cumprida. — Ele suspirou. — Eu, por outro lado, vou usar a mesma camisa que usei em Steamboat, porque, infelizmente, não tenho outra tão adequada quanto.

— Bom, nós vamos fazer compras amanhã. Podemos comprar uma nova camisa social para você.

— Você está mesmo ansiosa para fazer compras, não está?

— Aham. Botas doidonas, lembra? E talvez uma manta de lã bem macia com uma estampa típica do sudeste.

Notei que sua camisa estava pendurada no closet.

— A sua camisa está toda amarrotada.

— Eu sei. Eu ia passar o ferro nela.

Pegando a camisa e desdobrando a tábua de passar, eu disse:

— Deixa comigo.

— Você não precisa fazer isso.

— Não me importo.

Coloquei a mão na massa. O cheiro de sua colônia na camisa emanava no vapor. Eu não me importava nadinha em passar uma camisa que tinha o cheiro dele.

Quando consegui desamassar toda a peça de roupa, segurei-a aberta atrás dele, ajudando-o a deslizar os braços nas mangas. Em seguida, fiquei de frente para ele e abotoei lentamente de baixo para cima enquanto Milo observava cada movimento das minhas mãos. Foi algo involuntariamente sensual, e pude sentir a energia de seu olhar até eu fechar o último botão.

Nossos olhares se sustentaram, até ele dizer:

— É melhor irmos, ou nos atrasaremos para...

— O que quer que seja — terminei sua frase.

— Sim. — Ele sorriu. — Me prometa uma coisa, Maddie.

— O quê?

— Independente do que se trate essa festa onde nos meteremos esta noite, você vai encarar. Nada de fugir se as coisas ficarem estranhas. Vamos insistir até o final... ou até sermos expulsos. — Ele riu.

Eu não podia acreditar que estava concordando com aquilo, mas senti minha cabeça balançando afirmativamente.

— Você não me viu subir naquele palco e gritar uma música chamada *Fuck You* com a minha voz terrível ontem à noite? Não sou eu que preciso ser convencida a fazer loucuras.

— É verdade. E essa é uma das coisas que eu amo em você.

Sua escolha de palavras enviou um arrepio por minha espinha ao sairmos.

Assim que chegamos ao térreo, entramos no salão de eventos abarrotado, ainda sem a menor ideia sobre qual era a natureza da festa.

Olhando em volta, confirmei mais uma vez que definitivamente não era um casamento, porque não havia flores em lugar nenhum. Contudo, os arranjos de mesa eram interessantes: abacaxis fresquinhos.

Uma mulher que estava diante do que parecia um balcão de hostess perto da porta perguntou:

— Vocês se registraram?

— Sim — Milo respondeu.

— Quais são os nomes?

— Milo Hooker. — Ele se virou para mim. — E esta é minha irmã, Madeline. Ou Maddie, como gosto de chamá-la.

Ela apertou os lábios ao conferir a lista.

— Hum. Hooker. Não vejo os nomes de vocês aqui.

Milo fingiu estar ultrajado.

— Bem, então deve ter acontecido algum erro. Eu nos registrei há semanas.

Ela pareceu frustrada por não conseguir encontrar nossas informações.

Inclinando-se para frente, ela sussurrou:

— Sinceramente, acho que nenhuma das mulheres aqui irá reclamar se eu deixar vocês entrarem. Na verdade, talvez até me matem se eu deixá-los irem embora. Então, que tal eu simplesmente acrescentar seus nomes à lista agora?

— Parece excelente. — Ele sorriu. — Obrigado.

Ela pediu que ele confirmasse como nossos nomes eram escritos antes de dizer:

— É raro ver irmãos virem aos nossos eventos juntos. Essa é nova.

Hum...

Isso era uma festa apenas para pessoas que vinham sozinhas?

— Qual é o itinerário desta noite? — Milo perguntou a ela.

— Bem, nós temos open bar. E todos estão prontos para se entrosarem. Se decidir que encontrou alguém compatível, temos um certo número de quartos reservados lá em cima. É só virem até mim e lhes entregarei uma chave. Se decidirem usar um dos nossos quartos, só precisarão fornecer um cartão de crédito para pegá-lo. É de quem chegar primeiro.

Ela entregou um crachá para cada um de nós para prendermos em nossas roupas. Havia um único abacaxi impresso neles.

Milo assentiu.

— Entendi. Obrigado.

Ao nos afastarmos, prendi o crachá no meu peito e falei:

— Você disse a ela que entendeu? Isso que é agir naturalmente. O que diabos é isso? Algum tipo de convenção de amantes de abacaxi?

Milo caiu na gargalhada, jogando a cabeça para trás. Quando se acalmou, sua expressão ficou séria.

— Estamos em uma festa de fodas, Maddie.

Hã? Uma festa de fodas? Arregalei os olhos.

— O quê?

— É um evento de troca de casais.

— Ai, meu Deus. O quê?

— O primeiro indicativo foram os malditos abacaxis.

Franzi a testa.

— Os abacaxis?

— Sim. — Ele riu. — Você não sabia disso?

— Não! O que abacaxis têm a ver com troca de casais?

— São um símbolo universal para identificar... pessoas com esses mesmos interesses. Tive vizinhos que sempre tinham uma bandeira com um abacaxi pendurada em frente à casa deles. Eu não fazia ideia de que porra aquilo significava, até a mulher me convidar para uma de suas festas. Ela parecia achar que o marido gostaria de Zoe, e deixou claro que queria transar comigo. Quando eu disse a ela que não curtia essas coisas, ela soou como se eu devesse saber o que eles estavam insinuando, por causa do abacaxi. Então, nunca mais cometi esse erro. Sempre que vejo um abacaxi, sei o que está rolando.

Ainda tentando compreender tudo, perguntei:

— Espere... você notou os abacaxis quando estávamos indo para nossos quartos após chegarmos ao hotel? Você *sabia* do que isso se tratava quando me pediu para entrarmos de penetra?

Ele balançou a cabeça.

— Não. Juro. Não percebi os abacaxis até chegarmos aqui.

Meu queixo caiu enquanto eu dava uma olhada em volta.

— Puta merda. — Havia muitos olhos em nós. Tipo, quase todos os pares de olhos no salão.

— Você parece estar querendo dar no pé — ele disse. — Lembre-se da nossa promessa. Dissemos que iríamos até o fim, não importa o que fosse.

— Foi um baita "não importa o que fosse"! E o que "o fim" significa sob essas circunstâncias? Meu nome pode ser *Hooker*... mas não sou prostituta, se é que me entende.

— Nós não vamos participar, doidinha. — Ele deu risada. — Mas vai ser divertido mexer com essas pessoas. — Ele acenou com a cabeça. — Vamos.

Milo foi até o bar para pegar bebidas, enquanto eu fiquei a alguns metros de distância e continuei a examinar o salão, nervosa. Eu com certeza precisaria de álcool para aquilo.

Não que eu quisesse massagear meu próprio ego, mas nós éramos as pessoas mais bonitas ali. Suspeitava que não ia demorar até sermos abordados.

E, é claro, logo após Milo retornar com as nossas bebidas, um homem e uma mulher que pareciam ter quase quarenta anos se aproximaram de onde estávamos.

— Olá — o homem disse.

Milo sorriu, parecendo tranquilo e confiante.

— Oi.

A mulher soou um pouco tensa.

— Sou Carolyn, e este é meu marido, Troy.

— Prazer em conhecê-los — Milo disse.

Meu falso irmão me lançou um olhar desafiador, como se quisesse que eu dissesse algo a eles.

Pigarreei.

— Então... vocês fazem isso com frequência?

— Na verdade, não — a mulher respondeu. — Esta é a minha primeira vez. É meu aniversário de quarenta anos, e eu disse a ele que queria experimentar isso ao menos uma vez.

— Ahhh. — Soltei uma respiração. — Bom, feliz aniversário.

Seu marido tomou um gole de bebida.

— Já estive em eventos assim várias vezes. Minha ex e eu costumávamos gostar de fazer isso. Carolyn é minha segunda esposa e não tão aventureira assim. Mas provavelmente é por isso que nosso relacionamento está durando.

Após vários segundos de um silêncio desconfortável, a mulher perguntou:

— E vocês dois? Há quanto tempo estão juntos?

— Na verdade, não estamos juntos. Maddie é minha irmã.

— Oh, nossa. Vocês são... solteiros? — ela indagou.

— Sim — eu disse, tomando um longo gole de bebida.

Troy inclinou-se para sussurrar em meu ouvido.

— Sabe, tem um nome para mulheres como você nesses eventos.

— Qual? — perguntei, dando um longo passo para trás, afastando-me dele.

Ele balançou as sobrancelhas.

— Um unicórnio.

— É mesmo?

— Sim. — Ele abriu um sorriso largo. — Sem compromisso. É uma opção valiosa.

Após vários minutos de conversa fiada, Troy finalmente foi direto ao ponto.

— Então, quais as chances de vocês dois quererem... entrar na brincadeira?

Absolutamente nenhuma.

Olhei para Milo e deixei-o fazer as honras. Ele entendeu minha deixa.

— Obrigado. Mas já nos comprometemos com outro casal. Combinamos que os encontraríamos aqui.

Carolyn pareceu super desapontada por saber que não tiraria uma casquinha do meu *irmão* gostoso.

— Ah... bem... valeu a tentativa. — Ela sorriu.

— De qualquer forma, foi um prazer conhecê-los — Troy disse antes de eles se afastarem.

Tchauzinho.

Depois que eles foram embora, senti como se precisasse de um banho. Mas também estranhamente fiquei com ciúmes. O que era ridículo, porque Milo não era meu namorado. Mas, por algum motivo, a ideia de ele transar com aquela mulher e ela ter se interessado por ele me deixou irritada.

Ele percebeu meu humor.

— Você está bem?

Olhei em volta do salão.

— Sim. Estou bem.

Havia vários casais nos rondando. Mulheres estavam dando uma conferida em Milo, e pude ver alguns homens me encarando.

Por mais que minha vontade fosse fugir dali, tínhamos concordado em ir até o fim. Mas qual seria o fim, exatamente, se não envolvesse "brincar" com aquelas pessoas?

Em determinado momento, alguém se aproximou e anunciou baixinho:

— A suíte da cobertura está aberta agora, se estiverem interessados.

Depois que o rapaz se afastou, virei-me para Milo.

— O que está acontecendo na suíte da cobertura?

— Eu deveria saber? — Ele deu risada. — Mas vamos dar uma olhada.

Bem, já viemos até aqui... Podemos muito bem ir ver do que se trata.

Ao subirmos de elevador, tudo em que eu conseguia pensar era: *em que raios estou me metendo agora?*

Assim que chegamos à suíte da cobertura, mostramos nossos crachás de abacaxi na porta e recebemos acesso ao cômodo.

As iluminação era vermelha e baixa. Um jazz suave tocava ao fundo. Por causa da luz difusa, não dava para identificar rostos facilmente. Havia colchões de ar espalhados por todo o chão e pessoas deitadas neles.

Próximo à entrada, havia um pote com camisinhas. Ao lado, estava um recipiente com lenços umedecidos.

Um homem que estava de pé bem na entrada recolheu nossos celulares antes que pudéssemos ir mais adiante, dando-nos tíquetes numerados e informando que deveríamos pegá-los ao sairmos.

Em poucos minutos, havia pessoas por todo lado, tirando a roupa e mandando ver com tudo nos colchões. O cheiro de álcool misturado com colônias fortes preenchia o ar. Isso era literalmente, como Milo dissera mais cedo, uma festa de fodas.

Também havia várias pessoas pelos cantos assistindo tudo. Acho que fazíamos parte desse grupo. Notei o casal com quem havíamos conversado mais cedo também de pé em um canto do outro lado de cômodo. Eles deviam estar se perguntando onde estavam nossos "amigos" — sabe, aqueles com quem íamos nos encontrar em vez de transar com eles.

O quarto estava estranhamente quieto, comparado ao que eu teria esperado. Por mais que muitas daquelas pessoas não fossem o que seria considerado atraentes, fiquei surpresa ao perceber que, quanto mais eu as observava fazendo sexo, mais excitada eu ficava. Não por estar atraída por alguma delas, mas por causa da atração que eu sentia pelo homem que estava ao meu lado. E quando me virei para olhar para Milo, ele estava olhando diretamente para mim.

Nossos olhares permaneceram fixos um no outro por um tempo, até que ele se inclinou para mim e disse:

— Acho que já fomos até o fim. O que você acha?

Sentindo-me agitada, assenti e o segui para a porta. Pegamos os celulares e fomos embora. Meu coração batia desenfreado, e me perguntei se era porque, por um breve segundo, pensei que ele ia me perguntar se eu estava interessada em me juntar às atividades da festa com ele. *Mas isso seria loucura.* Milo nunca faria isso. Esse não era o tipo de relacionamento que tínhamos. Sem contar que aquelas pessoas tinham a impressão de que éramos irmãos, então dá para imaginar o que pensariam.

O fato de eu sequer ter pensado, por um milissegundo, em Milo me pedindo para fazer aquilo com ele era patético. Ainda assim, parecia ser tudo em que eu conseguia pensar enquanto caminhávamos juntos de volta para nossos quartos. Como teria sido deitar em um daqueles colchões com Milo pairando sobre mim... dentro de mim?

Nossa. *Eu estava mesmo precisando transar.*

Entramos sozinhos no elevador. Olhei para baixo e poderia jurar que ele estava com uma ereção. Graças a Deus a umidade entre minhas pernas não era visível. O clima entre nós havia sido alterado de alguma forma por aquela experiência voyeurística.

— Bom, isso foi interessante — ele finalmente disse, com os olhos enevoados.

Naquele momento, a ficha pareceu cair de uma vez. Caí na gargalhada. E então, Milo fez o mesmo. Rimos até o elevador fazer *ding* e abrir no nosso andar.

Enxuguei meus olhos.

— Eu nunca mais olharei para um abacaxi da mesma forma.

CAPÍTULO 8

Matteo

Fiquei surpreso por ela ter me chamado para ir beber em seu quarto.

Depois de todas as vezes que saímos, até então, Maddie fugia para seu quarto e nunca me convidava para entrar. Sempre me conformei com isso, porque assim era mais fácil não confundir as coisas entre nós. Eu sabia que ela não estava interessada em ultrapassar o limite comigo. Ela havia deixado isso muito claro. E por mais que eu me sentisse atraído por ela, era melhor para nós dois que as coisas permanecessem platônicas, descomplicadas. Era disso que nós dois precisávamos naquele momento: nos divertirmos e nos separarmos de forma amigável quando cada um seguisse seu caminho. Sexo arruinaria esse plano.

Mas o fato de que ela havia me convidado para seu quarto — logo naquela noite — era irônico. Aquela experiência no andar de cima tinha me deixado cheio de tesão. Eu não tinha me dado conta do quanto ficara duro. E não teve nada a ver com as pessoas que estavam ali, mas sim por pensar em Maddie e sexo ao mesmo tempo. Então, diante disso, naquela noite, eu preferiria ir sozinho para o meu quarto para poder bater uma no chuveiro e aliviar o meu sofrimento. Em vez disso, acabei indo parar na poltrona de frente para a cama de Maddie, onde ela estava deitada usando aquele vestido sexy. Era basicamente uma forma de tortura.

Maddie tomou um gole de água com gás alcoólica e me surpreendeu com uma pergunta.

— Se eu não estivesse lá, você teria dado à Carolyn seu desejo de aniversário?

Dei risada.

— Não. Não tinha interesse em Carolyn, nem em mais ninguém ali, aliás. — Tomei um gole da minha bebida. — E você?

Ela balançou a cabeça.

— Não. Troy não fazia meu tipo.

Ergui uma sobrancelha.

— Alguma outra pessoa ali fazia o seu tipo?

Ela hesitou.

— Não.

Decidi admitir o que estava sentindo. Eu tinha quase certeza de que ela havia notado que meu pau estava duro no elevador, de qualquer forma, então talvez fosse melhor ser sincero.

— Ninguém ali despertou meu interesse, mas, de alguma maneira, a ideia de todos estarem tão cheios de tesão... me deixou um pouco excitado, eu acho.

Maddie ruborizou. Sua voz saiu baixa quando disse:

— Pensei que eu tivesse sido a única.

Embora eu tivesse suspeitado que ela estava excitada na suíte da cobertura, ouvi-la admitir só fez com que a situação na minha calça piorasse.

Eu precisava mudar de assunto. *Imediatamente.*

— Tem alguma ideia do que quer fazer amanhã, além de compras?

Ela deu de ombros.

— Apenas ver alguns pontos turísticos. Andar por aí, talvez visitar o Santa Fe Plaza.

— Parece uma boa ideia.

Quando ela bocejou, interpretei como uma oportunidade para escapar daquela conversa tensa. Eu precisava de um alívio.

Me levantei.

— Bem, vou deixar você dormir um pouco.

Quando segui para a porta, ela se levantou da cama de repente.

— Espere.

Meu coração acelerou.

— O que foi?

Ela parecia não ter certeza sobre o que planejara dizer. Até que murmurou:

— Você pode abrir meu zíper?

Porra. O que ela está fazendo?

Um homem só aguenta até certo ponto.

— Claro. — Fui novamente até ela.

Lentamente, abaixei o zíper de seu vestido, engolindo em seco ao contemplar a pele macia de suas lindas costas. Ela não estava usando sutiã. Seus peitos eram tão empinados que, aparentemente, ela não precisava de um.

Inesperadamente, seu vestido caiu no chão, exibindo nada além de uma calcinha fio-dental vermelha de renda em sua bunda perfeita. Senti minha calça ficar mais apertada a cada segundo. Isso não era nada bom. Ela continuou de costas para mim, demorando-se ali, parecendo querer me ver sofrer. E então, me dei conta do que ela estava fazendo. Estava me dando a porra do show que me prometera. Minha recompensa por me apresentar em Steamboat.

O diabinho dentro de mim implorou silenciosamente que ela se virasse, me mostrasse tudo, tirasse a calcinha, deitasse na cama e abrisse bem as pernas para que eu pudesse ver sua boceta molhadinha. O diabinho queria que ela me implorasse para fodê-la.

Em vez disso, ela cobriu os seios ao virar-se para mim e ruborizou. Em seguida, fugiu para o banheiro.

Eu estava errado. Não havia um diabinho dentro de mim. Era uma diabinha, e ela estava agora atrás da porta do banheiro.

E meu instinto me disse que ela não queria que eu a seguisse. Ela já tinha deixado suas intenções bem claras. Isso foi simplesmente uma provocação de proporções épicas.

Não me entenda mal. Foi uma provocação que eu aceitaria de muito bom grado.

Ouvi o chuveiro ligar no banheiro.

Com minha ereção latente, segui para a porta e fui para meu quarto sozinho.

No dia seguinte, não falamos sobre seu showzinho erótico ou sobre a festa de sexo que comparecemos inadvertidamente. O clima entre nós voltou a ser platônico quando saímos para comprar as botas dela. *Porra, que bom.*

Ela não precisava saber que, após retornar para meu quarto na noite anterior, eu havia passado um bom tempo batendo uma pensando em seu corpo, o que se transformou em fantasiar fodendo-a naqueles colchões de ar na suíte da cobertura. Eu não me lembrava da última vez em que me masturbara tanto.

Dormi com algumas mulheres desde Zoe, mas todas foram experiências casuais e forçadas. Fazia eras que eu não ficava realmente excitado. Que pena isso ter acontecido com uma mulher que estava mais interessada em foder com minha cabeça do que em me deixar fodê-la.

Talvez eu devesse me sentir grato por Maddie e eu já termos estabelecido limites entre nós, porque as coisas teriam ficado complicadas muito rápido sem eles.

Mas, se as coisas estavam claras, por que eu ainda estava pensando demais em tudo quando deveria estar ajudando-a a procurar botas de caubói feias?

Maddie ergueu um pé.

— O que acha?

Estávamos na loja de botas há quase uma hora. Todo par que ela selecionava tinha uma mistura de cores vibrantes.

— São horrendas.

— Mas é isso mesmo que eu quero. Brilhantes e coloridas.

— Quer dizer bregas?

— Você não tem graça, Hooker. — Ela me lançou uma piscadela.

Senti uma vontade intensa e repentina de dar um tapa em sua bunda.

Está indo muito bem na função de esquecer ontem à noite, Matteo. Milo. Seja lá qual for a porra do seu nome.

Vários minutos depois, ela voltou do caixa carregando duas caixas grandes.

Levantando-me do banco onde estivera ruminando, perguntei:

— Não conseguiu decidir, hein? Você escolheu dois pares de botas chamativas?

Ela abriu um sorriso enorme.

— Pode apostar! Mas não comprei as duas para mim. Um par é para mim, e o outro é para você.

Estreitei os olhos.

— O que você fez?

— Coloque as suas botas novas, maninho. — Maddie abriu a caixa, exibindo botas masculinas com uma estampa da bandeira dos EUA.

Balancei a cabeça e dei risada.

— Acho que temos nossas lembrancinhas de Santa Fé.

— Você tem muitos amigos?

Olhei rapidamente para Maddie no banco do passageiro antes de voltar a atenção para a estrada.

— Essa pergunta veio do nada.

Ela sorriu.

— Eu só estava pensando nas coisas das quais sentiria falta se arrumasse minhas coisas e fosse embora de Connecticut. Fiquei muito amiga de uma mulher lá. Ela também é fotógrafa. O nome dela é Felicity. Eu sentiria muita falta dela.

Já estávamos na estrada há sete horas. Nossa próxima parada era Nova Orleans. Era uma viagem de cerca de dezesseis horas, mas planejávamos fazer dez horas naquele dia e o restante no seguinte. Eu sabia por experiência que viagens de carro eram propícias para se pensar profundamente. Não havia mais nada além de você e os seus pensamento por horas a fio. Então, não fiquei surpreso por Maddie estar contemplando a vida durante nossa viagem.

— Eu tenho alguns amigos em Seattle. Saio com um grupo de professores para o happy hour, de vez em quando. E jogo basquete em duplas com uns caras da academia terça-feira sim, outra não.

Maddie assentiu.

— Eu tive alguns bons amigos quando era pequena. Mas sempre que nos mudávamos, eu ficava tão triste por perdê-los. Após um tempo, deduzi que se eu não ficasse muito próxima de ninguém, seria mais fácil quando meus pais arrumassem as coisas e se mudassem novamente.

Franzi a testa.

— Isso é uma droga. Se bem que, sendo sincero, acho que eu meio que andei fazendo isso durante os últimos anos. Eu tinha muitos amigos no ensino médio e na faculdade, principalmente porque praticava esportes. Mas as coisas mudaram desde que me mudei para Seattle. Considerei como uma mudança de ares. Mas, olhando para trás agora, não tenho certeza se foi apenas isso. Fiquei muito na minha desde a morte de Zoe.

Maddie suspirou.

— É. — Depois disso, ela ficou quieta por um longo tempo novamente, olhando pela janela do carro, parecendo perdida em pensamentos. Quando quebrou o silêncio, ela quis saber: — Posso te fazer uma pergunta pessoal?

Dei risada.

— Está dizendo que todas as merdas sobre as quais falamos nos últimos seis dias não foram pessoais?

Ela sorriu.

— Acho que sim. Mas não quero ser muito enxerida.

— Que tal isto: nada está fora dos limites de agora em diante. Tudo é válido pelo resto da viagem. Se tiver uma pergunta, apenas faça, e me esforçarei para respondê-la.

Seu rosto se iluminou. Foi tão adorável.

— Ok! E o mesmo vale para você. Sou um livro aberto.

— Que bom. Agora que estamos de acordo, qual era a sua pergunta?

— Ah, sim... — Ela mordeu o lábio inferior. — Você... tem alguma dificuldade para... sabe, ficar animado?

Ergui as sobrancelhas de uma vez.

— Está me perguntando se tenho dificuldade para ter uma ereção?

Ela assentiu.

— Não, isso não aconteceu comigo ainda. Na verdade, nesses últimos dias, o problema tem sido o contrário. Especialmente depois daquele seu showzinho de ontem à noite, a propósito.

Ela cobriu seu sorriso malicioso com a mão.

— Eu te disse que retribuiria o favor se levantasse e cantasse comigo. Eu estava te devendo.

— É, bem, você definitivamente não é caloteira. Na verdade, tenho que me lembrar disso daqui para frente e fazer algumas apostas durante nossa viagem. Há muito mais coisas para ver. — Pisquei para ela.

Maddie riu.

Eu adorava mesmo o que nosso relacionamento havia se tornado. Era bem louco pensar que eu a conhecia somente há pouco menos de uma semana. Principalmente por sentir como se ela me conhecesse melhor do que qualquer outra pessoa.

— Enfim, voltando para a sua pergunta — eu disse. — Estou curioso. De onde está vindo isso? Primeiro, você me perguntou se eu tinha muitos amigos, e agora quer saber se sofro de disfunção erétil. A sua mente parece estar uma bagunça.

Ela balançou a cabeça.

— Acredite ou não, essas perguntas têm relação. Eu estava pensando no quanto sentiria falta da minha amiga Felicity, se me mudasse. Enquanto crescia, nunca tive uma amiga com quem podia conversar sobre garotos. E ela tem sido uma salva-vidas desde o fim do meu noivado. Enfim, hoje de manhã, acordei e pensei em algo muito aleatório que aconteceu com o meu ex. Alguns meses atrás, ele foi até a minha casa depois de sair para o happy hour com algumas pessoas do trabalho. Ele tinha bebido além da conta, e não conseguiu, sabe… funcionar. Isso nunca tinha acontecido antes, e considerei ter sido culpa do álcool e nunca mais pensei sobre isso… até esta manhã. Por alguma razão, acordei me lembrando daquela noite e de algo que Felicity me disse. Que talvez o problema dele tenha sido causado por algo além da bebida. Talvez Brady tivesse feito algo do qual se sentiu culpado, ou talvez estivesse escondendo alguma coisa. Ela me disse para não me preocupar demais e me assegurou de que a verdade acabaria aparecendo, que eu a enxergaria quando não estivesse mais olhando através das lentes do amor. Eu ia mandar uma mensagem para ela hoje de manhã e dizer que finalmente tirei essas lentes, mas então me lembrei do fuso horário e não quis acordá-la.

— E você acordou pensando sobre aquela noite *aleatoriamente*?

Ela abriu um sorriso sugestivo.

— Bom, talvez não tenha sido tão aleatório. Talvez eu tenha percebido que sua calça estava um pouco apertada depois que fomos embora da festa. E você tinha bebido um pouco. Então, acho que isso me fez pensar...

Eu sabia o que havia feito para aliviar esse problema quando voltei para o quarto. Mas estava curioso pra cacete para saber se Maddie havia feito a mesma coisa. Como tínhamos acabado de concordar que nenhuma pergunta estaria fora dos limites, pensei: por que não perguntar? Contudo, eu quis mais uma reafirmação de que ela tinha falado sério.

— Então... nenhuma pergunta é proibida, certo? Isso vale para nós dois.

Maddie ergueu uma sobrancelha.

— Ah, isso vai ficar interessante, não vai?

Tamborilei os dedos no volante.

— Com certeza vai, Mads. Com certeza vai.

Eu tinha mais ou menos um quarto de tanque de gasolina e provavelmente poderia ter continuado até a parada planejada sem reabastecer. Ainda assim, decidi sair da estrada quando vi a placa de um posto de gasolina. Se eu ia fazer uma pergunta daquelas, queria poder olhar para seu rosto quando ela respondesse, não estar com a atenção na estrada.

Então, esperei até estacionar diante de uma bomba de gasolina antes de me virar no assento e ficar bem de frente para Maddie.

— Pode não ser tão óbvio em uma mulher, mas eu arriscaria dizer que você também foi para a cama com um pouco de tesão ontem à noite. Estou certo?

Ela assentiu com um sorriso tímido.

— Sim. Eu fiquei um pouco excitada.

Caralho. Eu estava ficando com tesão só de pensar nela com tesão. Então, eu precisava saber. Meus olhos desceram para seus lábios. Eles eram tão cheios e rosados. Senti uma vontade insana de me inclinar para frente e puxar o inferior entre meus dentes, bem lento e bem firme.

Maddie deu risadinhas, quase nervosa.

— Se você não tem mais perguntas, vou usar o banheiro, já que paramos.

Forçando meu olhar a encontrar o seu novamente, pigarreei.

— Ah, essa não era minha pergunta, Mads. Eu só estava esclarecendo o que já sabia. O que eu realmente quero saber é: o que você fez a respeito disso quando ficou sozinha no quarto?

CAPÍTULO 9

Hazel

Como eu poderia responder?

Com a verdade? Que, na noite anterior, eu havia imaginado nós dois mandando ver feito animais selvagens enquanto estava na banheira com o chuveirinho pressionado entre minhas pernas? Ou seria melhor mentir e dizer que não havia gozado tão intensamente que vi estrelas por uns cinco minutos depois que abri os olhos?

— Mads...

Ergui o olhar para encontrar o de Milo. Ele abriu um sorriso torto.

— Desculpe. Acho que fui longe demais.

— Não foi, não.

Ele estendeu a mão e segurou uma mecha do meu cabelo, enrolando-a em seu dedo indicador e dando um leve puxão.

— Venha, vamos comprar alguns doces e ir ao banheiro.

Assenti.

Caminhei pelos corredores da loja de conveniência do posto de gasolina, perdida, com a mente enevoada. Pensar em admitir para Milo que eu havia me masturbado não me incomodava nem um pouco. Eu não era puritana. Deus sabe que a época durante a qual meu trabalho era andar para cima e para baixo com bandas de rock me deixara imune à timidez relacionada a qualquer coisa sexual. Vi e ouvi de tudo no decorrer dos anos. O que estava me deixando pirada era o fato de que eu havia feito isso pensando *nele*. E, para ser sincera, eu poderia fechar os olhos e fazer de novo naquele momento. Esse era o tamanho da minha atração por ele. E não era a única coisa que estava me fazendo surtar.

Era o fato de que eu estava começando a querer mais do que somente seu corpo.

Milo veio até mim com um pacote gigantesco de Twizzlers e uma caixa grande de M&M's. Ele os ergueu.

— Peguei alcaçuz e chocolate. De que lanches salgados você gosta?

Fitei as embalagens de doces por uns trinta segundos e, em seguida, ergui o olhar para Milo. Piscando algumas vezes, soltei:

— Eu usei o chuveirinho para me masturbar depois que você saiu. Gozei tão forte que fiquei tonta. E, mesmo assim, não fiquei satisfeita. Demorei duas horas para dormir depois disso, e então, hoje de manhã, você ligou para o meu quarto para me perguntar se eu estava pronta para o café da manhã. Você achou que tinha me acordado porque soei rouca. Mas eu estava acordada. *Muito acordada*. Meus dedos estavam dentro de mim quando o telefone do quarto tocou e me deu um susto do caramba. Eu não tinha encontrado minha voz ainda. E, já que estamos sendo totalmente sinceros, eu usaria a porcaria do câmbio manual do carro se não corresse o risco de ser presa por atentado ao pudor no estacionamento. — Respirei fundo e minha voz aumentou. — Porque ainda estou cheia de tesão a *esse* ponto!

Milo ficou boquiaberto, e os Twizzlers e M&M's caíram no chão com um barulho alto.

O som me fez despertar. Fiquei tão envolvida em minha resposta que não tinha parado para olhar em volta. Então, estava dolorosamente ciente de tudo ao meu redor. Uma mãe me encarava com nojo, com as mãos tapando as orelhas de sua filha. Ela apressou-se em retirar a garotinha da loja. E um homem que devia ter setenta e poucos anos se inclinou do corredor ao lado do nosso. Ele apontou para trás com o polegar, em direção ao estacionamento.

— Meu carro tem um câmbio manual bem grosso de madeira com cinco marchas. Posso estacioná-lo nos fundos, se você quiser.

Na manhã seguinte, fui a primeira a chegar ao café da manhã do hotel. Coloquei ovos mexidos no prato e um bolinho de linguiça antes de fazer uma torrada. Como ainda eram seis e meia, fiquei com o pequeno salão de jantar todo para mim. Sentei-me de frente para a televisão presa à parede e fiquei empurrando os ovos distraidamente para lá e para cá com o garfo, perdida em pensamentos.

As coisas entre mim e Milo ficaram estranhas depois da minha confissão no posto de gasolina. Ele deu risada do meu surto antes de dirigirmos por mais duas horas e meia e fazer check-in no hotel, mas o desconforto que se estabeleceu nunca esteve presente antes, nem mesmo no dia em que nos conhecemos.

Perto das sete, me levantei para pegar mais uma xícara de café, e quando me virei para voltar, Milo estava sentado à minha mesa.

— Como você chegou aqui sem que eu te visse?

Ele tomou um gole de café.

— Uma manada de elefantes poderia ter entrado aqui e você não teria notado. Você estava olhando para a televisão como se estivesse esperando que ela te desse as respostas para todas as perguntas importantes da vida.

Suspirei e sentei-me de frente para ele.

— É. Acho que estava perdida em pensamentos.

Ele bebeu mais café e olhou para mim por cima da borda da xícara.

— Quer falar sobre isso?

— O quê?

— O que quer que esteja na sua mente.

Franzi a testa.

— Não... prefiro não falar.

O olhos de Milo examinaram meu rosto.

— Tudo bem. Então, que tal eu falar sobre um problema que tem rondado a minha mente?

Dei de ombros.

— Sim, claro. O que houve?

— Bem, eu conheci uma linda mulher.

Senti uma pontada de ciúmes em meu peito. Ele conheceu uma mulher? Quando? Na noite anterior?

Milo sorriu e baixou o olhar para o meu café sobre a mesa.

— Você pode afrouxar a mão em volta da xícara. Não é o que está pensando.

Franzi as sobrancelhas.

— Estou confusa. Quem você conheceu?

— Conheci uma mulher incrível. Ela é aventureira, linda. E tem uma personalidade impetuosa que combina com seus cabelos ruivos.

Ah. *Ah!* Sorri.

— Ela parece ser incrível.

Ele deu risada.

— Ela é. Eu meio que adoro tudo nela... exceto uma coisa.

Meu sorriso murchou.

— O quê?

— Ela acabou de sair magoada de um relacionamento longo. Isso a deixou em um estado bem vulnerável. Por causa disso, preciso ser um amigo ao invés de insistir em nos levarmos a um nível que seria *muito* bom para nós dois nesse momento. — Ele fez uma pausa e olhou nos meus olhos. — Sabe, eu gosto muito dela, e não quero que ela se arrependa de mim depois.

Fechei os olhos e assenti.

— Entendo.

Milo estendeu a mão e segurou a minha.

— Entende mesmo, Mads? Porque eu não quero que pense que eu ter mantido distância depois do que me disse ontem no posto de gasolina significa que não quero você.

Balancei a cabeça, baixando o olhar, embora ainda me sentisse estranha pelo que admitira.

— Ok.

Milo ergueu meu queixo.

— Você é muito linda, muita areia para o meu caminhão, e o seu ex é um idiota do caralho por não ter te segurado. Não há nada que eu adoraria mais do que estar com você, dentro de você, Maddie. Você não faz ideia de quantas vezes fantasiei com isso desde o instante em que nos conhecemos. Mas usar sexo para superar o seu relacionamento é como tomar shots para curar a ressaca. O único jeito de se sentir melhor de verdade é se afastar dessas coisas para poder enxergar com mais clareza. — Ele pausou, e seus olhos desceram para os meus lábios. — Não ache que eu estar tentando fazer a coisa certa significa que não queira fazer todas as coisas erradas com você.

Abri um sorriso triste.

— Você é mesmo um cara muito decente, Milo Hooker.

Ele piscou para mim.

— Isso é porque nossa mãe nos criou da maneira certa.

— Eu sinto muito. — A recepcionista do hotel balançou a cabeça. — Estamos lotados. Há duas convenções grandes acontecendo na cidade esse fim de semana.

— É, ficamos sabendo — Milo disse. — Obrigado, de qualquer forma.

Era o terceiro hotel para o qual arrastávamos nossas bagagens após deixar o carro alugado em um estacionamento em Nova Orleans. Nos afastamos do balcão da recepção ainda sem quartos. Milo sinalizou com o queixo o bar no saguão.

— Que tal bebermos alguma coisa e pensarmos no que fazer?

— É uma boa ideia. Vou procurar alguns hotéis pela internet.

No bar, Milo pediu dois coquetéis Hurricane e perguntou ao barman onde era o banheiro masculino. Enquanto o esperava voltar, pesquisei hotéis e comecei a fazer algumas ligações. Os dois primeiros estavam lotados, mas o terceiro disse que ainda tinha dois quartos disponíveis. No entanto, eram dois quartos superiores bem caros, então pensei em conferir com o meu parceiro no crime quando ele voltasse, antes de fazer a reserva.

— Há um hotel a uns três quarteirões daqui, na esquina das ruas Bourbon e Orleans, que tem dois quartos disponíveis. Mas elas custam pouco mais de trezentos dólares por noite cada, mais impostos. É meio exorbitante, então não reservei ainda.

Milo sentou no banco diante do bar e pegou sua bebida.

— Acho que qualquer coisa disponível agora será cara. Tudo bem por mim, se você também concordar. Podemos passar apenas uma noite.

Assenti.

— Sim, tudo bem por mim. Vou ligar para eles novamente.

— Por que não pegamos nossas bebidas e vamos logo para lá?

— Pegar nossas bebidas? Tipo, sair com elas para a rua?

— Sim. Todo mundo aqui faz isso. Por isso nos deram copos de plástico. Não é como no norte, onde não é permitido andar por aí com bebidas alcoólicas. Fazer isso por aqui faz parte do charme da cidade.

— Ok!

Milo e eu caminhamos até o Hotel Bourbon Orleans bebendo nossos Hurricanes. Mesmo que os copos fossem bem grandes, bebi o meu muito rápido, já que tinha sabor de bala e eu estava com sede. Foi direto para minha cabeça.

— O que tem nessas coisas?

— Eu devia ter te avisado para tomar cuidado. Tem muito rum, mas o licor granadina faz parecer que não tem uma gota sequer de álcool.

— Uau. Pois é. Já me sinto um pouco alterada depois de tomar só um.

O porteiro no Bourbon Orleans nos deu as boas-vindas e abriu a porta. Milo e eu fomos direto até a recepção.

— Oi. Eu liguei há alguns minutos para ver se havia quartos disponíveis. Gostaríamos de ficar com as duas suítes, por favor.

A mulher balançou a cabeça.

— Sinto muito. Eu acabei de reservar uma por telefone há dois minuto. Então, tenho somente uma disponível. O fim de semana está movimentado com as convenções.

— Oh. Droga.

Ela alternou olhares entre mim e Milo.

— Nossas suítes são de apenas um quarto, mas têm um sofá-cama na área comum, se isso servir para vocês. — Antes que pudéssemos discutir mais, o telefone da recepção tocou. — Me deem licença um instante, por favor. — A recepcionista se afastou, nos deixando ali de pé.

— O que você acha? — perguntei. — Seria estranho se dividíssemos uma suíte? Tem um quarto separado.

Milo parecia tão hesitante quanto eu me sentia. Ele baixou o olhar, percorrendo todo o meu corpo rapidamente antes de passar uma mão pelo cabelo, com uma risada.

— A porta do quarto tem uma tranca resistente?

A mulher voltou.

— Desculpem, tem uma pessoa ao telefone que quer reservar essa última suíte. Vocês estão aqui pessoalmente, então, se quiserem ficar com ela, vou dizer à pessoa que não está disponível.

Olhei para Milo.

— O que deveríamos fazer? Este é o quarto hotel que tentamos. E parece ser muito bom. Posso ficar com o sofá e você pode ficar com o quarto, se concordar em dividir.

Ele balançou a cabeça.

— Não. Você fica com o quarto. E faça uma barricada dentro dele se bebermos demais.

O French Quarter é um lugar interessante. Em um restaurante minúsculo que comportava somente cerca de dez pessoas, Milo e eu dividimos um jambalaya[5] maravilhoso, e, em seguida, fomos a alguns bares com música ao vivo. Enquanto andávamos pela movimentada Bourbon Street, uma mulher mais velha usando um vestido preto esvoaçante e um turbante colorido com dreads cinza saindo dele parou diante de Milo.

---

5   Espécie de paella típica de Nova Orleans e de toda a Louisiana. Seus principais ingredientes são arroz, frango, lagostim de água doce ou camarão, e vegetais, principalmente pimentão, aipo, cebola, tomilho e pimenta-caiena. (N.T.)

Ela segurou a mão dele.

— Posso fazer para você de graça.

Dei risada.

— Parece uma oportunidade que você não deveria deixar passar.

A mulher se virou para mim. Ela fechou os olhos e ergueu as mãos no ar.

— Você foi rejeitada. Mas não precisa ficar tão solitária.

Pisquei algumas vezes.

— Como é?

Milo riu. Ele apontou para o letreiro no prédio ao nosso lado. *Vidência e Alinhamento de Chacras.*

— Acho que ela trabalha ali.

A mulher confirmou com a cabeça.

— Eu sou Zara. — Ela gesticulou em minha direção. — E você está enfraquecendo sua aura. Entre. Deixe-me ler as cartas para você. Oferta especial para você esta noite, apenas vinte dólares.

Dei uma risada de escárnio.

— Você acabou de dizer que faria para ele de graça.

A mulher olhou para Milo de cima a baixo.

— A aura dele é muito brilhante. Muito vermelha. Ele é intenso. — Ela deu uma piscadela. — Muito sexy também.

— Então, deixe-me ver se entendi: ele é brilhante, vermelho e de graça, e eu sou sombria e tenho que pagar vinte dólares?

A mulher deu de ombros.

— Até mesmo videntes precisam ganhar seu sustento de alguma forma, querida.

Dei risada.

— Acho que vou passar. — Comecei a me afastar, mas Milo segurou meu cotovelo e me deteve.

— Não tão rápido. — Ele olhou para Zara. — Você consegue ver o futuro?

Ela assentiu, com uma expressão indignada.

— É claro.

Milo coçou a barba em seu queixo.

— Vinte pratas, hein? Deve valer a pena para descobrir o que vai acontecer daqui para frente. — Ele enfiou a mão no bolso. — Quer saber? Vamos querer.

Dei risada.

— Você vai mesmo pagar a ela para ler cartas para você?

Ele sorriu de orelha a orelha.

— Não. Ela vai ler para você.

CAPÍTULO 10

Matteo

O ar dentro do pequeno recanto de Zara estava preenchido pelo aroma de incenso. Me lembrava o cheiro do meu quarto no dormitório da faculdade. Havia tapeçarias de cores variadas penduradas nas paredes. E um gato peludo miava em um canto.

Nos sentamos de frente para ela. *Aquilo ia ser interessante.* Maddie e eu ficamos observando a cartomante embaralhar as cartas e distribuí-las sobre a mesa diante de si.

— Seus nomes? — ela perguntou.

Maddie olhou para mim e, em seguida, novamente para Zara.

— Sou a Maddie, e este é meu irmão, Milo.

Se essa mulher realmente podia ler as pessoas, não conseguiria descobrir que nossos nomes não eram verdadeiros, ou que não éramos irmãos? Era algo a se pensar.

Zara virou três cartas. Uma delas tinha uma mulher com asas, e outra, um homem que parecia malvado. A última imagem era difícil de compreender, mas tinha um sol gigantesco no fundo.

Ela empurrou seus *dreads* para as costas.

— Essa combinação de três cartas é conhecida como Os Três Destinos. A primeira carta representa o passado, a segunda, o presente, e a terceira, o futuro.

Maddie parecia nervosa ao lamber os lábios.

— Tudo bem.

Zara passou os dedos sobre a primeira carta.

— Você era bastante aventureira no passado, certo? Sinto que esse não é o caso agora. O que aconteceu?

Maddie olhou para mim, parecendo um pouco assustada.

— Eu perdi o meu caminho — ela disse. — Mas estou no meio de uma aventura nesse momento. Então, estou tentado reparar isso.

Zara passou para a segunda carta.

— Esta carta representa indecisão. Você está tendo muita incerteza nesse momento quando se trata dos seus relacionamentos pessoais. — Zara ergueu o olhar. — Isso está fazendo sentido para você?

Ela assentiu.

— Sim. Muito.

A mão de Zara tocou a terceira carta. Ela pareceu contemplar o significado ao coçar o queixo e dizer:

— Ohhh.

Maddie inclinou-se para frente, parecendo preocupada.

— O quê?

— Esta carta aqui da direita, que representa o futuro, está me mostrando conflito. Um grande conflito. Há algo se aproximando, e pode ser em breve. Você precisa ser cautelosa.

Ela está falando sério? Isso para mim parecia papo furado. Qualquer uma de suas afirmações poderia ser aplicada a algum aspecto da vida de uma pessoa. Eu poderia pegar essas mesmas coisas e aplicá-las à minha vida.

Senti a necessidade de dizer alguma coisa.

— Com todo respeito, como ela deveria acreditar que qualquer coisa dessas é mesmo significativa? Quer dizer, tudo que você acabou de falar é muito genérico.

Zara estreitou os olhos para mim.

— Estou meramente lendo o que vejo. As cartas devem agir como sinais visuais para me ajudar a entender a energia que a rodeia. Não tenho culpa se a informação parece genérica para você. Eu sou a mensageira, e é *ela* que precisa descobrir como tudo isso se aplica a ela.

— Então, você não pode me dizer mais nada sobre esse... conflito? — Maddie perguntou.

Fechando os olhos, Zara segurou as mãos de Maddie.

— Olha... tem uma pessoa que você conhece... que não é quem você pensa que é.

Uma expressão alarmada surgiu no rosto de Maddie.

— O quê?

— O nome dele começa com M. — Zara fechou os olhos novamente e fez uma pausa. — Estou recebendo o nome Matthew, ou algo que soa similar.

Engoli em seco.

Ela disse Matthew. Não Matteo. Relaxe.

Então, Maddie levou as coisas para uma direção completamente diferente ao anunciar:

— Bem, o nome do meu pai é Matthew. Está acontecendo alguma coisa com ele?

Não, não está, Maddie. Porque Zara está provavelmente referindo-se a mim.

— Não estou captando uma energia paterna. Mas se o seu pai se chama Matthew, talvez essa complicação possa dizer respeito a ele.

Eu não ia comentar que Zara podia estar alertando Maddie sobre mim. Primeiro, eu não fazia ideia do que "não é quem você pensa que é" realmente significava. E isso de Matthew também poderia ter sido uma coincidência. A questão era que Maddie e eu não tínhamos trocado nossos verdadeiros nomes, e teria sido estranho pra caralho anunciar o meu de repente sob essas circunstâncias. Então, eu ia continuar seguindo minha intuição, que estava me dizendo para ficar calado e não interferir nessa loucura.

— O futuro nem sempre está escrito — Zara disse. — Ele é fluido e pode mudar baseado nas decisões que você toma. Então, é melhor se precaver sobre esse Matthew. Sinto muito. Não estou vendo mais nada que possa guiá-la nessa área.

Maddie pareceu atormentada.

— Ok. Tomarei cuidado. — Ela se virou para mim e sussurrou: — Acho que vou ligar para o meu pai, talvez lembrá-lo de fazer o check-up anual, se não tiver feito ainda.

Assenti.

— Boa ideia. Não vai fazer mal.

— Cuidado com os pássaros — Zara acrescentou.

Maddie estreitou os olhos.

— Os pássaros?

— Sim?

— Como assim?

— Não tenho certeza. Apenas recebi uma pista visual que me levou a alertá-la. Não consigo sempre saber o que as mensagens significam, somente que existem e parecem ser destinadas a você.

Ela suspirou.

— Então, Matthew e pássaros. Ótimo. Ok.

De repente, Zara pousou as mãos em suas têmporas.

— Ok... isso é atípico.

Maddie pareceu alarmada.

— O quê?

Eu estava começando a me arrepender de tê-la levado ali.

— Estou recebendo alguém. Isso não acontece sempre. Agora que ela está aqui, provavelmente não conseguirei me livrar dela.

Maddie olhou rapidamente para mim e, em seguida, novamente para Zara.

— Alguém? Recebendo? O que isso significa?

— Eu também sou médium. Não vendo esses serviços, já que geralmente não gosto de ser uma mediadora para os mortos. Mas, ocasionalmente, um espírito pode ser bem traquina. Essa garota é bem traquina. E barulhenta. — Ela fez uma longa pausa. — Ela quer que o homem saiba que, quando ele estava cantando na outra noite, ela estava com ele.

Fiquei arrepiado. Meus olhos, que estavam focados nas cartas dispostas sobre a mesa, se ergueram de uma vez para encontrar os de Zara.

Congelei.

Não pode ser. Eu queria tanto que fosse... mas não podia ser ela.

— Existe algum nome com Z que signifique algo para você? — ela perguntou.

Puta merda.

— Sim — respondi.

Ela assentiu.

— É, ela está me mostrando um Z. — Zara fechou os olhos. — E David Bowie. — Ela riu. — Por que ela está me mostrando David Bowie?

Z.

Bowie.

Zoe.

— Porque o nome dela é Zoe — eu disse suavemente.

O queixo de Maddie caiu.

— Ela também está me mostrando muita neve. Isso significa algo para você?

Emudecido, balancei a cabeça afirmativamente. Meu coração começou a martelar mais rápido.

Maddie pousou a mão em meu joelho. Eu não podia ver seu rosto, porque meus olhos ainda estavam vidrados em Zara. Esperei com a respiração presa para ver o que ela diria em seguida.

Zara inclinou a cabeça para o lado.

— Ela morreu em um acidente de esqui?

Soltei uma respiração longa e trêmula.

— Sim.

— Ela está dizendo que você já suspeita disso, mas quer confirmar que não sentiu dor alguma quando aconteceu, nem por uma fração de segundo.

Alívio percorreu minhas veias. Isso foi o que sempre imaginei, mas fiquei grato pela confirmação.

Então, para meu choque, Zara começou a chorar.

Ela enxugou lágrimas dos olhos.

— Desculpe. Odeio quando isso acontece. Mas, às vezes, um espírito me faz chorar quando fica emotivo. Os sentimentos deles se manifestam em mim. É por isso que não gosto de fazer isso.

Uma lágrima desceu por minha bochecha. Eu não me lembrava da última vez que deixara isso acontecer, especialmente na frente das pessoas. Mas não pude evitar. Se era mesmo Zoe se manifestando através de Zara — o que parecia ser o caso —, era a coisa mais incrível que eu já havia vivenciado. Minhas emoções estavam uma bagunça: feliz e triste, aliviado e assustado, tudo ao mesmo tempo.

— Ela está me fazendo chorar porque está tão triste por você se culpar. Ela diz que o que aconteceu com ela não poderia ter sido evitado, que era sua hora de ir. Sua história foi escrita assim. Então, mesmo que você tivesse feito algo diferente ou tivesse tentado detê-la, ela ainda assim teria deixado este plano. Ela precisa que você entenda que o que aconteceu não foi culpa sua.

Precisei de um momento para me situar. Com o rosto apoiado nas mãos, absorvi aquelas palavras.

— Você entende isso? — Zara perguntou.

Olhei para cima. Meu lábio tremeu quando assenti silenciosamente, enquanto Maddie apertava meu joelho.

Sempre me culpei pela morte de Zoe, porque eu a deixara esquiar pela trilha de duplo diamante negro comigo, mesmo que fosse muito avançada para ela. Até então, eu ainda ruminava sobre os "e se". Se eu ao menos tivesse dito a ela que não fosse comigo, ela ainda estaria viva.

— Uau. Ela é intensa. Ela amava muito você — Zara disse.

E com isso, pude sentir mais lágrimas se formando.

Ela sorriu.

— Ah... ela está tocando música. Isso era uma parte importante de sua vida? Ela era musicista?

Limpei meus olhos.

— Sim, era.

Zara assentiu para si mesma algumas vezes, concentrada.

— Ela quer que saiba que você não tem outra escolha além de seguir em frente, e que tudo bem fazer isso, ok? Foi por isso que ela se manifestou hoje. Ela precisa que você saiba disso.

Houve um longo momento de silêncio.

Parecia que alguns minutos haviam se passado até eu finalmente perguntar:

— Ela já foi?

— Não consegui desvendar sua última mensagem. Ela está me mostrando avelãs. Você entende o que isso significa?

Avelãs?

Após vários segundos tentando buscar em minha mente o significado disso, balancei a cabeça.

— Nem um pouco.

Maddie alternou olhares entre mim e Zara.

— Às vezes, um espírito me envia mensagens auditivamente e, outras vezes, através de imagens que podem soar como certas palavras que estão tentando transmitir. Talvez eu esteja interpretando errado o que ela está me mostrando. Mas acredito que, na imagem, são avelãs.

Suspirei.

— Ok.

Maddie parecia extremamente apavorada. Aquilo devia ter sido demais para ela. Era para ter sido por diversão. Em vez disso, recebemos além do que pedimos; recebemos uma sessão mediúnica.

Mas, para mim? Foi uma dádiva. Ouvir Zoe me dizer o que o aconteceu não foi minha culpa e não poderia ter sido evitado era algo que eu só acreditaria se viesse dela própria. E parecia que isso tinha acontecido. Pelo menos, àquela altura, eu tinha que acreditar que era real.

— Mais alguma coisa? — perguntei.

Zara moveu os olhos de um lado para o outro.

— Não. Acho que ela se foi.

Soltei o ar, sentindo-me um pouco triste por Zoe ter ido embora, mas também aliviado. Ficar esperando as mensagens tinha sido intenso.

Zara colocou a mão no bolso para pegar seu celular e conferiu a hora.

— Já ultrapassamos dez minutos do tempo de vocês. Espero que essa leitura lhes tenha sido útil.

Me levantei.

— Você nem imagina. Obrigado por sair da sua zona de conforto para me deixar ouvir a mensagem de Zoe.

Ela sorriu.

— Ela não me deu escolha.

Maddie se levantou e seguimos para a saída juntos.

O clima estava completamente estranho ao andarmos em silêncio pela rua.

— Aquilo foi intenso. — Maddie pousou uma de suas mãos em meu ombro. — Você está bem?

Soltei uma respiração pela boca.

— Aquilo foi... nem sei o que dizer.

— Foi incrível. Total e absolutamente incrível. E destinado a acontecer, Milo. Nós estávamos destinados a encontrar esse lugar para que Zoe pudesse mandar essa mensagem para você. Na verdade, esse pode ser todo o motivo do universo para a viagem. Nos encontramos para encontrarmos Zara, e você receber a mensagem de Zoe.

Isso era tão louco. Eu estava começando a ficar emotivo novamente. Tendo em vista que eu já tinha chorado o suficiente para um dia, tentei aliviar o clima.

Pousei a mão em suas costas.

— Então, está me dizendo que nós fomos a uma festa de sexo, compramos botas horrendas e você foi flagrada falando em público sobre se masturbar só para que eu pudesse receber uma mensagem de Zoe?

— Sim! — Ela riu. — Sim! É exatamente isso que estou dizendo.

— Você deve ter razão. — Sorri. — Mas eu queria saber o que as avelãs significam.

Ela olhou para o nada por um momento.

— Bem, se realmente significam alguma coisa e você está destinado a desvendar, acho que isso irá acontecer com o tempo.

Assenti e baguncei seus cabelos.

— Esse dia foi muito louco. Precisamos fazer algo mais tranquilo. Para onde vamos esta noite?

— Para ser sincera, estou um pouco cansada. Acho que quero voltar para o hotel.

Merda. Eu estava esperando poder evitar ter que ficar sozinho naquele quarto por mais um tempo. Mas qual era o sentido em adiar? Teríamos que voltar, em algum momento.

— Tudo bem. Quer comprar comida e levar para lá?

Ela passou a mão na barriga.

— Ainda estou cheia do jambalaya que comemos mais cedo.

— É. Também não estou com fome.

Não de comida, pelo menos.

Mas decidi guardar isso para mim.

— Mas, se bem que... — ela disse.

— O quê?

Ela sorriu.

— Eu poderia tomar um sorvete.

— Sorvete é uma ótima ideia.

Acabamos encontrando uma pequena sorveteria após andarmos mais um pouco. Escolhi duas bolas de sorvete com gotas de chocolate e granulado por cima, enquanto Maddie pegou uma bola sabor cereja.

Ao seguirmos em direção ao nosso hotel, o sol estava se pondo. Era uma noite linda e arejada. Eu ainda estava pensando sobre tudo que havia acontecido com Zara. De algum jeito, eu podia sentir a presença de Zoe comigo, quando isso parecia tão fora de alcance antes daquele dia. Eu não tinha dúvidas de que ela estava guiando aquela jornada. Contudo, qual era o papel de Maddie naquilo? Era meio estranho pensar que Zoe podia ter orquestrado para que eu conhecesse outra mulher. Talvez eu estivesse interpretando da maneira errada.

Meus pensamentos foram interrompidos quando Maddie gritou. Levei alguns segundos para me dar conta do que estava acontecendo. Um pombo havia pousado sobre sua casquinha de sorvete. O pássaro bateu as asas e pegou um bocado de sorvete com o bico.

E então, saiu voando.

— Mas que droga foi essa? — ela perguntou.

Eu estava ocupado demais rindo para conseguir responder.

E então, a ficha caiu.

— Não diga que Zara não te avisou sobre pássaros.

CAPÍTULO 11

Hazel

Assim que me tranquei no banheiro, soltei um suspiro de alívio. Era a primeira vez que eu ficava sozinha em um tempo. Embora adorasse ser unha e carne com Milo, às vezes eu precisava processar meus pensamentos sem que ele pudesse identificá-los em meu rosto.

Liguei o chuveiro e entrei. Conforme a água caía sobre mim, pensei no que havia acontecido. Zoe se comunicando através de Zara foi uma das coisas mais incríveis que já vivenciei — não somente porque isso ajudou a provar que existia algo além dessa vida, mas porque serviu como um lembrete do tipo de amor que transcende o Universo. O amor de Milo e Zoe havia sido autêntico e baseado em respeito. Milo não teria feito com ela o que Brady fez comigo.

Do outro lado da moeda, o que aconteceu com Zoe era um lembrete de que a vida era curta. Talvez não tenhamos todo o tempo do mundo para perdoar aqueles com quem nos importamos. Isso significava que eu deveria considerar dar a Brady uma segunda chance? E então, teve o aviso de Zara sobre um conflito e o nome Matthew... teria que me lembrar de ligar para o meu pai no dia seguinte na estrada.

Após cerca de meia hora, houve uma batida na porta. Em seguida, ouvi a voz de Milo.

— Ainda está viva aí dentro?

Merda. Eu já estava ali há muito tempo.

Desligando a água, gritei:

— Estou bem. — Torci meus cabelos. — Só me distraí um pouco.

— Não pare por minha causa. Só estava conferindo se você estava bem.

Talvez, subconscientemente, eu estivesse tomando meu banho sem pressa alguma para evitar ficar sozinha com Milo. Ele estava tão sexy quando saiu do banho mais cedo. Tive apenas um rápido vislumbre de seu corpo molhado e seu torso nu quando ele passou pelo meu quarto com uma toalha em volta da cintura. Eu sabia que seria difícil evitar querer ficar perto dele naquela noite. Como eu adoraria deitar aconchegada a ele, pelo menos. Adormecer ao lado de Milo parecia muito bom. Mas eu tinha certeza de que isso levaria a outras coisas, então teria que continuar sendo apenas uma fantasia.

Depois que me sequei e vesti minha blusa e short para dormir, encontrei meu pequeno tubo de máscara facial. Era do tipo que você aplicava em todo o rosto e dormia com ela. Isso poderia ser minha armadura, uma camada extra de proteção. Ninguém consegue fazer sacanagem com gosma verde no rosto, não é?

Prendi o cabelo e comecei a passar a máscara. Endureceu rapidamente. Quando olhei para meu reflexo no espelho, vi um tipo de monstro. Perfeito.

Depois que abri a porta e saí para a área comum, Milo arregalou os olhos.

— Que belo visual, Mads.

— Bem, obrigada. Pensei que, já que vamos dividir o espaço esta noite, por que não te mostrar o que acontece quando a porta se fecha? — brinquei. — Eu não acordo com aquela aparência, sabia? Dá muito trabalho.

— E eu aqui achando que você era apenas naturalmente linda.

Suas palavras aqueceram meu corpo.

— Estou surpresa por você ter vestido uma camiseta antes que eu tivesse a chance de te admirar, dessa vez — gracejei.

— É, bem... — Ele suspirou e apoiou os pés no sofá. — Você não tem para onde correr esta noite, então imaginei que não seria justo. — Ele me deu uma piscadela.

— Obrigada por me poupar. — Sentei-me na extremidade do sofá, longe dele. — Como está se sentindo?

Ele virou-se para mim.

— Está perguntando por causa da Zoe?

— Sim. Não consigo parar de pensar em tudo aquilo. Só imagino o que você deve estar sentindo.

Ele apoiou a cabeça para trás e encarou o teto.

— Foi surreal. Nunca imaginei que uma coisa daquelas poderia acontecer. Definitivamente me trouxe uma sensação de paz. Não sei como Zara poderia ter inventado tudo aquilo. Se fosse só uma coisa, eu ainda teria dúvidas, mas o nome, a referência ao acidente de esqui e o fato de que Zoe disse que estava comigo quando cantei na outra noite? Todas essas coisas? É demais para ser uma coincidência. E, acredite em mim, eu era totalmente cético sobre esse tipo de coisa, até hoje.

— Concordo plenamente. Posso ter pensado a mesma coisa, que era tudo papo furado. Mas o que aconteceu hoje pareceu real demais. E isso é lindo.

— Obrigado por concordar com minha ideia de entrar lá. Do contrário, isso não teria acontecido.

Ele estendeu a mão para mim. Segurei-a, e nossos dedos se entrelaçaram. Eu sabia que não havia a intenção de uma coisa levar à outra. Era apenas um gesto bondoso, seu agradecimento pelo meu apoio. Mas o contato enviou ondas de choque pelo meu corpo.

Instintivamente, soltei sua mão.

— Bem... você não precisa me agradecer — eu disse. — É para isso que estou aqui, para entrar na onda das suas ideias malucas. Algumas delas simplesmente acabam nos levando a momentos bonitos. — Sorri. — Por falar nisso, tem alguma ideia de para onde iremos em seguida?

— Vamos ver como nos sentiremos amanhã. Acho que passar mais um dia aqui pode ser divertido. Ainda não vi tudo que queria nessa cidade. E você?

Assenti.

— Também acho que ainda não estou pronta para ir embora.

— Ótimo. — Milo se levantou. — Espere aí. Volto já. — Ele seguiu para o banheiro.

Liguei a televisão e me acomodei no sofá. Milo demorou um pouco para voltar.

Quando retornou, levei um susto. Seu rosto estava verde — assim como o meu. Ele tinha passado minha máscara facial.

— O que você fez?

— Eu queria saber qual era a graça disso.

Dei risada.

— E?

— Não consigo mais sentir minhas bochechas. Como isso pode ser bom?

— Está cumprindo sua função, desentupindo todos os poros.

Ele voltou para o lugar onde estava sentado antes, na outra extremidade do sofá.

— Mas essa não é a única função desse creme, não é?

— Como assim?

— Se você acha que colocar essa merda na cara faz minha vontade de te beijar diminuir, está enganada. Mas bela tentativa.

Que bom que o meu rosto estava coberto de creme, porque tinha certeza de que estava ficando vermelha.

Ficamos quietos por um tempo depois disso. Eventualmente, respirei fundo.

— Você disse que estava mantendo distância porque usar sexo para superar um relacionamento não era saudável, e eu concordo. Mas você já se perguntou... e se? E se tiver conhecido a pessoa certa na hora errada? Todo esse tempo, nós dois pensamos que nos conhecemos para ajudar um ao outro a seguir em frente. Mas e se tivermos nos conhecido por outra razão?

Vi o pomo de adão de Milo subir e descer.

— Tipo qual?

— Talvez... tenhamos nos conhecido porque... — Dei uma risada nervosa. — Deve ser idiota pensar isso, mas e se a razão pela qual nos conhecemos não tenha sido somente ajudar um ao outro a seguir em frente, mas sim porque deveríamos ficar juntos?

Meu olhar prendeu-se ao de Milo, e compartilhamos um momento muito íntimo. Foi como se estivéssemos em um túnel, apenas nós dois. Eu não podia ver ou ouvir mais nada além dele.

— Eu adoraria que isso fosse verdade. Você é uma mulher maravilhosa, Maddie, por dentro e por fora, e estou louco por você. Mas pode me dizer, com honestidade, que não pensou no seu ex em nenhum momento hoje?

A sorriso esperançoso que estava em meu rosto murchou, e fechei os olhos. Balancei a cabeça.

— Entendo. Ainda não encerrei completamente o último capítulo dessa parte da minha vida, então não é o momento certo para começar a escrever uma nova história.

Ele assentiu.

— Mas isso não significa que o que você disse não seja verdade. Talvez devamos ficar juntos. Acho que é muito possível conhecer a pessoa certa na hora errada. Na verdade, é só o que minha sorte me permite. — Ele desviou o olhar por tempo e, então, virou-se para mim novamente. — Tive uma ideia.

— O quê?

— E se reservarmos esse quarto de hotel para daqui a três meses? Nós dois vamos para casa e voltamos para nossas vidas. Daqui a noventa dias, se você não estiver mais pensando nele, entre em um avião e me encontre bem aqui. — Ele deu tapinhas no sofá. — Bem aqui, assim como esta noite. Só que, talvez, sem essas melecas verdes em nossos rostos e com muito menos roupas.

Sorri e senti a máscara em meu rosto craquelar.

— Adorei essa ideia.

— Ótimo. — Milo estendeu a mão e entrelaçou seus dedos aos meus. — Então, temos um acordo.

Na manhã seguinte, Milo tinha desaparecido quando acordei. Senti pânico quando abri a porta do quarto e encontrei a área comum vazia. Andei pelo cômodo sentindo-me muito ansiosa, até que vi sua mochila guardada atrás do sofá. Soltei um suspiro profundo de alívio e fui jogar um pouco de água no rosto para me acalmar. Tinha acabado de escovar os dentes quando o som da porta se abrindo e fechando no outro cômodo chamou minha atenção.

— Milo? — gritei.

— Sim, querida.

Sorri e terminei minha rotina matinal. Quando saí do banheiro, encontrei Milo com os pés sobre a mesinha de centro e um copo gigante de café na mão. Ele se inclinou para frente e pegou outro copo.

— Para você, maninha.

— Obrigada. — Sentei-me no sofá e apoiei as pernas sob mim. Retirando a etiqueta de plástico do copo, eu disse: — Você acordou cedo hoje.

Ele assentiu.

— Eu precisava fazer algumas coisas que tinha em mente.

Tomei um gole de café.

— Tipo o quê?

Milo tirou alguns papéis dobrados do bolso traseiro.

— Bom, para começar, falei com o pessoal na recepção para pedir que estendessem nossa estadia por mais uma noite. Eles disseram que não teria problema. Também comprei ingressos para andarmos no ônibus de turismo. Sabe aquele grande, vermelho e de dois andares que vimos rodar pela cidade?

— Oh! Ok. Parece divertido.

— Fui até um centro de informações turísticas que fica a alguns quarteirões e perguntei se conheciam lugares legais para fotografar. Por acaso, a mulher com quem falei pratica fotografia como hobby. — Ele desdobrou um mapa. — Ela circulou um monte de lugares que achou que você poderia gostar. A maioria não fica muito longe de algumas paradas que fazem parte da rota do ônibus.

— Isso foi muito gentil. Obrigada. Mal posso esperar para explorar a cidade mais um pouco. Mas, e você? Se vamos fazer uma tarde de fotografia para mim, deveríamos fazer algo que você também goste.

Milo balançou as sobrancelhas.

— Faremos isso quando voltarmos em três meses.

Dei risada.

— Estou falando sério. Essa aventura é tanto minha quanto sua.

— Eu fiz alguns planos para mim também. Quando estava voltando depois de comprar os cafés, passei em frente a um bar que tinha um letreiro anunciando uma noite de microfone aberto hoje. Então, me inscrevi.

— Você vai cantar de novo?

Ele sorriu.

— Vou. Por mais que eu tenha gostado do nosso dueto, acho que está na hora de subir no palco sozinho. Já deveria ter feito isso há tempos.

Sorri.

— Você não gostou do nosso dueto coisa nenhuma. Mas tudo bem. Estou animada por saber que você vai cantar de novo. Parece que teve uma manhã produtiva enquanto eu estava preguiçando na cama.

— Fiz outro plano para nós.

— Qual?

Ele prendeu meu olhar.

— Reservei um quarto para nós, para daqui a três meses.

Meu coração acelerou.

— Oh, nossa! Que empolgante. Qual é a data?

— Você não vai acreditar. Tive que contar noventa dias a partir de hoje três vezes para me certificar de que estava certo.

— Por quê? Qual é a data?

— Dia dos Namorados — Milo disse, sério.

— Ai, meu Deus! — Juntei as mãos. — Isso é perfeito.

— Também achei. A menos, é claro, que você me dê um bolo no dia. Aí seria bem triste.

— Dia dos Namorados. É... — Balancei a cabeça. — É... nem tenho palavras para descrever o que é.

Milo abriu um sorriso acanhado.

— Eu tenho. É uma data que está longe demais para o meu gosto.

— Se descermos no Garden District... — Milo ergueu o mapa da cidade que pegara pela manhã no centro de informações turísticas e apontou para uma área. — A mulher disse que há muitos lugares por lá para tirar fotos. Há uma vizinhança com mansões vitorianas grandes e antigas, e ela disse que também há alguns cemitérios onde as pessoas gostam de fotografar.

— Ohhh. Parece muito bom. Eu estava dando uma olhada no folheto de boas-vindas do hotel ontem e vi algumas fotos dessas mansões, e adoro cemitérios.

Após mais duas paradas, descemos do ônibus e caminhamos por alguns minutos pelo Garden District. A área era incrivelmente linda. Muitas casas de época ornamentadas, com carvalhos altos cobrindo as ruas, hibiscos coloridos e murtas de crepe pontilhando gramados bem-cuidados. Algumas das mansões tinham placas do lado de fora, indicando que tinham quase duzentos anos. Pude sentir a história conforme andávamos.

— Quando era criança, eu queria uma casinha de bonecas vitoriana mais do que qualquer coisa — eu disse. — Foi o primeiro item da minha lista de Natal dos cinco aos onze anos.

— Ah, é? Você acabou ganhando uma?

Neguei com a cabeça.

— Meus pais não compravam brinquedos grandes ou frágeis para mim, porque teríamos que deixá-los para trás quando nos mudássemos. Eu mencionei isso para o meu ex uma vez, e ele comprou um daqueles kits para construir uma. Foi um gesto bem doce.

— Ele comprou um kit? E construiu a casa para você?

— Não. Mas acho que é a intenção que conta.

MINHA LEMBRANÇA FAVORITA 147

Milo fez uma careta.

— Qualquer pessoa pode passar o cartão de crédito para comprar alguma coisa, Mads.

— Eu sei. Mas... — Dei de ombros. — Deixa pra lá.

Eu sabia que havia sido burrice minha falar em Brady. Ainda assim, mais uma vez, provei o argumento de Milo de que eu ainda pensava nele. Acho que eu tinha três meses para fazer com que isso parasse de acontecer. O que definitivamente precisávamos naquele momento era mudar de assunto.

Olhar para toda aquela linda arquitetura em volta fez com que eu me perguntasse que tipo de estilo de vida Milo levava.

— Você mora em um apartamento ou em uma casa em Seattle?

— Apartamento. É um prédio pequeno de dois andares.

— Como é a sua sala de estar?

Milo franziu a testa.

— Minha sala de estar? Como assim? É quadrada. Tem um sofá e alguns outros móveis, eu acho.

— O que tem nas paredes?

— Nas paredes?

— Sim. Por exemplo, que tipo de arte você tem pendurada nas paredes?

Ele pareceu pensar um pouco.

— Não tenho nada nas paredes.

— Absolutamente nada? Por quê?

Ele deu de ombros.

— Não sei. Acho que nunca pensei naquele apartamento como minha moradia permanente.

Paramos em frente a uma casa vitoriana deslumbrante. Era de um tom leve de amarelo com vários detalhes ornamentais em azul. Um idoso estava sentado em uma cadeira de balanço na varanda que rodeava todo o perímetro da casa.

Acenei para ele.

— Sua casa é linda — falei. — O senhor se importa se eu tirar algumas fotos dela?

— Fique à vontade. Qual é o sentido das coisas bonitas se você não compartilhá-las com os outros?

Sorri.

— Obrigada.

Enquanto eu tirava fotos, Milo devia estar perdido em pensamentos.

— Como é a sua sala de estar? — ele perguntou.

Terminei de fotografar e abaixei a câmera.

— O de praxe: sofá, poltrona, mesinha de centro, tapete e sessenta e oito fotos emolduradas de sorrisos na parede.

Milo deu risada.

— Você tem sessenta e oito fotos emolduradas de sorrisos?

— Tenho.

— Não os rostos inteiros? Somente sorrisos?

— Aham. São todas em preto e branco e recortadas somente nos sorrisos. Cada uma delas é emoldurada em preto mate.

— A quem os sorrisos pertencem?

Dei de ombros.

— Pessoas variadas. Alguns adultos, algumas crianças. A maioria são pessoas que não conheço. Eu sinceramente nem me lembro de como são os rostos inteiros de algumas delas. Eu as tirei no decorrer dos últimos quinze anos em lugares variados.

— Você tem uma favorita?

— Na verdade, tenho. — Dei risada. — Como você sabia?

Milo abriu um sorriso torto.

— Só um palpite. Como ele é? O seu sorriso favorito?

— É de uma garotinha que tirei durante um trabalho, anos atrás. Eu estava cobrindo um show dos Jonas Brothers, durante o tempo em que eles ficaram populares pela primeira vez. Ela devia ter cinco ou seis anos. Quando o show começou e os três irmão entraram no palco, ela começou a chorar. Estava chorando copiosamente mesmo, mas, ainda assim, tinha um sorriso enorme. Lágrimas desciam pelo rosto dela, mas seu sorriso era grande o suficiente para contar todos os seus dentinhos. Nunca me senti tão feliz a ponto de chorar daquela maneira, e acho essa foto muito inspiradora. — Ela suspirou. — E você? Já sorriu e chorou ao mesmo tempo?

Começamos a andar novamente, e Milo balançou a cabeça.

— Não que eu me lembre. O que mais tem na sua sala de estar? Você tem fotos de família em porta-retratos?

Balancei a cabeça.

— Não, não tenho.

— Meus pais sempre tinham um monte de fotos de família penduradas na parede — ele disse.

— Nós não tínhamos. Por mais estranho que seja, já que sou fotógrafa, meus pais não curtiam muito tirar fotos. E eles não decoravam os lugares que alugávamos. A casa em que moro agora é o primeiro lugar onde já morei que tem alguma personalidade.

— Então, deixe-me ver se entendi. — Milo esfregou o lábio inferior com o polegar. — Eu cresci com fotos de família por todos os lados, e agora minhas paredes são vazias porque não sinto que onde estou é permanente. E você, por outro lado, cresceu com paredes vazias e agora tem paredes cobertas por fotos pela primeira vez na vida. Nós estávamos mesmo em situações bem diferentes há alguns meses, hein?

Abri um sorriso triste.

— Acho que sim.

Milo parou de andar.

— Espere um minuto. Pegue a sua câmera novamente.

Olhei em volta ao abrir o zíper da bolsa. Ainda estávamos no lindo Garden District, mas não sabia o que, particularmente, eu deveria fotografar.

— O que vou fotografar?

Milo passou uma mão pelo cabelo e endireitou as costas.

— Eu.

Dei risada.

— Você?

— Sim. Quero ir para a sua parede.

Ergui a câmera, ainda rindo.

— Ok, seu louco. Abra um sorriso bem bonito.

Ele ergueu uma mão.

— Espere. Me dê alguns segundos. Quero pensar em alguma coisa boa para que você capture o sorriso certo.

Milo desviou o olhar por um momento. E então, voltou a olhar para mim e abriu o sorriso mais sexy que eu já vira.

— Estou pronto.

— Será que ao menos quero saber no que você está pensando com esse sorriso diabólico?

— Provavelmente não. Mas vamos fazer assim: daqui a noventa dias, eu vou te *mostrar* no que estava pensando.

Minha nossa.

Tirei mais fotos do que o necessário, grata por poder esconder meu rubor por trás da câmera.

— Prontinho.

Milo me lançou uma piscadela.

— Número sessenta e nove.

Dei risada.

— É, eu tenho sessenta e oito fotos penduradas no momento, então acho que você está certo.

Ele inclinou-se e me deu um beijo na bochecha, movendo a boca para minha orelha em seguida.

— Eu não estava me referindo ao número de fotos na sua parede. Era nisso que eu estava pensando quando sorri para a foto.

CAPÍTULO 12

Matteo

Eu devo ter perdido a porcaria do juízo.

Maddie saiu do quarto usando um vestido verde brilhante. Não tinha um decote escandaloso ou quase deixava sua bunda à mostra, mas, ainda assim, era a coisa mais sensual que eu já tinha visto. Ela estava Linda. De. Morrer.

Por que fiquei dizendo a essa mulher que transarmos não seria uma boa ideia? Na hora, pensei que não existia um plano mais inteligente do que esse.

Balancei a cabeça e soltei uma respiração audível e irregular pela boca.

— Você está... esse vestido... Uau, Mads. Apenas... uau.

Ela olhou para baixo, como se precisasse se lembrar do que estava vestindo.

— Oh. Obrigada.

— Está pronta? É melhor irmos. — *Porque um homem só tem autocontrole até certo ponto.*

Ela pegou sua bolsa.

— Sim. Estou animada para te ver cantar. Quando estávamos no palco juntos, foi meio surreal, e não pude curtir sua apresentação adequadamente.

Quantas músicas você pode cantar?

— Geralmente, três músicas ou quinze minutos, o que vier primeiro. Mas não perguntei as regras quando me inscrevi hoje de manhã, então não tenho muita certeza.

— Você sabe o que vai cantar?

— Sim, tenho uma ideia.

Ela inclinou a cabeça para o lado.

— Bem, quais são as músicas?

Enfiei minha carteira no bolso traseiro da calça.

— Não posso te contar. Dá azar.

É claro que eu tinha acabado de inventar aquilo. Mas Maddie acreditou.

— Oh. Ok. Bem, seja o que for, tenho certeza de que vou adorar.

Na Bourbon Street, a vida noturna parecia já ter começado. As ruas estavam cheias de pessoas bebendo e músicas diferentes estrondavam de cada bar pelos quais passávamos. Quando notei o segundo cara dando uma olhada em Maddie, comecei a me sentir um pouco possessivo e segurei a mão dela.

Ela me olhou com uma expressão inquisitiva, embora não tenha tentado puxar a mão de volta.

— Você está atraindo bastante atenção com esse vestido — expliquei. — Não que o fato de eu segurar sua mão vá impedi-los de olhar, mas deve evitar que os babacas bêbados e mais agressivos te abordem.

Maddie inclinou a cabeça, com um sorriso tímido.

— E se eu quiser ser abordada?

— Abordada por quem?

Ela olhou em volta. Um cara grande e musculoso, usando regata e calça jeans, estava encostado contra um banco do lado de fora de um bar. Seus cabelos estavam penteados para trás e seus braços estavam cruzados à frente do peito enorme. Ele devia ser o segurança.

— Ele — ela disse. — Ele até que é bonito.

— Você quer que aquele fortão ali dê em cima de você?

Ela deu de ombros.

— Talvez.

Senti meu sangue pulsar mais forte com esse pensamento.

— E pra quê?

— Bem, uma mulher tem necessidades.

— E você quer que aquele cara satisfaça as suas necessidades?

— Talvez não ele. Não sei. Só estou dizendo.

— Dizendo o quê?

Ela balançou a cabeça.

— Não sei. Esqueça o que falei.

— Hummm... você acabou de me dizer que pode não querer que eu segure sua mão para que você possa pegar um cara aleatório da rua. Considerando que você o levaria para um quarto que estamos dividindo, acho que esquecer isso pode ser um problema.

— Credo. Eu só estava brincando. Relaxe, Milo.

Cocei a barba por fazer em meu queixo.

— Só brincando, hein?

Maddie assentiu.

— Tudo bem. — Olhei em volta. Não demorei mais do que alguns segundos para encontrar uma mulher com muita pele à mostra. Estávamos na Big Easy, afinal de contas. Soltando a mão de Maddie, eu disse: — Você se importa se eu for falar com aquela mulher?

Maddie franziu a testa.

— Quem?

Ergui o queixo para apontar para a loira seminua. Ela era bem peituda.

— Ela.

Maddie estreitou os olhos.

— Ela faz o seu tipo?

— Depende do que eu estiver procurando.

Ela apertou os lábios.

— Bem, talvez eu devesse ir embora, já que você está procurando alguém.

Dei risada e peguei sua mão novamente. Puxando-a para mais perto, falei:

— Não é um sentimento muito bom, é? Me imaginar pegando outra pessoa?

Ela fez um beicinho.

— Não, não é.

— Ótimo. Porque eu prefiro sua mão e depois voltar para o hotel e dormir no sofá a levar comigo alguém que não seja você, de qualquer forma.

O rosto de Maddie suavizou. Ela apoiou a cabeça em meu ombro ao andarmos.

— Você sabe as coisas certas para dizer a uma mulher.

Inclinei-me e beijei sua testa assim que chegamos ao bar para a noite do microfone aberto.

— É aqui.

Havia um monte de pessoas em frente fumando cigarros... ou maconha. Tinha quase certeza de que sentia o cheiro da droga misturado ao tabaco. Uma delas era Druker, o cara com quem falei para me inscrever mais cedo.

Ele ergueu o queixo quando nos aproximamos.

— Ei, e aí, cara, beleza?

— Beleza. Estou animado para subir no palco esta noite. Eu sei que você disse que teria um piano disponível, mas, por acaso, teria um violão que possa me emprestar?

Ele jogou uma bituca de cigarro no chão e a cobriu com o pé para apagar.

— Posso arranjar. Me dê dez minutos.

— Maravilha. Valeu.

Dentro do bar, Maddie e eu encontramos uma mesa na lateral do palco.

— Então, você também vai tocar violão?

— Se ele conseguir arranjar um, sim.

— Você toca algum outro instrumento?

Sorri.

— Bom, eu sou professor de música, então sei tocar a maioria deles. Mas violão é o meu favorito.

— Eu sempre quis aprender a tocar.

— Posso te ensinar, se quiser.

Ela sorriu.

— Eu adoraria.

— O que você quer beber? Vinho, como sempre?

— Sim, seria ótimo.

— Volto já.

Fui até o bar e pedi uma cerveja para mim e uma taça de vinho branco para Maddie. Quando voltei, tinha um coroa sentado no meu lugar. Mesmo que ele parecesse ter, no mínimo, uns sessenta anos, senti uma pontada de ciúme.

Maddie sorriu quando me aproximei.

— Milo, este é o Fretty. Com dois Ts, não Freddy com dois Ds.

Assenti.

— Prazer em conhecê-lo.

Fretty ergueu as mãos. Ele tinha uma voz rouca de alguém que passou quarenta anos fumando dois maços de cigarro por dia.

— Eu não estava tentando cantar sua garota. Druker me disse que alguém estava querendo pegar um violão emprestado. Ele me mandou procurar pela garota mais linda no bar e entregar o instrumento ao cretino sortudo que estava com ela.

Pisquei para Maddie.

— Acho que não foi muito difícil me encontrar, então.

Fretty se levantou.

— Tenho um Rosewood Martin antigo, se você quiser.

— Sim. É um violão incrível. Seria ótimo. Obrigado.

Ele ergueu um dedo.

— Tenho uma condição.

— Qual?

— Você me deixar tocar enquanto cantar uma das suas músicas. — Ele tocou sua garganta. — Estraguei minhas cordas vocais e não consigo mais cantar. Mas ainda amo subir ao palco.

— Sim, claro. Escolhi três músicas. Mas se você não conhecer nenhuma delas, podemos trocar alguma.

O velho homem sorriu.

— Acredite. Eu as conheço.

Maddie e eu assistimos quatro apresentações, que foram muito boas, antes do anfitrião chamar meu nome. Bom, ele chamou Milo Hooker.

Encontrei Fretty no balcão e decidimos que ele se juntaria a mim na primeira música. Então, subi ao palco e caminhei até o piano para tocar, enquanto Fretty sentou-se ao fundo com seu violão, fora do holofote.

— Boa noite a todos. — Ajustei um pouco o microfone. — Meu nome é Milo. Vou tocar algumas músicas para vocês. Meu amigo Fretty se juntará a mim na primeira. Essa música vai para uma Hooker muito especial que está na plateia. É uma canção que canto há anos, mas, esta noite, parece ter um novo significado para mim. Espero que gostem.

Alonguei os dedos algumas vezes antes de tocar as primeiras notas de *I'll Be Waiting*[6], de Lenny Kravitz. Não era uma música para animar a plateia, porque a maioria das pessoas não a conhecia. Mas esse não era o meu objetivo naquela noite. Eu finalmente tive vontade de subir ao palco novamente, após quatro longos anos. Para mim, cantar era uma oportunidade de dizer todas as coisas que a maioria de nós é covarde demais para confessar na vida real. Todas as palavras são peças de um quebra-cabeças, e a música as coloca em seus lugares certos para revelar uma imagem. Eu sabia que o meu tempo com Maddie acabaria em breve, e queria que ela soubesse como eu me sentia. A letra da música começava explicando que um cara partiu o coração de uma mulher e ela precisava de um tempo. Mas o refrão falava que ele esperaria até ela estar pronta.

Quando terminei, ergui o olhar por trás do piano pela primeira vez e encontrei Maddie com um sorriso enorme, mas ela também estava com lágrimas descendo pelo rosto. Aquilo preencheu meu coração. Apontei para minha boca sorridente e tracei lágrimas imaginárias por minhas

---

6   Em tradução livre, Estarei esperando. (N.T.)

bochechas. Ela arregalou os olhos quando compreendeu, e seu sorriso ficou ainda maior, se é que ainda era possível.

Se o que começamos durante aquela viagem não tivesse uma continuação, eu ao menos havia dado a ela uma lembrança de Nova Orleans: o sorriso que ela ansiava dar, inspirado por sua foto favorita.

CAPÍTULO 13
Hazel

Atlanta seria nossa próxima parada, mas as luzes de um festival próximo à rodovia chamaram nossa atenção em algum lugar do Alabama. E como nosso mantra era ir para onde o vento nos levava, parecia que o vento estava desejando *funnel cake*.

E eu também.

Descobrimos que o evento de chamava Feira de Applewood. Passamos algumas horas por ali, comendo comidas gordurosas, brincando em joguinhos e até mesmo andando em alguns dos brinquedos do parque. Parecíamos duas crianças. Eu não conseguia me lembrava da última vez que me divertira tanto. Bom, conseguia, sim. Cada momento que eu passava com Milo se tornava a última vez que me divertira.

Enfiei um pedaço de algodão-doce cor-de-rosa na boca.

— Acho engraçado sequer sabermos o nome da cidade onde estamos. Applewood é o nome da cidade ou só da feira?

— Talvez fosse melhor perguntarmos a alguém. — Milo tocou o ombro de uma mulher à nossa frente. — Com licença?

Ela virou-se.

— Sim?

— Que cidade é essa?

— Você está em Bumford, querido.

— Não é Applewood?

— Não. Applewood vem de Rusty Applewood, o homem que começou essa feira há cerca de cinquenta anos.

Ele assentiu.

— Entendi. Obrigado.

— Ela disse que estamos onde? Bumfoda?— perguntei conforme a mulher se afastava.

— Quase isso. Bumford.

Pouco tempo depois, o sol se pôs e já tínhamos aproveitado a feira o suficiente. Bocejei.

— Está ficando tarde. Quer ir procurar um lugar para dormir aqui mesmo em Bumford esta noite?

— Não me importo de dirigir, se você quiser que continuemos a seguir para Atlanta.

Dei de ombros.

— Hum, eu meio que quero ficar, se você concordar.

Eu estava começando a temer o fim iminente da nossa aventura. Se houvesse uma oportunidade de enrolar, eu aproveitaria. Passar a noite ali significaria um dia extra juntos. Não tinha a ver com Bumford. Tinha a ver com poder passar mais tempo com Milo.

No entanto, não ia admitir isso, então tentei inventar uma explicação alternativa.

— Esse lugar me lembra dos filmes da Hallmark. Sabe, a cidade pequena para onde a mocinha sempre é mandada por seu trabalho corporativo para consertar algum problema ou arrecadar dinheiro. E então, ela se apaixona por um fazendeiro de árvores de Natal que dirige uma caminhonete vermelha e, de alguma forma, ela acaba indo morar nessa cidade, no final. Esse lugar é assim.

— Sim, claro que sei exatamente do que você está falando, porque me presto a assistir filmes da Hallmark aos fins de semana. — Ele soltou uma risada pelo nariz antes de parar um homem próximo a nós. — Com licença. Você conhece algum lugar bom para se hospedar nessa cidade?

O homem riu.

— Wyatt Manor.

Por que ele deu risada?

— Isso é um hotel? — Milo indagou.

— Uma pousada. — Ele apontou. — Você verá em mais ou menos um quilômetro e meio na estrada, à direita. — Ele sorriu. Mas sua expressão fazia parecer que podia estar brincando com a nossa cara.

Depois que o cara se afastou, perguntei:

— Por que ele nos olhou daquele jeito ao nos dar a recomendação? Foi minha imaginação?

Milo balançou a cabeça.

— Não sei.

Hum...

Ele gesticulou com a cabeça em direção ao estacionamento.

— Quer ir dar uma olhada?

— Sim. Claro. Sempre topo uma aventura.

Após apenas alguns minutos, chegamos ao nosso destino. Estacionamos bem em frente à propriedade. Não havia nenhum outro carro à vista, então me perguntei se seríamos os únicos hóspedes. Do lado de fora, parecia uma pousada comum: uma casa amarela rodeada por uma série de carvalhos grandes. Uma varanda rodeava a construção inteira e, pendurada na parte da frente, estava uma placa com *Wyatt Manor* escrito.

Nos aproximamos da porta da frente e Milo bateu. Um senhor atendeu.

— Posso ajudá-los? — Ele parecia ter noventa e poucos anos.

— Sim — Milo respondeu. — Nos disseram que esse é o *melhor* lugar para se hospedar na cidade. Queríamos saber se o senhor tem dois quartos disponíveis para esta noite.

O homem ficou boquiaberto.

— Quem disse isso?

Milo apontou por cima do ombro.

— Um... homem que estava naquele festival.

— Puxa. — A boca do velhinho curvou-se em um sorriso enorme. — Queria poder agradecê-lo. Faz meses que não recebo um hóspede sequer. Esse está longe de ser o lugar mais popular da cidade. — Ele deu um passo para o lado. — Mas entrem. Por favor. Meu lar é seu lar.

Milo e eu trocamos olhares cheios de suspeita antes de entrarmos. Eu queria muito que tivéssemos dado meia-volta e ido a um hotel normal, mas agora eu me sentiria mal se fôssemos embora. O homem parecia muito feliz em nos receber.

O interior da pousada era antigo, com revestimentos de madeira escura e móveis cobertos com estampas florais que não combinavam. Havia relógios por toda parte — relógios de cuco, de pêndulo — e uma infinidade de estatuetas em prateleiras.

Mas talvez o que havia de mais notável ali eram os animais empalhados e pendurados pelo ambiente. Um cervo, uma raposa... e um guaxinim de aparência particularmente assustadora.

O hálito de Milo roçou em minha orelha quando ele se aproximou para sussurrar:

— Isso é um museu de animais mortos ou uma pousada? Se quiser, podemos dar o fora daqui.

— Então, dois quartos custarão o total de cento e oitenta — o homem disse.

Milo olhou para mim, e dei de ombros, indicando que ele podia pagar pelos quartos.

Ele enfiou a mão no bolso.

— Você aceita cartão de crédito?

— Desculpe, não. Somente dinheiro em espécie. — Ele sorriu. — A propósito, eu sou o Wyatt.

Milo abriu sua carteira e a esvaziou.

Depois que o senhor recebeu o dinheiro, perguntou:

— O que os traz a Bumford?

— Estamos apenas de passagem, a caminho de Atlanta. Avistamos o festival quando estávamos passando pela rodovia e tivemos que parar — respondi.

— Minha esposa costumava trabalhar na bilheteria lá, anos trás. Faz cinco anos que ela se foi.

Franzi as sobrancelhas.

— Eu sinto muito.

— Tudo bem. Ela ainda está comigo. — Ele andou até um dos relógios. — Está vendo essa hora, uma em ponto?

Parei diante dele.

— Sim?

Ele foi até outro relógio.

— Está vendo a hora nesse? Qual é?

— Uma hora em ponto também.

Ele passou para o próximo relógio.

— E nesse aqui?

— Uma.

— Minha esposa faleceu a uma em ponto. E, acreditem ou não, cada um desses relógios, em algum momento, parou a uma em ponto e nunca mais funcionou.

Uau. Se ele estivesse dizendo a verdade, isso era mesmo incrível.

— Muitas pessoas, inclusive meus filhos, acham que é bobagem. Mas eu sei a verdade. Sei que é a minha Bernadine. Simplesmente sei que sim.

Milo olhou para mim, e eu soube exatamente no que ele estava pensando. Em seguida, ele virou-se para Wyatt.

— Eu também duvidaria, se não fosse por uma coisa que aconteceu comigo recentemente. Mas realmente acho que sua esposa ainda está com o senhor.

Arrepios me percorreram.

Wyatt nos conduziu para um pequeno tour pela pousada.

Ao entramos na segunda área de estar, levei um susto ao ver mais animais mortos. Estes não estavam pendurados na parede. Estavam sobre algumas mesas. Mas o que era isso? Ficou rapidamente claro que o hobby de taxidermia de Wyatt não se limitava a somente preservar os animais. Aparentemente, envolvia um pouco de artes dramáticas também. Esses animais estavam... vestidos e posados.

Mas que raios?

— O que é tudo isso? — perguntei.

— Bem, primeiramente, quero que saibam que nenhum animal foi ferido. Todos esses amiguinhos morreram acidental ou naturalmente. A mesma coisa com os que estão pendurados no outro cômodo.

Ele andou até três ratos cinza empalhados e alinhados sobre a mesa. Eles estavam usando ternos, gravatas e óculos escuros.

— Quer dar um palpite sobre como isso se chama?

— Três Ratos Cegos? — Milo respondeu.

Wyatt sorriu.

— Muito bem.

— Eles parecem mais ratazanas — sussurrei para Milo.

— E esse aqui? — Wyatt apontou para três gatos empalhados. — A pista está no chão. — No piso, havia vários pares de luvas dispostas aos seus pés.

Milo pigarreou.

— Os três gatinhos que perderam as luvinhas... ou seja lá como se chame.

Wyatt estalou os dedos.

— Acertou!

— Quem diria que você era um especialista em canções de ninar, Milo? — Dei risada.

Wyatt foi até uma coruja empalhada.

— E essa amiguinha aqui?

Nenhum de nós sabia a resposta.

— Uma velha coruja sábia — Wyatt disse finalmente.

— Como o senhor começou a praticar esse hobby interessante? — perguntei.

— Bem, desde que minha esposa morreu, tenho muito tempo de sobra. Sempre colecionei animais empalhados, mas tive a ideia de criar essas cenas um dia do nada. Comecei a rir sozinho na cozinha quando isso me veio à mente, até assustei os relógios de cuco. Agora, é o meu hobby favorito.

Definitivamente, aquele lugar, além de relógios de cuco, tinha um morador lelé da cuca.

Ele juntou as mãos.

— Bem, deixe-me levá-los para se instalarem em seus quartos.

Seguimos Wyatt pelas escadas. Por mais estranha que a casa fosse, era bem-cuidada. Um tapete de estampa oriental muito bonito delineava as escadas que levavam ao segundo andar. Esperava que ele tivesse ajuda para limpar o lugar. Na sua idade, não devia ser fácil passar o aspirador nas escadas.

Ele abriu as portas de dois quartos adjacentes. Cada um tinha papéis de parede florais e uma cama com dossel. Tirando algumas diferenças de cores, pareciam idênticos.

— Sabe, é uma pena o senhor não receber mais hóspedes — comentei. — Esses quartos são muito bonitos.

— Que Deus te ouça, querida. — Ele andou até o topo das escadas. — Vou deixar vocês dois em paz. Que tal descerem para comer um ensopado em dez minutos?

Depois que o velhinho saiu, Milo e eu ficamos de frente um para o outro no segundo quarto.

— Ai, meu Deus — sussurrei. — Parece que entramos naquela série *Além da Imaginação*.

— Acho que está mais para *A Revolução dos Bichos*. — Ele soltou uma risada pelo nariz, e não pude evitar rir também. — Você tem preferência por algum dos quartos?

Neguei com a cabeça.

— Os dois parecem exatamente iguais. Vou ficar com esse.

— Tem certeza de que quer passar a noite aqui?

Suspirei.

— É uma mistura de meigo e sinistro. Mas inofensivo.

Milo olhou em volta.

— Essa parada é totalmente digna do nosso livro de memórias. Você acha que consigo afanar um dos animais mortos dele para levarmos como lembrancinha?

— Por favor, não. Terei pesadelos sobre eles me atacando no carro.

Milo apontou para mim.

— Você deveria ter visto a sua cara quando ele estava nos mostrando os animais.

— Você estava olhando para a minha cara em meio àquilo tudo?

— Sim. Eu olho muito para o seu rosto — ele murmurou. — Hábito, eu acho.

Minhas bochechas esquentaram. Milo estava tão lindo naquele momento. Fazia alguns dias que ele não encostava em um barbeador. Quanto mais desgrenhado ele parecia, mas eu amava. Minha atração estava no auge. Era uma pena estarmos cada vez mais perto de seguirmos caminhos separados. Isso significava que, a cada dia, ficava mais perigoso fazer qualquer coisa a respeito daqueles sentimentos.

Ainda assim, com ele ali diante de mim, senti um desejo repentino de beijá-lo. Tivera muitos momentos assim, mas nunca tão forte. Talvez fosse porque o quarto era aconchegante e acolhedor. Me fazia querer soltar todas as minhas inibições, empurrar Milo para a cama, aconchegar-me contra ele e provar seus lábios deliciosos.

Isso não aconteceria, mas era um bom pensamento.

Milo estendeu a mão e tocou minha bochecha com a palma. *Ele tinha lido minha mente?* Coisas mais loucas que isso aconteceram naquela viagem. A sensação de sua mão quente e calejada no meu rosto era maravilhosa. Fechei os olhos para deleitar-me nela.

E então...

— Iuhuuu! — a voz do velhinho nos assustou. Ele colocou a cabeça no vão da porta. — O jantar está pronto!

Meu coração martelou no peito, e a mão de Milo voltou em segurança para a lateral de seu corpo. Fiquei tão irritada quanto aliviada por Wyatt ter interrompido nosso momento. Eu nunca saberia a que ele teria nos levado.

Seguimos Wyatt para o andar de baixo e sentamos à mesa de jantar. Ele nos serviu tigelas fumegantes de ensopado de carne e cerveja-de-raiz. Era uma combinação estranha, mas a cerveja-de-raiz me deu saudade da minha infância. Eu costumava tomá-la com sorvete de baunilha.

Coloquei uma colherada de ensopado na boca.

— Está delicioso.

— Era receita de Bernadine. Nunca cozinhei quando ela era viva. Mas tenho treinado com suas receitas.

Por mais estranho que ele pudesse ser, em alguns aspectos — ok, em muitos aspectos —, Wyatt era bem sentimental e doce.

— Só me resta torcer que a pessoa que eu escolher para passar o resto da minha vida se lembre de mim tão carinhosamente quanto você se lembra do seu amor, Wyatt.

Ele alternou olhares entre mim e Milo.

— Então, você já está descartando esse rapaz que está com você?

Olhei para Milo. Eu estava prestes a dizer para Wyatt nossa mentira de sempre, que Milo e eu éramos irmãos, mas Milo me interrompeu.

— Infelizmente, não sou o cara de sorte que tem o coração dela. Somos apenas amigos. Mas mesmo que minhas intenções fossem diferentes, ela está curando um coração partido agora. Somente um tolo mexeria com isso.

Wyatt pareceu ponderar.

— Bem, às vezes, não há como curar um coração partido sozinho. Mas você pode entregá-lo a outra pessoa. E então, ele se curará aos poucos, porque aquela pessoa te ajudará a esquecer o estrago. — Ele deu uma piscadela.

Milo e eu trocamos um olhar rápido.

Wyatt fez um gesto com a mão.

— Bom, acho que eu deveria ter me dado conta de que vocês não tinham um envolvimento romântico, já que pediram dois quartos. Mas eu não ia ser enxerido. Bernadine costumava gostar de dormir em seu próprio quarto depois que terminávamos de fazer coisinhas. Dizia que meus puns a mantinham acordada a noite toda. Achei que talvez vocês também tivessem suas razões.

Demos uma boa risada daquilo.

Sorri para Milo.

— Podemos não estar juntos romanticamente, mas me sinto muito sortuda por ter a amizade dele e por estar aqui com ele nesse momento.

Antes que Milo tivesse a chance de responder, Wyatt se levantou. Viramos nossas atenções para ele, que foi até as gavetas de um armário de boticário.

Ele abriu e tirou de lá algo guardado em um recipiente de vidro.

— Está vendo essa mecha de cabelo?

Inclinei a cabeça.

— Sim...

— Pertencia a Shirley Temple. Não é da época de vocês. Mas já ouviram falar dela?

Eu me lembrava da minha avó me falando sobre ela. O assunto surgiu quando, uma vez, perguntei por que bebidas não alcoólicas se chamavam Shirley Temple.

— Oh. Sim. Uma atriz bem bonita, não é? — eu disse. — Mas por que o senhor tem uma mecha de cabelo dela?

— Eu tinha uma queda por ela quando era menino. Meu pai me levou a um encontro de fãs com ela em outro estado. E, bem, quando ela se aproximou, cortei um pedaço do cabelo dela.

O quê? Eu sabia que aquele homem era louco — em um bom sentido. Mas essa notícia foi a mais surpreendente de todas.

Eu não sabia o que dizer.

— Nossa. Que... legal?

— Ou bizarro — Milo sussurrou.

Genuinamente curiosa, perguntei:

— Como Shirley Temple reagiu?

Wyatt abriu um sorriso perverso.

— Ela não percebeu.

Arregalei os olhos.

— O quê? Como ela não percebeu que você tinha cortado um pedaço do cabelo dela?

— Eu tinha uma daquelas tesouras infantis entre os dedos quando fui abraçá-la. Agi de forma rápida e precisa. — Ele piscou. — Foi uma diversão inocente.

— É uma diversão inocente até alguém ser preso — Milo disse.

— Tenho outras amostras de cabelos na gaveta. Querem ver?

Milo e eu olhamos um para o outro. Pude ver que ele estava tão assustado quanto eu.

Fingi bocejar.

— Estou me sentindo um pouco cansada. Acho que é melhor eu me recolher.

Havia um banheiro no fim do corredor onde ficavam nossos quartos.

Tomei um banho, que estava precisando muito depois do dia longo. A pressão da água era boa e a temperatura, quente.

Quando eu estava me acomodando na cama, Milo colocou a cabeça para dentro do meu quarto.

— Só vim dar uma olhada em você. Ainda está se sentindo bem aqui?

Ergui-me um pouco na cama.

— Bem, sr. Hooker, acho que esse desvio foi o vencedor de toda a viagem.

— Concordo plenamente. Pelo menos, os quartos são bons. Os lençóis são cheirosos.

Eu tinha certeza de que seus lençóis tinham um cheiro maravilhoso — porque provavelmente estavam com o cheiro dele agora.

— Última chance, Mads. Podemos sair de fininho agora mesmo, se você não estiver confortável.

Eu sinceramente amava o quão protetor Milo parecia ser, o quanto ele se importava em saber se eu estava ou não feliz.

— Essa cama é muito confortável. Estou bem. Talvez tenha pesadelos com ratos empalhados, mas estou bem.

Houve um momento de silêncio, e me perguntei se ele estava pensando no momento que tivemos mais cedo, quando colocou a mão em meu rosto. Foi o mais próximo que já chegamos de ultrapassar o limite. Bom, tirando o strip-tease que fiz para ele.

Embora eu soubesse que não fazia sentido fantasiar com seu toque, não podia evitar.

Depois que ele voltou para seu quarto, adormeci rapidamente. O dia tinha sido bem agitado, então isso não foi surpresa.

Mas, um tempo depois, algo me acordou no meio da noite. Quando abri os olhos, poderia jurar que tinha visto a porta do meu quarto se mover.

Tinha alguém saindo do meu quarto?

Que droga era essa?

Era Milo?

O velhinho Wyatt?

Estou alucinando?

Não saber estava começando a me deixar nervosa. Então, saí da cama e fui ao quarto de Milo.

Ele virou-se ao ouvir o som da porta abrindo.

— O que foi? — perguntou, grogue.

— Você foi ao meu quarto agora?

— Não dá para ir ao seu quarto quando estou dormindo. Você me acordou. Enfim, por que acha que fui ao seu quarto?

— Eu poderia jurar que tinha alguém lá. Vi minha porta se fechando.

— Não fui eu, linda.

Ouvi-lo me chamar de linda me fez formigar por dentro.

Pare com isso, Hazel.

— Ok. Desculpe por te acordar.

— Tudo bem. Tente dormir e não se preocupe — ele disse. — Estou logo ao lado, se precisar de mim.

De volta ao meu quarto, passei os minutos seguintes me revirando na cama.

Milo devia ter ouvido minha cama rangendo, porque, em questão de dez segundos, ouvi uma batida na porta.

— Mads, posso entrar?

Endireitei-me na cama.

— Sim.

Milo entrou, e eu sentei contra a cabeceira da cama enquanto ele se acomodava na beira do colchão.

— Como você sabia que eu precisava de companhia, Milo?

— Não sei. Acho que estou começando a te conhecer bem. Faz dias que passamos cada minuto acordados juntos.

— Você pode ficar aqui comigo por um tempinho?

Ele não respondeu imediatamente.

— Sim. Claro. Vou ficar no chão.

— Não. Essa cama é espaçosa. Somos adultos. Podemos lidar com isso.

Assim que ele se deitou ao meu lado, comecei a sentir que algo estava se formando. Diante do quão perto chegamos de nos beijarmos mais cedo, era seguro presumir isso. Por mais que eu precisasse dele ali para conseguir dormir, sabia que, se dormisse ao lado dele, acabaria em seus braços. E então, ele acabaria dentro de mim.

Troquei de posição, ficando com a cabeça no pé da cama. Se eu virasse a cabeça, veria apenas seus pés grandes. Como eu era baixinha e meus pés não chegavam ao topo da cama, a única coisa que ele veria se virasse a cabeça para me beijar seria um espaço vazio.

Na manhã seguinte, Milo e eu nos vestimos em nossos respectivos quartos e nos preparamos para pegar a estrada.

Parecia que Wyatt dormia até tarde, porque não estava em lugar algum quando descemos as escadas.

— Sugiro tomarmos café da manhã em algum lugar na estrada para irmos logo embora daqui. Se esperarmos por ele, só vamos conseguir sair desse lugar lá pelo meio-dia.

— Sim. É uma boa ideia — concordei.

Estávamos prestes a sair quando a expressão de Milo mudou. Ele curvou-se para pegar algo do chão acarpetado.

— Puta merda.

— O que é isso?

— É um pedaço de cabelo. Mas é da mesma cor do seu.

Me aproximei para examiná-lo. Não era um pedaço de cabelo aleatório. *Era o meu cabelo.*

Milo correu até as gavetas do armário de boticário, onde Wyatt guardava a mecha de cabelo de Shirley Temple. Ele abriu todas as gavetas e procurou por entre vários saquinhos plásticos.

Ele finalmente ergueu um e disse:

— Na mosca.

Na etiqueta, dizia *Jessica Rabbit* e tinha a data do dia anterior. Aparentemente, Wyatt devia ter me achado parecida com a ruiva fictícia do filme *Uma Cilada Para Roger Rabbit.*

— Acho que sei quem entrou no seu quarto ontem à noite.

Freneticamente, passei os dedos pelo meu cabelo, em busca do local de onde estava faltando alguma mecha. Não era um pedaço tão grande assim, então talvez eu nunca descobriria.

Milo guardou o saquinho em seu bolso ao sairmos com pressa da pousada juntos.

Ele ligou o carro e pegamos a estrada.

Enquanto dirigia, ele tirou o saquinho do bolso de sua jaqueta.

— Acho que temos a nossa lembrancinha de Bumford.

CAPÍTULO 14
Hazel

— Hazel, eu sinto muito!

Franzi o rosto. Não havia aparecido um nome no identificador de chamadas do meu celular, então eu sequer tinha certeza de quem estava se desculpando.

— Felicity?

— Sim.

— O que aconteceu? Está tudo bem?

Eu havia assumido o volante por algumas horas para que Milo pudesse tirar uma soneca. Aparentemente, assim que ele se juntara a mim na cama na noite anterior, tivera dificuldades para adormecer novamente. Fazia cerca de meia hora que ele estava apagado no banco do passageiro. Mas ele abriu os olhos lentamente e olhou para mim, encontrando-me ao celular.

— Estou no hospital — Felicity disse.

— No hospital? O que aconteceu?

Ao ver o olhar de preocupação de Milo, cobri o celular e sussurrei:

— É a minha amiga de Connecticut. Vou estacionar para falar com ela. Não gosto de dirigir e falar ao telefone ao mesmo tempo. — Dei a seta e desviei para a pista da direita.

— Sinto muito por incomodá-la durante a sua viagem — Felicity continuou. — Mas sofri um acidente de carro.

— Oh, não! Você está bem?

— Agora estou. Aconteceu ontem à noite. Um idiota furou o sinal vermelho e bateu no lado do passageiro do meu carro. Meu Toyota levou a maior parte do impacto da batida, mas, infelizmente, sofri o impacto do airbag. Meu marido está sempre me dizendo que sento perto demais do volante e isso é perigoso. Mas sou tão pequena que é difícil sentar mais distante. Bem, no fim das contas, ele estava certo, e eu deveria ter me esforçado mais para me afastar. Fraturei o pescoço e quebrei o pulso, tudo por causa do airbag.

Após virar na saída seguinte, estacionei no acostamento.

— Meu Deus! Você quebrou o pescoço!

— Os médicos disseram que tive sorte por não ficar paralítica.

— Nossa, Felicity. Fico tão feliz por você estar bem.

— Mas me sinto péssima. Mesmo que eu provavelmente vá ficar no hospital somente mais uma noite ou duas para observação, passarei não sei quanto tempo com um colar cervical e o pulso engessado, e assim não vou poder cobrir as próximas sessões fotográficas para você. Estou me sentindo muito mal por isso.

— É claro que não vai poder. Nem pense nisso. Essa deve ser sua última preocupação agora. O importante é que você está bem, que tire o descanso necessário e faça o tratamento adequado. Sinto muito por isso ter acontecido.

— Obrigada. Mas, olha, entrou outro médico aqui, então tenho que ir.

— Vá. Boa sorte. Eu te ligo para saber como você está daqui a um dia ou dois. Espero que fique tudo bem.

Quando desliguei, Milo estava olhando para mim, esperando para saber do que se tratava. Balancei a cabeça.

— Era a minha amiga Felicity. Ela sofreu um acidente de carro e fraturou o pescoço e o pulso.

Ele estendeu a mão e segurou a minha.

— Sinto muito. Que droga. Mas ela vai ficar bem?

Assenti.

— Sim. Poderia ter sido pior.

Milo meneou a cabeça.

— Você falou sobre ela outro dia. Vocês são boas amigas?

— Somos bem próximas. Nos conhecemos em uma aula de fotografia subaquática. Ela também é fotógrafa. E às vezes me substitui no meu negócio de fotografias escolares quando me surge alguma emergência ou caso eu precise tirar uma folga.

— Você faz fotografia subaquática?

Sorri.

— Tive aulas, mas nunca cheguei a fazer.

Milo franziu a testa e assentiu.

— Bem, fico feliz que sua amiga esteja bem.

Fiquei tão preocupada com o acidente de Felicity que não tinha me dado conta por completo do que o fato de ela estar impossibilitada de trabalhar significava para mim. Meu estômago afundou de repente, e senti como se alguém tivesse enfiado a mão em meu peito e estrangulado meu coração.

— Isso... meio que vai interromper nossos planos.

Os olhos de Milo encontraram os meus.

— Você precisa ir para casa?

Confirmei com a cabeça.

— Era ela que estava me substituindo enquanto estive fora, e estava encarregada de fazer todas as minhas sessões fotográficas da semana que vem também. Agora, ela obviamente não vai poder.

Seus olhos exibiram o pânico que eu sentia.

— Quando você precisa estar lá.

— Segunda-feira. O que significa que terei que pegar um voo em Atlanta amanhã.

Quando chegamos em Atlanta, Milo dirigiu pela cidade e estacionou em frente a um hotel Four Seasons. Ainda não tínhamos discutido onde ficaríamos. Assim como em todas as cidades onde estivemos, pensei que seguiríamos o fluxo.

Olhei pela janela do lado do passageiro.

— Uau. Esse lugar é lindo.

— Pesquisei os melhores hotéis da região enquanto você dirigia. Já que é nossa última noite juntos, pensei que merecíamos algo especial.

Só de ouvi-lo dizer "última noite" meu peito se comprimiu novamente.

O manobrista se aproximou e abriu minha porta, enquanto Milo retirava nossas bagagens do porta-malas. O rapaz entregou um bilhete para ele.

— Segure por alguns minutos — Milo disse ao manobrista. — Não temos reserva, então pode ser que não fiquemos, se não tiverem quartos disponíveis.

O rapaz assentiu.

— Sem problemas, senhor.

Milo e eu entramos no saguão opulento. Era, de longe, o hotel mais requintado que já tínhamos ido. O saguão tinha um pé-direito altíssimo, um lustre de cristal enorme e o sol iluminava o ambiente, entrando pelas janelas que iam do piso ao teto em duas das quatro paredes. O lugar literalmente brilhava. Tinha quase certeza de que o chão de mármore era tão limpo que daria para comer nele.

— Isso é tão chique — eu disse. — Estou meio que me sentindo como uma estrela de cinema entrando aqui.

Milo juntou sua mão à minha.

— Esses quartos serão por minha conta.

— Não posso deixar você fazer isso. Serão uma fortuna.

— Eu insisto.

Andamos até a recepção, que não tinha fila.

— Posso ajudá-los?

— Oi, sim — Milo respondeu. — Não temos reserva. Vocês, por acaso, têm quartos disponíveis?

A mulher assentiu e sorriu.

— Temos, sim. Que tipo de quartos vocês estão procurando? — Ela digitou algumas coisas no computador e disse: — Nossos quartos comuns custam quatrocentos e setenta e cinco dólares por noite, e temos os superiores por quinhentos e noventa e cinco dólares por noite.

Milo olhou para mim e deu uma piscadela.

— Dois superiores, por favor.

— Ok. E quantas noites vocês ficarão?

Mais uma vez, meu coração afundou. O rosto de Milo ficou melancólico quando ele respondeu:

— Apenas uma.

— Muito bem. Vou precisar de uma carteira de motorista e um cartão de crédito.

Enquanto a recepcionista digitava, me caiu a ficha de que era nossa última noite juntos. Se tínhamos menos de vinte e quatro horas juntos, eu queria passar cada último momento ao lado de Milo. Ele entregou seu cartão de crédito e a carteira de motorista para a mulher e tamborilou os dedos sobre o balcão.

— Na verdade, senhorita — eu disse. — Podemos mudar a reserva?

A mulher franziu as sobrancelhas e ergueu o olhar.

— Querem ficar mais de uma noite?

— Não. Mas só precisamos de uma suíte. — Virei-me para o homem ao meu lado e baixei meu tom de voz. — Tudo bem para você?

Os olhos de Milo percorreram meu rosto e, então, ele fitou meus olhos por alguns longos segundos. Por fim, assentiu.

— Sim. Com certeza.

Entrelaçando nossos dedos sobre o balcão, sorri para a recepcionista.

— Uma suíte, ao invés de duas, por favor.

A mulher pareceu se divertir.

— Sem problemas.

Depois que terminou de fazer o check-in, ela colocou dois cartões-chave em um pequeno suporte e olhou em volta do saguão. Inclinando-se para frente, ela disse:

— Pedi uma garrafa de champanhe e morangos cobertos de chocolate para o quarto de vocês. Se, por acaso, o gerente perguntar, o banheiro estava com problemas, então mandei isso como um pedido de desculpas pelo inconveniente. E também foi por isso que ganharam um upgrade para uma suíte deluxe.

Milo recebeu as chaves com um sorriso enorme.

— Você é o máximo.

Ela olhou para nós com um sorriso acanhado.

— Aproveitem a noite.

A suíte era espetacular. Tínhamos uma vista para o centro de Atlanta, uma sala de estar e um quarto separados, e um banheiro que era maior do que o da maioria dos hotéis decentes. Após acessar a internet e comprar minhas passagens aéreas, decidi que a banheira enorme era irresistível demais para ser ignorada. Além disso, o hotel tinha uma infinidade de produtos de spa enfileirados em uma prateleira de vidro no banheiro que eu estava ansiosa para experimentar, incluindo uma bomba de banho de coco e sais marinhos.

Então, enchi a banheira, informei a Milo que estaria com fones de ouvido e entrei na água quente. Fechando os olhos ao me acomodar, coloquei uma música clássica para tocar e tentei relaxar. Estava com um nó de tensão do tamanho de uma bola de golfe em meu pescoço desde que Felicity tinha ligado.

Parecia inimaginável o fato de que, no dia seguinte, àquela hora, eu estaria de volta a Connecticut. Obviamente, a viagem teria que acabar mais cedo ou mais tarde, mas eu não estava pronta para que aquela noite fosse a última. Milo e eu estávamos juntos há menos de duas semanas, mas, ainda assim, pensar em ir para casa e não vê-lo mais me deixou com uma sensação oca na boca do estômago. Eu tinha me apegado muito a ele.

Entretanto, lá no fundo, eu sabia que precisava resolver as coisas com Brady antes de começar qualquer coisa nova. Milo esteve certo sobre isso desde o início. E o fato de ele colocar minhas necessidades emocionais acima das suas físicas me fazia sentir ainda mais atraída por ele. Porque um homem mais fraco não faria isso. Teria sido tão fácil Milo conseguir me levar para a cama, se aproveitar da minha carência e vulnerabilidade, especialmente por eu me sentir tão atraída por ele. Mas ele não fez isso. E mesmo que pouco menos de duas semanas fosse pouco tempo para conhecer alguém, a maneira como ele lidou com as coisas entre nós havia realmente me mostrado o tipo de homem que ele era.

Meu esforço para relaxar na banheira acabou sendo um fracasso épico, embora não tivesse sido por não tentar — minha pele estava enrugada quando finalmente saí da água. Coloquei uma toalha no meu cabelo molhado, lambuzei-me com algumas das loções corporais e faciais de cortesia e me envolvi em um dos roupões de banho luxuosos do hotel. Após calçar um par de pantufas fofinhas, finalmente voltei para a sala de estar.

Milo estava de pé diante das janelas, bebendo uma taça de champagne. Ele parecia perdido em pensamentos, tanto que não percebeu que eu estava me aproximando até eu pegar a taça de sua mão para dividirmos.

Tomei um gole.

— Uma moeda por seus pensamentos...

Ele me olhou de cima a baixo.

— Bom, isso responde à pergunta.

Franzi as sobrancelhas.

— Que pergunta?

— Poderíamos ser apenas amigos?

— Era nisso que estava pensando aí, todo sério?

Milo balançou a cabeça, confirmando.

— Eu estava tentando me convencer de que poderíamos. Que, independente do que aconteça quando você for embora, nós dois poderíamos continuar sendo amigos.

— E você conseguiu se convencer?

Milo sorriu.

— Estava conseguindo, até você chegar aqui com o cabelo enrolado em uma toalha, seu corpo escondido sob um roupão de algodão de quase cinco quilos e sem um pingo de maquiagem.

Dei risada.

— Então, não podemos ser amigos porque eu não fico lá essas coisas após um banho de banheira?

Milo pegou a taça da minha mão e virou o restante da bebida.

— Exatamente o contrário. Eu te acho linda sem uma roupa elegante, maquiagem ou penteado bonito. — Ele baixou a cabeça, passando a fitar o chão. — Eu estava tentando me convencer a conseguir continuar sendo seu amigo se você decidir voltar com o seu ex. Mas a verdade é que não posso ser seu amigo porque você já significa muito mais que isso para mim, e não tem mais volta. É uma merda essa talvez ser a última vez que estaremos juntos.

Ele ergueu o olhar para mim, seus olhos brilhando com lágrimas não derramadas. Pude ver que isso estava sendo difícil para ele, e engoli em seco, tentando engolir minhas emoções à força. Mas eu não era tão forte quanto ele. Uma lágrima quente e pesada desceu por minha bochecha.

Milo a limpou com o polegar e abriu os braços.

— Venha cá.

Aconcheguei-me no calor de seu abraço. Foi tão gostoso. Tão certo. Como se fosse exatamente onde eu deveria estar. Porém... não era o momento certo, e nós dois sabíamos disso. Ficamos abraçados por um longo tempo, segurando um ao outro com força como se fosse o fim da linha, embora ainda tivéssemos uma noite inteira pela frente.

Eventualmente, Milo recuou. Ele afastou do meu rosto a mecha de cabelo que havia escapado da toalha.

— O que quer fazer esta noite? Você que manda. O que seu coração desejar. Dei uma olhada em um folheto de Atlanta, e a cidade tem muita coisa a oferecer. Há uma área subterrânea com lojas e restaurantes e um clube de comédia de improviso que poderíamos conferir. Poderíamos ir ao

Centennial Park e dar uma volta na roda-gigante SkyView. Parece que, lá do topo, a vista da cidade é incrível. Também há vários pubs, e um hotel não muito longe daqui com um bar e restaurante no telhado. Você escolhe.

Pensei nas coisas que ele mencionou e, por mais que parecessem divertidas, só havia uma coisa que eu realmente queria fazer naquela noite. Olhei para Milo.

— Podemos apenas ficar aqui? Talvez pedir serviço de quarto e assistir a um filme, ou algo assim?

Ele sorriu.

— Sim, parece perfeito.

Um tempo depois, Milo saiu do banheiro usando um dos roupões de banho fofinhos e pantufas do hotel. Caí na risada quando o vi.

— Você está me zoando? — indaguei.

Ele passou a mão sobre uma das mangas do roupão.

— De jeito nenhum. Parece que estou envolvido por uma nuvem com esse negócio. Também passei um pouco do hidratante chique que você deixou na pia. Por que mulheres deveriam ser as únicas a terem peles macias?

Eu estava dando uma olhada no cardápio do hotel e o estendi para ele.

— Vou pedir o hambúrguer com cebola e abacate e batatas fritas.

Milo pegou o cardápio, mas o colocou sobre a mesa.

— Parece ótimo. Vou pedir o mesmo.

Enquanto ele pedia, servi duas taças de champanhe. Entregando-lhe uma depois que ele desligou o telefone, sentei-me no sofá e coloquei os pés embaixo de mim.

— Então, o que vai fazer depois que eu for embora amanhã? Vai para a casa do seu amigo?

Ele negou com a cabeça.

— Acho que preciso de alguns dias antes de ir para Nova York. O amigo que vou visitar acabou de levar um pé na bunda. Se eu aparecer me sentindo como vou me sentir amanhã depois que você entrar naquele avião, tenho quase certeza de que nós dois não faremos outra coisa além de encher a cara e ficar nos lamentando. Provavelmente vou ficar em Atlanta por alguns dias. Nunca estive aqui, e isso me dará um tempo para clarear a mente.

— Ok. Parece uma boa.

— Então, qual será a primeira coisa que você vai fazer quando chegar em casa? — ele perguntou.

— Bem, eu provavelmente vou jogar minha bagagem lá e ir correndo à casa da minha vizinha, a sra. Green. Ela está com Abbott.

— Abbott? Você tem um cachorro?

Tomei um gole de champagne.

— Não.

— Gato?

Sorri.

— Não.

— Um filho que esqueceu de mencionar?

Dei risada.

— Definitivamente não. Abbott é minha coelhinha de estimação.

Milo ergueu as sobrancelhas.

— Você tem uma coelhinha chamada Abbott?

Gargalhei.

— Aham. A coelha Abbott. Uma angorá azul.

— Ela é azul?

— A cor dela está mais puxada para o cinza, mas chamam de azul.

Milo pareceu se divertir.

— A sua coelhinha azul com nome de menino sabe que é uma menina cinza, ou está tão confusa quanto eu?

Dei um tapa em seu abdômen.

— Ela é a coisa mais fofa. Abbott tem orelhas grandes e molengas, e é bem gordinha e redonda. Às vezes, quando ela está quietinha e recebo pessoas em casa, elas se assustam quando ela se mexe, porque parece mais um bichinho de pelúcia. Você já assistiu *Jornada nas Estrelas*? Ela parece um pouco um *tribble* quando dorme. Ah, e eu a levo para passear em uma coleira.

— Você passeia com um coelho em uma coleira?

— Sim. Ela acha que é um cachorro.

Milo balançou a cabeça.

— Bem, eu mal posso esperar para conhecê-la.

Fiquei animada com a perspectiva, mas então, seu sorriso diminuiu.

— *Se* eu chegar a ter a chance de conhecê-la.

Mais uma vez, senti meu estômago afundar. Mas forcei-me a ignorar, para que nossa última noite não ficasse deprimente.

— Você tem algum animal de estimação?

Ele assentiu.

— Tenho um gato. Eu tive um labrador preto quando era criança, mas nunca tive um cachorro só meu. Algum dia, quem sabe?

Em vários sentidos, eu sentia que conhecia Milo muito bem. Porém, me dei conta de que não sabíamos coisas bem básicas um sobre o outro, como se tínhamos animais de estimação. Por alguma razão inexplicável, isso me incomodou. Eu não queria ir embora, olhar para trás e começar a questionar se cheguei a conhecer Milo de verdade. De repente, tive vontade de fazer um zilhão de perguntas a ele.

— Você estudou em escola pública ou particular quando era mais novo? — comecei.

— Pública. E você?

— Também. Qual era o nome da primeira garota por quem teve uma queda?

Milo deu risada.

— Julia. Você sabe que as suas perguntas estão sem critério algum, não é?

— Sei. Eu só... tem tantas coisas que quero saber sobre você antes de...

Nossos olhares se encontraram e nossas expressões murcharam novamente.

Milo bebeu seu champanhe.

— Antes de nunca mais nos vermos?

— Não, não foi o que eu quis dizer. É que sinto que te conheço de um jeito muito profundo, mas não sei de nada mais superficial. Quero saber tudo que puder.

Milo apoiou uma perna no sofá e pousou o braço sobre o encosto.

— Está bem. Manda. Que outras perguntas você quer fazer?

— Vamos começar pelo começo. Quantos anos tinha quando conheceu Julia?

— Eu tinha nove anos. Ela tinha quinze.

Meus olhos se arregalaram.

— A sua primeira namorada era seis anos mais velha que você?

— Não. Você perguntou quem foi a primeira garota por quem tive uma queda. O nome dela era Julia, e ela era minha babá.

— Ah. — Dei risada. — Com quantos anos teve a primeira namorada, então?

Ele pensou um pouco.

— Eu estava na sexta série. Lisa Carlisle. Ela era ruiva. Tinha me esquecido disso. Acho que eu já sabia do que gostava desde cedo. — Ele piscou para mim. — E você?

— Oitava série. Eddie Paxton. Ele era um ano mais velho.

— Quanto tempo durou?

— Alguns meses. Foi com ele que dei meu primeiro beijo. Ele tinha um hálito horrível, então o larguei.

Milo ergueu a mão até a boca, soprou algumas vezes e cheirou. Ele sorriu.

— Tudo certo. Ainda está fresquinho e mentolado de quando escovei os dentes.

Inclinei a cabeça.

— Isso significa que você está planejando me beijar?

Eu disse isso brincando, mas o momento ficou sério, de repente. Milo olhou em meus olhos.

— Não há absolutamente nada que eu queira mais. Mas sei que, assim que sentir o seu sabor, não vou conseguir parar de te beijar, Mads.

Minha nossa.

Ele estava essencialmente me dispensando, mas meu corpo formigou inteiro. Isso fez minha mente desviar para perguntas mais sacanas.

— Você tem uma posição favorita?

Os olhos de Milo escureceram.

— Tem certeza de que quer ir por esse rumo?

Engoli em seco e assenti.

— Tudo bem. Geralmente, eu gosto de estar no controle, e prefiro contra a parede ou de quatro, por exemplo. Mas algo me diz que, com você, minha posição favorita seria você me cavalgando para que eu pudesse olhar para o seu rosto durante cada minuto em que estivesse dentro de você.

Meu queixo caiu. Imaginei Milo sentado no sofá exatamente onde estava naquele exato momento, e eu sentada em seu colo. Senhor, eu queria isso desesperadamente.

Ouvi uma batida na porta vagamente, mas não registrei bem o que era.

Milo inclinou-se para frente e sussurrou em meu ouvido:

— É melhor você fechar essa boca, porque isso está me lembrando de outra posição favorita que imaginei você fazendo uma vez ou duas durante o banho. — Ele roçou o polegar em meu lábio inferior. — Acho que minha segunda posição favorita é você de joelhos diante de mim. Esses cabelos ruivos maravilhosos enrolados com força na minha mão e esses lindos olhos azuis olhando para mim enquanto preencho essa boca deliciosa.

Ele se levantou e deu risada.

— Está arrependida por ter perguntado?

Engoli em seco e sacudi a cabeça.

— Pelo menos, fomos salvos pelo serviço de quarto — ele disse. — Vou atender à porta.

Pelo resto da noite, desviamos do rumo no qual havíamos entrado antes do jantar. Sem comentar sobre aquilo, parecia que nós dois sabíamos que era melhor assim. No entanto, tinha certeza de que a imagem na qual eu o cavalgava ficaria cravada em minha mente por muito tempo. Conversamos por horas e, por volta da meia-noite, depois que bocejei e fiz Milo bocejar também, decidimos assistir a um filme.

Ele deitou-se de barriga para cima sobre as cobertas, com uma das mãos atrás da cabeça. Engatinhando até o lado dele, apoiei a cabeça em seu peito.

— Tudo bem eu fazer isso?

Ele passou os dedos pelo meu cabelo.

— Sim. Está perfeito.

Pensei que teria dificuldades para dormir assim, deitada tão perto dele. Mas ouvir o som das batidas do coração de Milo enquanto ele acariciava meu cabelo suavemente era melhor do que uma cadeira de balanço e uma canção de ninar.

A manhã seguinte chegou cedo demais. Meu voo era às nove, o que significava que eu precisava estar no aeroporto antes das sete e a caminho às seis e meia. Quando o alarme do meu celular tocou às cinco e meia, Milo se remexeu na cama, mas não acordou. Então, fechei a porta do quarto e o deixei dormir enquanto me aprontava. Ele se oferecera para me levar, mas não havia por que ele ter que sair tão cedo de manhã. Chamar um Uber seria mais fácil.

Guardei o restante das minhas coisas na mala e olhei em volta para ver se estava esquecendo alguma coisa. Respirando fundo, conferi a hora no celular e abri o aplicativo do Uber. Trinta segundos após digitar o aeroporto como destino, uma mensagem apareceu indicando que um motorista havia sido localizado e chegaria em seis minutos.

Seis minutos.

Comecei a suar frio ao abrir a porta do quarto. Milo parecia estar dormindo tão em paz que fiquei tentada a apenas deixar um bilhete e não acordá-lo. Mas eu sabia como me sentiria se ele fizesse isso comigo, se me roubasse a oportunidade de me despedir. Então, fui até seu lado da cama e o sacudi delicadamente.

— Milo — sussurrei. — Tenho que ir.

Seus olhos se abriram e ganharam foco aos poucos. Erguendo-se sobre um cotovelo, ele perguntou:

— Que horas são?

— São seis e trinta e cinco. Não se levante. Já chamei um Uber. Estará aqui em cinco minutos, então preciso descer.

Seus olhos estavam tão expressivos. Uma dor me atravessou ao ver como ele se sentia.

— Por que você não me acordou? Eu queria te levar.

— Achei que seria mais fácil assim. — Balancei a cabeça. — Por muitos motivos.

— Porra. — Milo passou uma mão pelo cabelo. — Preciso de mais tempo para me despedir.

Abri um sorriso triste.

— Mas não vamos nos despedir. Eu vou te ver em alguns meses, lembra?

Ele soltou uma respiração intensa pela boca.

— É, ok. Mas me dê um segundo.

Milo saltou da cama e correu até o banheiro. Ele voltou um minuto depois e me puxou para seus braços. Senti o cheiro de menta em seu hálito, então ele devia ter escovado os dentes.

— Não pegamos nenhuma lembrancinha de Atlanta — ele disse.

Sorri.

— Tudo bem.

— Não. Nada de tudo bem. Eu quero que você tenha algo para se lembrar de cada parada que fizemos.

— Posso comprar alguma coisa no aeroporto.

Ele segurou minhas bochechas com as duas mãos e seus olhos desceram para meus lábios.

— Acho que tenho algo melhor.

Lambi meus lábios secos. Milo gemeu.

— Deus, eu quero fazer isso há tanto tempo.

Antes que eu pudesse responder, ele inclinou minha cabeça e selou sua boca à minha. Seus lábios eram surpreendentemente macios, mas seu toque era firme. Ele me incentivou a abrir a boca e não perdeu tempo, enfiando a língua quando o fiz. Depois disso, perdemos totalmente o controle. O casaco que estava em minha mão caiu no chão e eu o envolvi pelo pescoço com os braços. Milo rosnou e me ergueu. Envolvi sua cintura com as pernas, e não me dei conta de que estávamos nos movendo até minhas costas atingirem uma parede.

Milo impulsionou seus quadris contra mim, e pude sentir sua ereção mesmo através de nossas roupas. Querendo cada vez mais, gemi em nossas bocas grudadas e enfiei os dedos em seu cabelo sedoso, dando um puxão firme e preciso para trazê-lo para ainda mais perto. Pude sentir as batidas rápidas de seu coração contra meu peito... ou talvez fossem as batidas descontroladas do meu coração contra o dele. Não pude ter certeza porque, naquele momento, não havia ele, não havia eu; éramos somente nós.

Ficamos assim por um longo tempo. Minutos se passaram enquanto nos perdíamos em nosso próprio universo íntimo, até que o som de um celular tocando ecoou e estourou nossa pequena bolha.

Com um grunhido, Milo se afastou. Estávamos ofegando. Tirei meu celular do bolso e vi o que suspeitei ser um número local. Passei o dedo na tela para atender enquanto tentava recuperar o fôlego.

— Alô?

— Oi, estou em frente ao Four Seasons para te buscar.

Meu coração afundou, e meus olhos encontraram os de Milo.

— Desculpe. Estou descendo.

Encerrei a chamada e sussurrei:

— O motorista do Uber chegou. Tenho que ir.

Milo apoiou a testa na minha.

— Não diga adeus. Não posso ouvir você dizer essa palavra.

Olhei nos olhos dele.

— Não direi. Essa viagem significou tudo para mim, Milo. Espero que saiba disso.

— Para mim também, linda. Para mim também.

Forcei um sorriso.

— Eu... te vejo em Nova Orleans no Dia dos Namorados?

Ele assentiu.

— Pode apostar que sim.

Caminhei até a porta e olhei para trás uma última vez. Milo ainda estava parado no mesmo local onde nos beijamos.

— Caso você esteja se perguntando, minha lembrança favorita foi a de Atlanta. Se cuide, Milo.

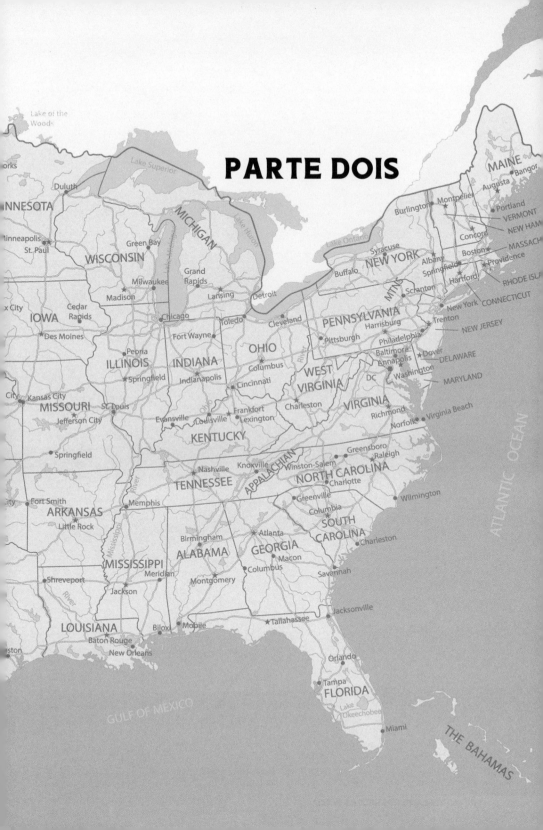
PARTE DOIS

CAPÍTULO 15

Hazel

Duas semanas depois

A campainha tocou e eu me sobressaltei.

Deus, por que estou essa pilha de nervos? Desde que concordei em encontrar Brady para conversarmos, fiquei com essa sensação iminente de pavor pairando sobre mim. Senti-me tão ansiosa na noite anterior que demorei uma eternidade para conseguir dormir.

Na porta da frente, respirei fundo algumas vezes e alisei minha blusa antes de pegar a maçaneta.

— Oi — falei ao abrir a porta.

O sorriso de Brady era luminoso.

— Oi, linda. — Ele se inclinou para mim, como se fosse me beijar nos lábios. Eu recuei. — Merda. — Ele balançou a cabeça. — Desculpe. Eu nem estava pensando. Só... faz muito tempo, e... acho que foi por hábito. Posso ao menos te dar um abraço?

Forcei um sorriso.

— Sim, claro.

Brady se aproximou e me envolveu em um abraço apertado. Relaxei um pouco em seus braços, a familiaridade de seu cheiro e toque me dando um reconforto. Mas, então, o fato de que eu estava começando a me sentir confortável nos braços dele começou a me assustar, então me afastei.

— Está frio aqui fora. Que tal você entrar?

Já estive em encontros às cegas que foram menos desconfortáveis do que convidar o homem com quem eu ia me casar há apenas alguns meses para minha sala de estar. Brady me seguiu até a cozinha. Eu ia precisar de vinho naquela noite. Contudo, álcool costumava me deixa emotiva, então eu pretendia tomar apenas uma taça ou duas. Eu queria aliviar um pouco a tensão, não perder a noção do que havia acontecido entre nós — ou do que eu havia aprendido sobre mim mesma.

— Você gostaria de uma taça de vinho branco?

— Claro. Obrigado.

Eu já tinha aberto uma garrafa, então peguei duas taças no armário e servi o vinho. Brady não tinha dito muita coisa desde que entrara, e quando ergui o olhar, encontrei-o me olhando de um jeito esquisito.

— O que foi? — Ofereci uma taça a ele, que a recebeu.

— Nada. Só senti muito sua falta. Espero que não tenha problema eu dizer isso.

Pressionei meus lábios um no outro.

— Que tal irmos sentar na sala de estar?

Brady me seguiu, e nos sentamos a uma distância educada um do outro no sofá. Enquanto bebíamos o vinho em silêncio, olhei para ele e não pude evitar fazer uma comparação com Milo. Enquanto Milo tinha olhos grandes, castanhos e sedutores, cabelo desgrenhado que precisava de um corte e, frequentemente, exibia uma barba por fazer, Brady era o completo oposto. Seu cabelo loiro estava sempre impecavelmente cortado, sua pele, sempre macia e barbeada, e seus olhos azuis eram brilhantes e atentos. A única coisa que os dois homens tinham em comum eram os lindos lábios cheios. Não queria dizer que Brady não era lindo. Ele era, e muito, só que de um jeito diferente de Milo. Com sua aparência bem arrumada e certinha e seus cabelos bem aparados, Brady tinha um quê de boneco Ken. Milo parecia ter saído da Máquina de Mistério do Scooby-Doo.

— Como foi a viagem? — Brady interrompeu meus pensamentos.

Maravilhosa.

Incrível.

Transformadora.

Essas foram as primeiras palavras que me vieram à mente.

Entretanto, dei de ombros.

— Foi boa.

— O que você fez?

Essa pergunta foi uma das principais razões pelas quais não conseguira dormir na noite anterior. Fiquei pensando e pensando no que responderia quando Brady inevitavelmente perguntasse isso. Será que deveria contar a verdade? Que fiz uma viagem de carro com um completo estranho? Ou era melhor mentir? Como eu não tinha conseguido chegar a uma conclusão, contei a verdade... bem, mais ou menos.

— Aprendi a esquiar, tirei fotos e explorei alguns lugares.

Não era uma mentira, afinal de contas.

Brady franziu a testa.

— Eu estava ansioso para te ensinar a esquiar. Você ao menos teve um bom instrutor?

Bebi um pouco de vinho.

— Sim. O instrutor era ótimo.

Deus, por que eu sentia tanta culpa? Foi Brady que partiu meu coração e terminou nosso noivado. Eu tinha todo direito de estar com outro homem. Não que Milo e eu tivéssemos ficado *juntos* nesse sentido, mas ainda assim... a culpa era sufocante. Eu precisava mudar de assunto.

— Como está sua mãe? — perguntei.

A mãe de Brady havia sido diagnosticada com doença de Lyme logo antes de nos separarmos. Ela tinha muitas dores nas articulações e fadiga constante.

— Ela está bem. A última rodada de antibióticos parece ter ajudado bastante.

Assenti.

— Que bom.

Silêncio preencheu o ambiente novamente. Por fim, Brady colocou sua taça de vinho sobre a mesa de centro e soltou uma respiração profunda.

— Olha, Hazel. — Ele estendeu a mão e pegou a minha. — Não sei como começar essa conversa, então vou direto ao assunto. — Ele baixou o olhar, balançando a cabeça. — Eu fiz merda. Fiz uma merda muito grande. Eu nunca deveria ter cancelado nosso casamento. Eu ainda te amo. Te amo tanto que dói, e não sei como consertar as coisas.

Meu coração começou a acelerar. Dois meses antes, eu teria dado qualquer coisa para ouvir aquelas palavras, mas as coisas haviam mudado. *Eu havia mudado.*

— Eu... eu... não sei o que dizer.

Ele apertou minha mão.

— Dizer que ainda me ama talvez me ajude a respirar um pouco. Nesse momento, sinto como se estivesse puxando ar por um buraco de agulha.

Fitei nossas mãos juntas. Eu ainda o amava? Com certeza ainda tinha sentimentos por ele. Mas eram diferentes de antes? Sentimentos podiam simplesmente ir embora? Eu não sabia bem como me sentia.

E ainda tinha Milo.

Eu estava certa de que sentia algo por ele. Na verdade, nas duas semanas desde que voltara para casa, ele era basicamente tudo em que eu vinha conseguindo pensar. Mas meus sentimentos por ele se deram somente pela euforia da nossa aventura e minha necessidade de me sentir desejada novamente? Eu achava que não. Mas, sinceramente, eu não tinha certeza de nada no momento.

— Hazel...

Meus olhos se ergueram para encontrar os de Brady. Balancei a cabeça.

— Eu me importo com você. Como poderia não me importar? Nós passamos três anos juntos, e você sempre foi muito bom para mim. Sinceramente, fiquei devastada quando você cancelou o casamento. Mas muito tempo se passou desde então, e posso aceitar que o que você fez não foi com a intenção de me magoar. Imagino que não deve ter sido algo fácil de fazer. Você tinha dúvidas e fez o que sentiu que era certo. Agora que esse tempo passou, posso até mesmo ficar grata por você ter feito o que fez em vez de procurar uma saída fácil.

Desviei o olhar por um longo momento. Quando meus olhos retornaram aos dele, Brady parecia tão nervoso quanto eu me sentia quando ele tocou a campainha.

— Eu descobri muitas coisas sobre mim mesma durante os últimos meses — eu disse devagar. — Nem sei mais o que quero.

— O que quer dizer?

Suspirei.

— Tenho pensado bastante, e me dei conta de que o que aconteceu entre nós não foi *somente* culpa sua. Não sou mais a mesma mulher que você conheceu naquele show anos atrás. Eu me tornei uma pessoa muito diferente, e não sei se gosto muito dela. Então, como eu poderia esperar que você gostasse?

— Não estou entendendo.

— A mulher que você conheceu era intensa. Ela adorava viajar e colecionar experiências na vida. No decorrer dos anos, parece que perdi essa parte de mim.

— Não perdeu, não. Você ainda é a mesma mulher por quem me apaixonei.

Foi preciso muito tempo e busca interna para eu descobrir que aquilo não era verdade, então não podia esperar que Brady compreendesse imediatamente. Além disso, sua intenção era boa.

Forcei um sorriso.

— Não sou. Mas tudo bem. Agora que reconheço o que perdi dentro de mim, posso começar a tentar encontrar novamente.

Brady se aproximou.

— Eu já reconheci o que perdi, e tudo que mais quero é tê-la de volta.

Balancei a cabeça.

— Eu preciso de tempo. Estou confusa em relação a muitas coisas. Sinceramente, eu não sabia se você viria aqui hoje para pegar um casaco que deixou no closet, para dar um adeus definitivo ou dizer o que acabou de dizer. É muita coisa para absorver, e minhas emoções estão uma bagunça.

Brady assentiu.

— Sim. Claro. Faz sentido. Não quero te pressionar. Nossa situação é totalmente culpa minha, e preciso te reconquistar. Preciso me esforçar e recuperar sua confiança.

— Não foi isso que eu quis dizer, Brady.

— Por favor, apenas me prometa que me dará uma chance de te mostrar o que podemos ter juntos novamente. Podemos ir devagar, como fizemos no começo. Amigos, quem sabe?

— Amigos?

— Sim. Estou desesperado, meu bem. Aceitarei o que você estiver disposta a me dar. Sei que estamos destinados a ficar juntos e, com o tempo, você pode voltar a sentir isso também. Talvez pudéssemos almoçar uma vez ou duas por semana, ou beber alguma coisa e ir ao cinema. Prometo que não irei pressioná-la.

— Não sei.

Brady se aproximou mais um pouco e sustentou meu olhar.

— Por favor? Apenas passe um tempinho comigo toda semana. É tudo que peço.

Eu precisava pensar bem.

— Posso pensar no assunto?

Ele forçou um sorriso, mas acabou falhando.

— Sim. Claro.

Nas semanas seguintes, tive a certeza de que Brady não estava brincando quando disse que queria que recomeçássemos sendo amigos. Ele estava se esforçando muito, fazendo coisas que eu só me lembrava de vê-lo fazendo no início do relacionamento. Ele me mandou flores no estúdio. Apareceu de surpresa com minha comida favorita após o trabalho e ficou para comer comigo, mas não pareceu esperar nada além disso. O que foi uma coisa boa, porque não estávamos *juntos* no momento — embora estivesse claro que ele estava se esforçando para que isso acontecesse.

Por mais segura que Brady me fizesse sentir, eu ainda sentia que a viagem havia me transformado. Meu tempo com Milo me fez duvidar se o caminho que eu estava seguindo antes de conhecê-lo era o certo. Eu precisava ter certeza do que era certo para mim a longo prazo antes de tomar qualquer decisão em relação a Brady. E por mais que parte de mim ainda o amasse, eu não sabia se poderia voltar a confiar nele completamente. Ele quebrou meu coração quando cancelou o casamento, sem contar o constrangimento que veio junto com isso, de ter que contar para amigos e familiares o que aconteceu. Pelo menos, ele tivera a decência de não me abandonar no altar, como Big fez com Carrie em *Sex and the City*. Mas Carrie acabou perdoando Big.

Eu estava mesmo justificando perdoar Brady porque uma personagem fictícia que tinha um ótimo gosto para sapatos fez isso?

Parte de mim sabia que, se eu não tivesse tido aquela experiência com Milo, estaria muito mais aberta à ideia de deixar Brady entrar em meu coração novamente. Mas parte dele estava com outra pessoa agora — um homem sobre quem eu não sabia praticamente nada na "vida real".

Decidi fazer uma visita à minha amiga Felicity, que ainda estava em casa se recuperando do acidente. Ela não fazia ideia da aventura que minha viagem tinha se tornado.

No caminho, fiz uma ligação para a mãe de Brady. Fazia um tempo que eu não falava com ela, e diante de tudo que ela estava passando com o diagnóstico de doença de Lyme, estava na hora de ver como ela estava. Afinal, não tinha culpa pelo filho ter ferrado com tudo. Ela tinha sido como uma mãe para mim — até mais do que minha própria mãe, que continuava a viajar pelo mundo com meu pai.

Coloquei o celular no viva-voz e liguei para ela.

— Hazel! — ela atendeu.

— Oi, Terry.

Ela pigarreou.

— Que bom ter notícias suas. Como foi a viagem?

— Sinto muito por ter demorado tanto a ligar. A viagem foi ótima. Foi... necessária. De limpar a alma. Obrigada por perguntar.

— Fico feliz por saber disso.

— Mas vamos ao que é mais importante. Como está se sentindo?

— Melhor. Não cem por cento. Mas melhor. Você sabe, dizem que o estresse pode exacerbar os sintomas de doenças crônicas. Tenho que admitir que o idiota do meu filho ter feito o que fez me deixou muito mal. Acho que foi isso que me levou a ter sintomas.

Franzi a testa.

— Ai, espero que não.

— Bem, você sabe que é como uma filha para mim. Fiquei muito triste quando Brady cancelou o casamento.

— Oh, Terry. Por favor, não fique. Tudo acontece por uma razão. Sinto que compreendo melhor isso agora.

Ela soltou uma respiração ao telefone.

— Por favor, não desista dele, Hazel. Por mais que ele possa merecer, você tem que se lembrar de que Brady ficou muito magoado quando o pai dele e eu nos divorciamos. Ele levou muitos anos para superar. Acho que tem um medo enorme de ver a história se repetir.

Aquilo havia passado pela minha cabeça — pensar que Brady tinha seus motivos, que podiam não ter algo a ver comigo. Mas era difícil não levar tudo para o lado pessoal.

Suspirei.

— Entendo.

— Ele e eu temos conversado um pouco nas vezes em que ele vem me visitar para ver como estou. Sei que não deveria estar violando a confiança do meu filho, mas não me importo, ele perdeu o direito à minha total proteção quando magoou você. Posso te dizer com certeza absoluta que a decisão dele foi completamente baseada em medo. Ele tem medo de trazer uma criança a este mundo e seu casamento terminar em divórcio. Ele sente que precisa ter plena certeza de que não será assim.

— Bem, eu concordo que precisamos ter certeza. E acho que ele tomou a decisão certa ao não se casar comigo se não a tinha.

— Mas é o seguinte, querida. Ele *tem* certeza agora. Não concordo com o modo como ele lidou com as coisas para chegar a esse ponto, mas posso te dizer que ele nunca se arrependeu tanto de algo em sua vida quanto da decisão de terminar com você.

Emoções confusas começaram a borbulhar dentro de mim.

Estacionei em frente à casa de Felicity.

— É melhor eu deixar você descansar. Acabei de chegar à casa da minha amiga, de qualquer forma.

— Ok, divirta-se. Por favor, mantenha contato.

— Não quero que fique se estressando com isso. Ok, Terry? Cuide-se e saiba que Brady e eu estamos levando as coisas devagar novamente. Estamos focando em reconstruir a amizade que tínhamos quando nosso relacionamento começou. Se for para ficarmos juntos, tenho certeza de que o destino encontrará uma maneira de nos acertar.

— Espero que sim, querida. Porque ele nunca encontrará alguém como você.

Após passar quase uma hora contando a Felicity sobre Milo e todos os lugares que visitamos, ela ainda estava ali sentada de queixo caído. Ajudei a dobrar algumas de suas roupas limpas enquanto conversávamos.

— Não acredito que, durante todo o tempo em que você esteve fora, eu estava sentindo pena de você, pensando que estava em Vail, remoendo e sofrendo pelo fato de que o seu casamento foi cancelado. Nem em um milhão de anos eu imaginaria que você estava se divertindo por aí com um estranho gostoso.

— Bem, eu também não estava esperando isso dessa viagem — eu disse ao dobrar um par de meias.

Ela endireitou as costas na cama.

— Você vai ver esse cara de novo?

— Aí é que está. Ele reservou um quarto para nós no hotel onde ficamos em Nova Orleans para três meses contados do dia em que estávamos lá.

— Uau. Então, tipo, é para você ir e ver se ele faz o mesmo?

— Sim, a menos que alguma coisa mude. A menos que ele não queira me ver, por alguma razão, e vice-versa.

— Que empolgante. Parece coisa de filme.

— Empolgante, a menos que um de nós não apareça.

— Então, vocês passaram o tempo todo usando nomes falsos um com o outro?

— Aham.

— Você nunca descobriu o nome verdadeiro dele?

Balancei a cabeça.

— Isso foi parte da diversão. Tenho certeza de que, se acabarmos nos reunindo, direi meu nome a ele. Foi muito divertido ser Maddie Hooker... muito mais divertido do que Hazel Appleton.

— Hooker! Que nome. — Ela riu. — Mas e se esse cara fosse perigoso? Você realmente se arriscou.

Carreguei a cesta de roupas dobradas até um canto do quarto.

— Não me preocupei com isso em momento algum. Tive uma sensação natural de que estava segura com Milo. Ele nunca tentou nada. Sinceramente, tirando aquele beijo incrível no final, ele foi um perfeito cavalheiro. — Dei risada, pensando sobre o meu comportamento em alguns momentos. — Eu fui, de longe, mais atirada do que ele, às vezes. Era difícil esconder minha atração por ele.

— Ainda estou arrepiada pelo que você me contou sobre a vidente que recebeu o espírito da antiga namorada dele.

Isso me lembrou de uma coisa.

— Ah, teve uma parte que esqueci de te contar. Zoe, a namorada falecida, aparentemente mencionou avelãs para tentar dar à vidente uma pista sobre alguma coisa. Tenho quase certeza de que ela estava se referindo a mim, porque, sabe, avelãs, *hazelnuts* e meu nome é Hazel. Mas, mesmo naquele momento, não contei isso a ele.

Ela ficou boquiaberta.

— Que incrível. Nossa.

— A experiência toda foi mesmo incrível. — Sentei-me na beira da cama e suspirei. — Mas agora, estar em casa é... estranho. Quase sinto como se pertencesse à estrada com Milo. Estou me sentindo um peixe fora d'água em meu próprio território, mesmo que as coisas estejam melhores do que nunca por aqui, ainda que superficialmente, pelo menos.

— Como assim?

Mordi meu lábio inferior.

— Bem, isso é outra coisa que eu não tinha mencionado. Além de tudo que aconteceu, Brady está tentando conseguir o meu perdão.

Ela arregalou os olhos.

— O quê?

— Pois é. Ele quer voltar comigo, disse que se arrepende muito de ter cancelado o casamento.

Ela se inclinou para frente.

— O que você disse?

— Concordei em passar tempo com ele, mas não prometi nada. Estou aberta a ver no que vai dar, mas, para ser sincera, parte de mim ainda está com Milo. Sinto que estou apenas pela metade aqui. Essa metade de mim ainda sente algumas coisas por Brady, mas é tão complicado.

— Você não está considerando desistir do que tem com Brady por um cara que nem ao menos conhece, está?

Sua reação me surpreendeu. *Ela está defendendo Brady?*

— O Brady me deixou. Está se esquecendo disso?

— Sim, mas ele mudou de ideia. Ele caiu em si. Não tenho dúvidas de que o Brady te ama. Ele leva o compromisso do casamento a sério. Se ao menos todos os homens fossem assim. Melhor expressar dúvidas antes de se casar do que depois. No fim das contas, ele decidiu que não pode viver sem você. Não é necessariamente uma coisa ruim ele ter pensado muito bem sobre a ideia de se casar primeiro.

Suspirei.

— Eu sei que ele nunca quis me magoar. Mas tem uma longa estrada pela frente antes que eu consiga voltar a confiar nele novamente.

— Isso é compreensível. — Ela fez uma pausa. — Mas você *vai* aceitá-lo de volta, não vai?

Estreitei os olhos.

— Achei que você estivesse toda entusiasmada pelo meu encontro com Milo daqui a três meses.

— Isso foi antes de saber que Brady quer consertar as coisas. — Ela pausou para me olhar bem nos olhos. — Hazel, o Brady é um cara excelente. Ele te ama. Não estrague as coisas com ele por causa de um vagabundo com quem você se divertiu um pouco.

Vagabundo?

Nossa. Fiquei ofendida por Milo. Ela parecia não ter ouvido nada que eu dissera sobre ele durante a última hora.

Ergui meu tom de voz.

— Milo não é um vagabundo.

— Ok, mas você nem sabe o nome do sujeito. Se continuar obcecada por ele, vai ter que contar ao Brady, em algum momento. E então, o quê? Você vai perdê-lo.

— O Brady me largou, Felicity. Se ele não puder aceitar que algo aconteceu na sequência do pé na bunda que me deu, é problema dele. Está esquecendo que foi ele que *me* deixou?

— É, bem, ele está tentando corrigir isso. Dê uma chance a ele. Não cometa um erro do qual irá se arrepender pelo resto da vida.

A atitude unilateral de Felicity me irritou. Cruzei os braços.

— Tenho que admitir que estou um pouco surpresa por você estar apoiando tanto o Brady. Você foi a primeira a xingá-lo quando ele terminou comigo.

— É, bem, eu estava brava. Mas agora que estou vendo como ele está lidando com as coisas, tenho que ser sincera com você. Eu acho que estará cometendo um grande erro se não o aceitar de volta. Esse cara que conheceu não parece ter a cabeça no lugar. Sei que você tem um espírito aventureiro, mas, na realidade, o que precisa é de estabilidade. Quero dizer, não quer ter filhos, um dia?

Encarei o vazio. Eu não sabia mais o que queria. Mas embora não concordasse com seu conselho, ela com certeza havia me dado muito em que pensar.

CAPÍTULO 16

Hazel

Brady perguntara se eu queria encontrá-lo em um bar na cidade na sexta-feira à noite. Ele tinha um compromisso de trabalho no centro, então já estaria na área. Eu teria que pegar o metrô depois da minha sessão de fotos.

Fazia um tempo desde que eu havia saído de Connecticut, então imaginei que me faria bem. Afinal, qualquer momento em que eu pudesse ficar com Brady sem ter que ficar completamente sozinha com ele era algo bom. Mesmo que ele estivesse se comportando bem quanto a não tentar nada físico entre nós, eu sempre me preocupava com como eu lidaria com as coisas se ficássemos sozinhos e ele tentasse alguma coisa. Isso estava fadado a acontecer em algum momento, se continuássemos a sair como "amigos".

Eu não havia lhe dado nenhum indício de que o aceitaria de volta. Seria irresponsável da minha parte iludi-lo, já que ainda estava tentando descobrir o que *eu* queria. Eu sabia quantas coisas existiam no mundo para vivenciar, e não estava pronta para fechar as portas para o futuro com mais aventuras que estava diante de mim. *Como um futuro com Milo.* Não seria livre de riscos, mas certamente traria a animação que eu não tinha naquele momento.

E apesar da opinião de Felicity sobre o assunto, eu ainda estava em dúvida se poderia perdoar Brady. Se eu acabasse escolhendo ficar com ele, provavelmente nunca mais veria Milo. Era algo difícil de aceitar.

Eu teria que dar um bolo em Milo em Nova Orleans. Pensar nisso me partiu o coração. Não podia imaginar Milo aparecendo e não me encontrando lá. Obviamente, se eu estava considerando aceitar Brady de volta em um segundo e me sentindo horrível quanto à possibilidade de magoar Milo no seguinte, ainda estava muito confusa.

O bar que Brady havia escolhido no centro de Manhattan era um lugar pequeno, mas bem badalado. Estava escuro e cheio, mas ele já havia me mandado mensagem dizendo que tinha guardado um lugar do lado direito nos fundos, então eu soube por onde procurar. Consegui encontrá-lo sentado a uma mesa de quatro lugares em um canto.

Quando me avistou, ele ergueu seu copo. Estava muito bonito, em um terno preto feito sob medida. Ele devia ter tentado impressionar algum novo cliente.

— Oi! — eu disse, um pouco sem fôlego.

— Você veio. — Brady se levantou e se inclinou para beijar minha bochecha. Foi o contato mais próximo que ele tinha tentado desde a primeira vez em que nos encontramos depois que voltei de viagem.

Eu tinha que admitir que a sensação de seus lábios em minha pele enviou um arrepio por minha espinha.

— Como foi o seu dia? — ele perguntou.

Isso era mais uma coisa. O "Novo Brady" tinha mais consideração. O "Antigo Brady" teria imediatamente começado a falar sobre o dia *dele*.

— A sessão de fotos em New Haven foi muito bem. Terei muitas edições para fazer esse fim de semana.

— Ótimo. O que você tem marcado em seguida?

— Tenho alguns projetos particulares e, depois, vou refazer uma sessão de fotos na escola de ensino médio de Darien.

— Legal.

— Como foi o seu dia? — perguntei.

— A bajulação de sempre para cortejar um novo cliente. Mas tenho quase certeza de que consegui convencê-lo. Talvez receba uma resposta semana que vem.

— Bem, parabéns adiantado, então. Deveríamos comemorar.

— Com certeza. — Ele acenou para uma garçonete. — Espero que não se importe, mas convidei o Dunc para nos encontrar aqui. Ele acabou de chegar na cidade.

Duncan era o melhor amigo de Brady da faculdade onde ele estudou em Vail. Ele ia ser o padrinho no nosso casamento, durante o qual eu o veria pela primeira vez, mas, é claro, o casamento nunca aconteceu. Ouvia falar sobre ele há anos, mas, de acordo com Brady, ele passara por tempos difíceis e, aparentemente, se afastara de todo mundo. Somente pensar em Duncan me lembrou do casamento cancelado e do abandono de Brady. Eu já associava o coitado a algo negativo e sequer o havia visto ainda.

Forçando um sorriso, eu disse:

— Vai ser legal finalmente conhecê-lo.

— Sim. Ele está vindo direto do aeroporto, mas sabe-se lá o trânsito que ele vai pegar a essa hora.

— Ah, verdade.

A garçonete finalmente veio para anotar meu pedido. Optei por um Cosmopolitan. Brady pediu azeitonas, queijo e bolachas como aperitivos.

— Se estiver com fome, assim que Duncan chegar, podemos sair daqui e ir procurar um lugar para jantar.

— Não, não precisa. Esse lugar é ótimo. Posso passar a noite toda comendo apenas aperitivos.

Ele pousou a mão em minhas costas.

— Ok. Mas me avise se seu apetite crescer.

O contato de sua mão fez eu me remexer no assento.

Seus olhos se demoraram nos meus, ao ponto de me fazer ruborizar.

— Você está linda pra caralho esta noite, Hazel.

— Obrigada.

— Eu quero tanto te beijar, mas não sei como você se sentiria se eu fizesse isso. — Ele grunhiu. — Na verdade, quero fazer muito mais do que somente te beijar.

Eu não me lembrava da última vez que Brady dissera algo assim, expressara um desejo por mim dessa maneira. Ser desejada era excitante. Eu sabia que ele não estava mentindo; podia ver em seu olhar. Era interessante o quanto eu parecia mais atraente agora que estava, de certa forma, indisponível.

Decidi continuar no caminho que sabia ser melhor para mim.

— Acho que é melhor se você não... me beijar.

Ele pareceu um pouco derrotado.

— Imaginei. — Então, ele sorriu. — Mas entendo. Serei paciente.

A garçonete nos trouxe o prato de aperitivos, então comecei a comer enquanto curtia minha bebida, que estava, felizmente, bem forte.

Meus olhos vaguearam até a porta. E foi aí que meu coração afundou.

Pisquei.

Puta merda. *Devia estar delirando.*

Pisquei mais algumas vezes.

Havia um homem na porta igualzinho a... Milo.

Meu coração acelerava a cada segundo, e senti como se tudo que tinha acabado de comer estava voltando. Então, lembrei-me de que Milo tinha planos de visitar um amigo em Nova York alguns dias depois que saísse de Atlanta. Ele nunca disse por quanto tempo ficaria lá.

Poderia ser ele?

Com oito milhões de pessoas em Nova York, não era possível nós dois estarmos naquele bar minúsculo ao mesmo tempo por acaso. Simplesmente não era possível. Quais eram as chances?

Estreitei os olhos.

Pânico instalou-se em mim.

Ai, meu Deus.

Quanto mais eu olhava naquela direção, mais certeza eu tinha. *Era* ele.

Era Milo.

Milo estava no bar!

Puta merda.

Puta merda.

Puta merda.

Congelei.

Deveria escapulir para o banheiro?

Ficar naquele canto e torcer para que ele não me notasse?

Criar coragem e ir até ele?

O que eu diria para Brady?

Não podia colocar Milo em uma situação em que ele teria que conhecer Brady.

Eu queria chorar.

Como isso poderia estar acontecendo?

Enquanto lutava para recuperar o fôlego, Brady virou-se para mim.

— Hazel, você está bem? Seu rosto está ficando pálido.

— Estou bem. — Ofeguei.

— Você não parece bem.

As coisas ficaram ainda piores a partir daí, porque Milo começou a vir em nossa direção. Senti como se o ambiente estivesse girando.

Então, seus olhos pousaram em mim, e senti como se o mundo tivesse *parado* de girar.

Milo olhou diretamente para mim.

Seu queixo caiu, e ele começou a andar mais rápido, como se não conseguisse chegar até mim rápido o suficiente, serpenteando por entre as pessoas.

Eu soube que não tinha escolha a não ser lidar com a situação.

Só que eu não fazia ideia do que realmente me aguardava.

Porque, quando Brady virou-se para ele, aconteceu a última coisa que eu esperava.

Ele ergueu a mão, acenando para Milo.

— Dunc! Aí está você.

Mas que raios estava acontecendo?

O. Que. Estava. Acontecendo?

Duncan é Milo?

Milo é Duncan... o melhor amigo de Brady?

Assim que Milo chegou à nossa mesa, ele abraçou Brady e deixou sua bolsa de viagem cair no chão. Ele olhou uma vez em meus olhos e fingiu não me conhecer. Que escolha ele tinha? Antes que Brady pudesse nos apresentar, Milo pediu licença para ir ao banheiro, dizendo que precisava muito ir depois de seu voo. Mas eu sabia que não era por isso. Suspeitei de que ele precisava se recompor. Ele pareceu tão chocado quando eu.

Fiquei sentada, ainda tentando compreender tudo.

— Ele devia estar muito apertado — Brady disse, alheio à minha inquietação.

Todos os sons do bar ficaram abafados sob o martelar que comecei a sentir dentro da minha cabeça.

Quando avistei Milo retornando à mesa, meus batimentos cardíacos, que já estavam agitados, aceleraram mais ainda.

Ele se sentou ao lado de Brady.

— Desculpe por isso.

— Ei. — Brady deu de ombros. — Quando a natureza chama, tem que ir, não é?

Os olhos de Milo pousaram nos meus. Se um olhar pudesse fazer mil perguntas, o dele com certeza faria. Ele parecia tão confuso... magoado... bravo.

— Dunc, agora que você se aliviou, posso finalmente apresentá-lo formalmente a Hazel. Não acredito que só agora vocês dois estão se conhecendo.

— É. Só agora. Incrível. — Milo estendeu a mão para mim. — Prazer em conhecê-la, *Hazel*.

Ele apertou minha mão. E senti também em seu toque as perguntas silenciosas que emanavam dele. Eu queria chorar. Mas tinha que manter a compostura.

— É um prazer conhecê-lo também... Duncan.

Ele soltou minha mão e explicou:

— Meus amigos da faculdade me chamam de Duncan ou Dunc. Na verdade, Duncan é meu sobrenome. — Ele olhou em meus olhos. — Meu nome é Matteo.

Matteo.

O nome de Milo é Matteo.

Embora Brady estivesse bem ali, senti como se Milo — Matteo — e eu estivéssemos em nosso próprio mundinho, nos apresentando pela primeira vez. Era surreal.

— E o meu é... Hazel.

— Ele já sabe o seu nome, linda — Brady interrompeu.

Ignorei o comentário de Brady, ainda fitando profundamente os olhos de seu amigo.

Matteo também não tirava os olhos de mim.

— Hazel... tipo avelãs. *Hazelnuts*...

Assenti.

— Matteo. Tipo Matthew.

Brady alternou olhares entre nós.

— Ok, essa conversa está parecendo um episódio de *Vila Sésamo*. — Ele riu.

Nenhum de nós fez o mesmo.

Senti arrepios. E pensar que eu tinha ligado para o meu pai para ver como ele estava após aquela vidente mencionar o nome Matthew, quando, na verdade, estava se referindo a *Matteo* o tempo todo. Foi sobre ele que ela me alertou, e agora tudo fazia sentido.

A garçonete se aproximou e anotou a bebida que Milo... Duncan... *Matteo* pediu.

Matteo.

Que nome lindo. Um lindo nome para um lindo homem, que parecia mais atormentado do que eu já o vira ficar.

Seus olhos ainda queimavam nos meus.

— Então... o que está rolando entre vocês dois? Da última vez que soube, o casamento tinha sido cancelado. Estou surpreso por vê-la aqui, Hazel.

Incapaz de formar palavras, olhei para Brady.

— Hazel e eu estamos recomeçando aos poucos. Não tive chance de falar com você desde que o casamento foi cancelado.

— É. — Ele engoliu em seco. — Você nunca mencionou nada.

— Sinto muito por você já ter comprado sua passagem para Vail quando avisei — Brady disse. — Mas fico feliz que tenha visitado sua família, então não foi um desperdício.

— É, estava na hora de visitar minha cidade natal, de qualquer forma.

— Então, o que você tem feito? — Brady perguntou. — Você tirou uma licença do seu trabalho de professor, não foi?

— Sim. Ainda estou no meio do meu período sabático. Acabei ficando em Vail por um tempo... — Ele olhou para mim. — E, depois, fiz uma viagem de carro do Colorado até o Sul. Fiquei em Atlanta por mais tempo do que planejei e, então, decidi ir para Seattle por uma semana antes de vir para cá.

Brady ainda estava processando tudo.

— Espere... você fez uma viagem de carro sozinho?

— Na verdade, não. Conheci uma pessoa em Vail. Acabamos viajando juntos, ela e eu.

— Foi mesmo? — Brady abriu um sorriso sugestivo. — Ela era bonita?

Matteo olhou de relance para mim.

— Muito.

— Onde ela está agora?

Ele fez uma pausa, fechando os olhos e parecendo frustrado, como se quisesse responder *Ela está bem aqui, porra.*

— Nós seguimos caminhos separados — ele finalmente disse.

Brady bateu a mão sobre a mesa.

— É por isso que eu amo esse cara. Só mesmo Dunc conseguiria convencer uma garota aleatória a fazer uma viagem de carro com ele. O cara é ousado. Enquanto o restante de nós está aqui, cumprindo expediente, meu amigo faz as coisas com que todo mundo sonha.

— Acredite em mim, não foi tão divertido quando você pensa.

Isso doeu.

— O que aconteceu com essa garota? Qual era o nome dela?

Estremeci.

A garçonete colocou uma cerveja diante dele. Matteo tomou um longo gole e, em seguida, bateu a garrafa na mesa.

— Maddie. O nome dela era Maddie.

— Então, tem planos de encontrá-la novamente? Ou foi coisa passageira?

Os olhos dele desviaram para os meus.

— Agora, tenho quase certeza de que nossa viagem foi o fim da linha.

Aquela mensagem chegou até mim alta e clara. Meu coração estava se partindo. Havia um rastro de raiva em seu tom que não era familiar para mim. Eu esperava que ele não estivesse bravo comigo. Como eu poderia saber que isso aconteceria? Era algum tipo de pesadelo.

Mesmo que fizesse sentido por que ele estava em Vail — para o meu casamento que nunca aconteceu —, eu ainda tinha tantas dúvidas.

Ele suspeitou de quem eu era?

Se não, como não juntou dois mais dois depois que contei a ele que tinha sido largada pelo meu noivo? Nunca passou por sua cabeça que eu podia ser a ex de Brady? Tinha algo faltando naquela história.

Mas, novamente, nunca compartilhamos nossos nomes verdadeiros.

Matteo.

Matteo Duncan.

Eu tinha que me acostumar com esse nome.

O que mais me destruía em toda a situação era ver que Matteo estava realmente sofrendo e eu não podia confortá-lo. Seu corpo estava rígido. Seus punhos, cerrados. Isso me dizia que ele não tinha previsto isso e, muito provavelmente, não fazia ideia de quem eu era.

Parecia que nós dois havíamos sido vítimas do azar.

Um *baita* azar.

Ele terminou de beber o resto da cerveja de uma vez e empurrou a cadeira para trás antes de se levantar.

— Vou deixar vocês terem uma noite romântica. Estou muito cansado, de qualquer forma. Vou fazer check-in no hotel e encerrar a noite.

Brady franziu a testa. Ele estava realmente confuso com o comportamento de seu amigo.

— Achei que você ia ficar no meu apartamento.

— É... esse era o plano original, mas decidi reservar um quarto de hotel, de última hora.

— Tem certeza?

— Sim, absoluta. — Ele pegou sua bolsa do chão e pendurou a alça no ombro.

— Talvez possamos sair amanhã à noite? — Brady sugeriu.

— Sim. Claro. — Matteo olhou para mim. — Hazel, foi um prazer. — Ele estendeu a mão, e quando a segurei, ele apertou ainda mais forte do que antes.

E então, ele se virou e seguiu para a porta, sem olhar para trás.

Fiquei olhando inexpressivamente para a saída pelo que pareceram minutos a fio, até Brady finalmente virar-se para mim.

— Duncan está um pouco estranho. Deve estar acontecendo alguma coisa com ele.

Com o coração ainda vacilante, soltei o ar.

— É...

— Ele é muito divertido, mas já passou por umas merdas bem sérias. A namorada dele morreu há alguns anos em um acidente de esqui. Não me lembro de ter contado isso quando nos conhecemos. Aconteceu antes disso. Enfim, será que nos ver juntos o fez se lembrar dela, ou algo assim?

Fechei os olhos com força.

— Ele nunca mais foi o mesmo desde que isso aconteceu. Duncan era tão cheio de vida antes de Zoe morrer. Ele cantava, se apresentava em clubes e tal. Dá para imaginar que ele não tinha problema algum em conseguir mulheres. — Ele deu risada. — Mas, depois que ele a conheceu, foi como se tivesse encontrado sua cara-metade. Eles começaram a se apresentar juntos. Ele parecia ter encontrado sua alma gêmea, até o acidente.

Engoli em seco.

— Isso é tão triste.

Brady fitou o vazio.

— Eu deveria ter sido um amigo melhor para ele todos esses anos. Perdemos um pouco o contato. Ele se fechou em seu próprio mundo, e eu deveria ter me esforçado mais para dar apoio a ele. É difícil fazer isso do outro lado do país, mas não tentei o suficiente. Apesar de termos nos afastado, quando chegou o momento de escolher meu padrinho, ele foi a primeira pessoa que me veio à mente. — Brady segurou minha mão. — Talvez ainda exista a chance de ele fazer isso por mim, se eu tiver a sorte de me casar com você.

Eu queria vomitar. Não somente por causa daquela conversa, mas porque alguém de quem eu gostava muito estava sofrendo, e eu não fazia ideia de como ir até ele. Eu nem precisava tentar imaginar como ele estava se sentindo. Porque eu estava sentindo a mesma coisa.

Brady olhou em volta do ambiente.

— Acho que nossa garçonete se perdeu. Vou até o bar para pegar outra cerveja. Você quer outra bebida, querida?

Assenti. O bolo em minha garganta fazia ser difícil emitir palavras.

— Vou ao banheiro enquanto você faz isso.

Depois que Brady desapareceu no meio da multidão, fiquei à mesa sozinha por um momento, sentindo-me em completo choque.

O que raios eu ia fazer?

Eu precisava muito falar com Milo.

Mas nunca chegamos a trocar números de telefone.

Pegando meu celular, pesquisei *Matteo Duncan* no Google, na esperança de que, por algum milagre, aparecesse um número de celular. Mas, é claro, a sorte não estava ao meu lado.

Eu precisava muito de mais alguns minutos sozinha, então decidi ir ao banheiro antes que Brady voltasse. Ao me levantar, olhei para baixo e notei que Brady havia deixado seu celular na mesa.

Meu pulso acelerou.

O número de Milo.

Ele *devia* ter o número de Milo ali.

Não seria estranho se eu o levasse ao banheiro feminino comigo. Seria meio irresponsável da minha parte deixar um celular de mil dólares sem supervisão sobre a mesa de um bar lotado.

Sem me permitir analisar demais, olhei em volta do bar, buscando qualquer sinal de Brady. Vendo que a barra estava limpa, peguei o celular e praticamente corri até o banheiro feminino.

Meu coração martelava no peito conforme me tranquei em uma cabine. Com as mãos tremendo, rezei para que Brady não tivesse mudado sua senha ao digitá-la.

0-5-1-4.

Na mosca.

A tela desbloqueou, e soltei uma respiração audível.

Abrindo a lista de contatos, digitei Milo e nada apareceu. Me dando conta de que Brady não teria o contato de seu amigo gravado com seu nome falso de Hooker, tentei *Matteo*. Mas, ainda assim, nenhum resultado apareceu. Então, digitei Duncan, torcendo para acertar dessa vez.

Felizmente, deu certo. Respirei fundo e apertei em *Ligar*.

Meu corpo inteiro ficou tenso, enquanto ficou chamando e chamando.

Atenda.

Atenda.

Atenda.

Mas, no fim, não houve resposta. Sem caixa postal também. Ficou somente chamando e chamando em meu ouvido, que estava zumbindo. Apoiando a cabeça contra a porta da cabine, a ficha caiu de uma vez só. Lágrimas desceram por minhas bochechas, e me perguntei quando tempo levaria até Brady descobrir que algo estava muito errado.

CAPÍTULO 17
Matteo

Fazia dois dias, e eu ainda me sentia na merda.

Contudo, um pouco da dor talvez estivesse relacionada à quantidade de álcool que consumi na noite anterior no bar do hotel, e não somente ao chute no estômago que recebi do meu amigo e da minha garota.

Minha garota.

Porra. Era assim que eu pensava nela. Ou costumava pensar. Ou ainda pensava. Não sabia mais. Não tinha mais certeza sobre nada relacionado a Maddie, àquela altura.

Ou *Hazel*.

Seu nome era Hazel.

O fato de que nunca trocamos nossos nomes verdadeiro parecera quase romântico para mim. Mas após a revelação há duas noites, percebi que não fui nada além de um *otário* romântico. Nossos nomes falsos apenas esclareciam o que o nosso relacionamento havia sido desde o início: *uma fraude.*

O noivo dela a largou dois meses antes do casamento? *Ah, tá.* Engraçado que, quando meu amigo me ligou para me contar que não ia mais se casar, ele me dissera que *sua noiva* havia decidido isso. Eu havia acreditado em cada palavra que Maddie me dissera, sem questionar nada. Até mesmo naquele dia, após quarenta e oito horas absorvendo as coisas, parte de mim *ainda* queria acreditar nela. O que era loucura. Por que raios eu acreditaria na palavra de uma mulher que conheci por tão pouco tempo — uma mulher que havia obviamente mentido para mim sobre pelo menos um elemento importante de seu término —, em vez de acreditar no cara que era meu amigo há dez anos?

Uma dor em meu peito insistiu que eu pensasse no porquê. Mas recusei-me a fazer isso.

Eu simplesmente não podia.

Que diferença fazia o que eu sentia por ela, de qualquer forma?

Ela era a garota do meu amigo.

Ela não era mais minha.

Ou melhor, ela nunca tinha sido.

Durante quarenta e oito horas, tudo que fiz foi pensar em cada interação que tivéramos. Eu estava vendo coisas onde não havia nada? Estava tão desesperado para me conectar com alguém que aceitei a história sobre seu coração partido, mesmo que, se eu prestasse mais atenção, houvesse sinais de que ela estava mentindo?

Tinha que haver.

Você não pode passar noite e dia com uma pessoa por quase duas semanas e não ver alguma falha na máscara que ela está usando. Eu devia estar vendo o que queria.

Mas, por mais que tentasse, não importava o quanto eu pensasse naquele tempo procurando essas fissuras minúsculas, tudo que eu conseguia ver era a minha Maddie.

Minha Maddie.

Eu não conseguia vê-la como quem realmente era: Hazel que inventou histórias sobre ter levado um pé na bunda, quando, na verdade, foi ela quem abandonou seu noivo amoroso. Nem mesmo em retrospecto.

O que era patético. Porque, duas noites antes, a verdade havia sido esfregada na droga da minha cara.

Forçando-me a sair da cama perto das onze da manhã, tomei um banho rápido e bebi uma garrafa de água, junto com alguns analgésicos. Quando fiz o check-in no hotel, reservara apenas duas noites. Então, se eu não estendesse a estadia, o serviço de quarto entraria para limpar o quarto para o próximo hóspede em breve. Tive que me esforçar para me vestir, torcendo para que minha ressaca braba desaparecesse logo, e desci até o saguão.

— Oi. Estou no quarto 1522. Eu deveria fazer o checkout hoje, mas seria possível estender minha estadia?

O recepcionista digitou em seu computador.

— Claro. Você quer ficar por mais uma noite?

Eu não fazia ideia do que queria.

— É, acho que sim.

Alguns minutos depois, após ter garantido um lugar para descansar minha cabeça dolorida por mais uma noite, eu estava na esquina de uma rua movimentada de Manhattan. Não estava com vontade de fazer um passeio turístico, mas precisava de ar fresco. Então, virei à direita e comecei a andar, sem um destino em mente. Era a semana após o Dia de Ação de Graças, mas estava calor, então pelo menos o tempo estava cooperando. Caminhei por cerca de uma hora e meia, ainda sem saber para onde estava indo e sem me sentir muito melhor do que quando saí do hotel.

Quando meu estômago começou a roncar, peguei o celular para conferir a hora bem no momento em que começou a tocar em minha mão.

O nome *Brady* apareceu na tela.

Merda.

Ele me ligara quatro ou cinco vezes nos últimos dias, e eu ignorara algumas de suas ligações. Eu sabia que precisava conversar com ele. Afinal, eu havia viajado quase cinco mil quilômetros para o outro lado do país para visitá-lo, e ele não fazia ideia do que estava acontecendo. Pelo menos, era o que eu achava. Até onde eu sabia, Maddie podia ter contado tudo a ele, que estava tentando falar comigo para descobrir onde eu estava para vir me dar uma surra.

O celular tocou pela terceira vez, e eu estava prestes a enfiá-lo de volta no bolso quando decidi, no último segundo, encarar. Não podia adiar aquilo para sempre.

— Alô?

— Dunc? Mas que droga é essa? Você sumiu do mapa. Faz dois dias que tento falar com você. Estava começando a ficar preocupado.

— Desculpe. Eu... eu só... eu estava no meu quarto de hotel.

— Você está doente?

Arrastei uma mão pelo cabelo, desejando não ter atendido.

— Sim. Não tenho me sentido muito bem.

No mesmo instante, uma mulher saiu correndo de dentro de um pequeno mercado à minha direita. Ela estava com uma vassoura na mão, com as cerdas para cima, correndo atrás de um adolescente e xingando em espanhol. O garoto, que devia ter uns quinze anos, estava com uma mochila nas costas, e suas duas mãos estavam cheias de doces. Ele ria ao olhar para trás por cima do ombro para a mulher irritada.

Brady devia ter ouvido a comoção.

— Onde raios você está?

Olhei para cima ao passar pelo mercado e li a placa das ruas.

— Estou na esquina da Fifty-First Street com a Ninth Avenue. Vim dar uma volta.

— Bom, você não está muito longe do meu escritório. Vamos almoçar juntos.

— Eu, hã... não sei se estou muito a fim.

— Bem, então fique a fim. Não vou aceitar um não como resposta. Você já me dispensou por dois dias e estou preocupado, cara. Continue pela Ninth Street até chegar a Forty-Sixth Street. Há um restaurante que gosto lá, chamado Becco. Estou entre a Eighth e a Ninth. Te encontro em vinte minutos.

— Eu realmente não...

Brady me cortou.

— Vinte minutos, amigão. Ou vou te caçar e te encontrar.

Antes que eu pudesse dizer qualquer outra coisa, a linha ficou muda.

— Alô?

Nada.

Merda.

Ele desligou na minha cara.

Brady já estava sentado a uma mesa quando finalmente cheguei ao restaurante meia hora depois.

Ele se levantou e colocou um braço em meus ombros.

— Aí está você. Acabei de pedir uma bebida. Imaginei que ia me dar um bolo. Por que demorou tanto? Você estava a dez minutos de distância, no máximo.

Passei uma mão pelo cabelo. Eu não pretendia mesmo ir, até cinco minutos antes. Cheguei até a me virar e seguir pela direção oposta. Mas então, me dei conta de que nunca conseguiria dormir direito sem saber o que estava acontecendo, então decidir ir, mesmo contra meu senso.

— Desculpe. Me perdi.

Brady deu risada.

— Sente-se, seu forasteiro.

A garçonete se aproximou e me entregou um cardápio.

— Gostaria de algo para beber enquanto olha o cardápio?

— Uma água, por favor.

Meu amigo puxou o cardápio da minha mão.

— Troque a água dele por uma garrafa de cabernet, aquele da África do Sul que vocês costumam ter, e vamos querer um *frutti di mare* para dois.

Ele devolveu os cardápios para a garçonete e ela olhou para mim, esperando aprovação. Comida era a última coisa sobre a qual eu tinha energia para discutir no momento. Além disso, parecia ser delicioso.

Dei de ombros.

— Pode ser.

Depois que a garçonete se retirou, Brady não perdeu tempo. Ele pegou um grissini do centro da mesa e mordeu um pedaço.

— Fale comigo. O que está acontecendo com você? Algo está errado.

— Estou bem.

Sua expressão dizia que ele não estava engolindo o meu papo.

— Eu sei que fui um amigo de merda nos últimos anos. Mas fomos colegas de dormitório por quatro anos na faculdade. Acho que ainda consigo perceber quando você está mentindo.

Soltei uma respiração profunda pela boca.

— Me dê um tempinho, ok? Acabei de chegar. Me deixe pelo menos beber um pouco de vinho antes de você começar a arrancar os esqueletos do meu armário.

Brady assentiu.

— É, está bem. Entendo.

Sentindo-me impaciente e querendo tirar a atenção de mim, inverti o assunto.

— Então, o que está rolando com você? Eu não esperava te ver com a sua ex-noiva quando entrei no bar naquela noite.

— É. Estamos tentando fazer dar certo novamente.

Meu coração afundou.

— Então, ela quer você de volta depois de cancelar o casamento? Mudou de ideia?

Brady franziu as sobrancelhas.

— Não foi exatamente ela que cancelou o casamento. — Ele me olhou diretamente nos olhos. — Fui eu que terminei tudo.

Já viveu um momento em que você está completamente para baixo e, então, alguma coisa te dá um bocadinho de esperança? Sim? Bem, foi assim que me senti naquele instante. Em vez de ficar exultante por descobrir que Maddie não havia mentido, senti... raiva. *Raiva pra caralho.* Minhas narinas inflaram e senti meu rosto começar a ficar vermelho.

Por sorte, a garçonete trouxe o vinho. Imediatamente, bebi metade da taça e falei entre os dentes:

— Por que você mentiu para mim, porra?

Brady teve ao menos a decência de parecer envergonhado. Ele esfregou a nuca e balançou a cabeça.

— Eu já tinha dito a verdade à minha mãe e algumas outras pessoas e levado sermões até não aguentar mais. Não queria mais ter que ouvir isso. Todos amam Hazel. Concordamos em cada um contatar seus amigos e familiares para avisar que o casamento estava cancelado, e quando cheguei na quinta pessoa da minha lista de cem, estava cansado de ficar ao telefone por uma hora. Eu não tinha um motivo aceitável para ter feito o que fiz, e todos acharam que fui um filho da puta.

— Então, você mentiu para os outros noventa e cinco convidados e fez parecer que *ela* foi a filha da puta?

Brady arregalou os olhos.

— Nossa, cara. Relaxe. Eu menti para me safar mais fácil e terminar logo as ligações. Não matei ninguém. Você parece estar prestes a me arrebentar.

Ele não estava errado. Quando baixei o olhar para minhas mãos sobre a mesa, vi que estavam cerradas. Tive que fazer um esforço consciente para abrir os punhos.

— Olha — ele disse. — Desculpe por ter deturpado os fatos. Mas não vamos deixar isso atrapalhar sua visita. — Ele estendeu a mão e a pousou em meu ombro. — Senti sua falta, irmão.

Eu precisava me recompor. Brady não ia acreditar que eu estava puto pelo que ele tinha feito. Além disso, eu queria mais informações. Por exemplo, que porra aconteceu entre eles? Então, refreei-me.

— Está bem. — Soltei uma respiração pela boca. — Então... por que você fez isso? Desistiu do casamento?

Brady tomou um gole de vinho.

— Não sei. Conheci uma mulher no trabalho. — Balançou a cabeça. — Athena... grega... uma tremenda gata. Comecei a pensar em ficar com apenas uma mulher pelo resto da minha vida. É tempo pra cacete.

Apertei a taça de vinho com tanta força que achei que fosse quebrá-la.

— Então, você deu um pé na bunda de Maddie porque queria foder outra mulher?

Brady franziu as sobrancelhas.

— Maddie? Quem é Maddie? Espere... essa não é a mulher que você conheceu na sua viagem de carro?

Merda.

— É, foi mal. Hazel. Eu quis dizer Hazel.

— Enfim, Athena e eu... nós...

A garçonete interrompeu nossa conversa para entregar um prato gigantesco. O cheiro estava delicioso, mas meu apetite havia sumido. Ela colocou a bandeja enorme de macarrão e frutos do mar no meio da mesa e usou pegadores para servir dois pratos generosos.

— Gostariam de pimenta moída na hora? — Ela ergueu um moedor.

— Seria ótimo — Brady disse. — Obrigado.

Quando ela terminou, virou para mim. Gesticulei com a mão negando, embora normalmente eu colocasse pimenta em qualquer coisa.

— Não, obrigado.

Depois que ela se afastou, esperei Brady terminar sua frase, me dizer se tinha traído Maddie. Mas, em vez disso, ele enfiou uma garfada enorme de espaguete na boca e falou apontando para o meu prato:

— Coma. Isso está fantástico.

Tentei não parecer interessado demais, mas eu precisava saber. Pegando meu garfo, enrolei um pouco de espaguete nele.

— Então, continue a história. Você estava falando sobre uma tal de Athena.

Brady me dispensou.

— Não é importante. O que importa é que caí na real e vou conseguir minha garota de volta.

Eu não fazia ideia de como ia engolir a garfada de macarrão.

— Ela quer voltar com você?

Brady deu de ombros e abriu um marisco de seu prato, espetando o conteúdo da concha e enfiando na boca.

— Ela vai chegar lá. Mas quer que eu me esforce para isso, é claro. — Ele olhou para o meu prato e apontou novamente. — Qual é o problema? Você não gosta? Pensei que isso faria o seu estilo. Lembra-se daquela lanchonete que costumávamos ir na Rota 70 que tinha rodízio de mariscos fritos? Você sempre levava para casa uma quentinha *e* uma garçonete. Bem, isso antes de você conhecer Z... — Ele franziu a testa e encontrou meu olhar. — Desculpe.

Desviei o olhar.

— Tudo bem. Consigo falar sobre ela agora.

Brady assentiu e me deu um sorriso triste.

— Que bom, amigo. Fico feliz por isso. Agora, me conte o que está rolando com você. Sei que tem algo de errado, então não tente vir com papo furado para cima de mim de novo.

Tentei inventar uma explicação na qual ele acreditaria, mas não consegui. Minha mente estava fodida demais para formular uma mentira. Então, falei a verdade. Ou uma versão dela, pelo menos.

— Não é nada de mais. Conheci uma garota em Vail.

Brady colocou um camarão na boca.

— Maddie? A que fez a viagem de carro com você.

— Sim. Eu, hã... acho que fiquei encantado demais. Achei que, talvez, pudesse dar em alguma coisa, mas ela está indisponível.

— Indisponível? Então, o quê, ela é casada?

Balancei a cabeça.

— Não. Mas... ela está meio que se envolvendo com outra pessoa. Acho que é algo cheio de idas e vindas.

Brady abriu um sorriso malicioso.

— Então roube-a para você, Don Juan. Tenho certeza de que as mulheres ainda caem aos seus pés. Quero dizer, eu te acho feio pra caralho, mas as mulheres sempre te acharam muito atraente.

Roubá-la.

— Queria que fosse simples assim — eu disse.

Ele pegou sua taça de vinho e a inclinou em minha direção.

— Você está apaixonado por ela?

Meu coração acelerou. Me fiz a exata pergunta algumas centenas de vezes no decorrer das semanas desde que Maddie fora embora de Atlanta. E somente naquele momento eu soube a verdadeira resposta. *Que momento perfeito para ter uma epifania.*

Deixei meus ombros caírem.

— Sim, acho que estou.

Ele bebeu o restante de seu vinho.

— Então, me deixe te dar um conselho, de um cara que quase perdeu sua garota para outro. Não se acovarde e deixe-a escapar de suas mãos. Não dou a mínima se ela tem um namorado ou não. Se está apaixonado, vá fundo. Nem sempre se tem uma segunda chance.

Eu apostava que aquele era o conselho mais bizarro que já viera do homem que tinha a garota para o cara que queria roubá-la. Senti-me um merda completo.

Sem saber como responder, eu disse simplesmente:

— Valeu.

Uma hora torturante depois, senti como se tivesse acabado de correr uma maratona ao sairmos do restaurante após o almoço. Estava exausto emocionalmente, e o abuso que eu havia feito ao meu corpo na noite anterior estava cobrando um preço físico. Eu precisava me deitar.

Brady deu tapinhas em minhas costas.

— Então, por quanto tempo vai ficar na cidade?

Balancei a cabeça.

— Ainda não sei.

— O que acha de jogarmos cartas, como nos velhos tempos? Pôquer? Lembra-se do Trevor Winston? Ele estava um ano atrás de nós na faculdade. Quando bebia demais, ele sempre falava tudo duas vezes. *"Alguém quer outra bebida, já que levantei? Alguém quer outra bebida, já que levantei?"*

Dei risada pela primeira vez em dois dias. Depois daquela descrição, lembrei-me de Trevor. Assentindo, eu disse:

— Nós o chamávamos de Trevor Repeteco.

— Ele mesmo. Ele mora a alguns quarteirões do meu apartamento. De vez em quando, nos juntamos para jogar cartas. Vou ver se consigo organizar um para este domingo, assim podemos assistir futebol americano enquanto jogamos. Vai ser igualzinho aos nossos dias na fraternidade, com a diferença de que meu apartamento não tem lodo no chão e a cerveja não vai ser a que estiver mais barata na loja que aceita identidades falsas.

A única coisa que eu queria fazer era dar o fora dali. Contudo, decidi que jogar cartas com alguns velhos amigos não doeria.

— É, ok.

— Ótimo. E, amanhã à noite, nós vamos sair. Conheço um lugar excelente, com uma comida maravilhosa e música ao vivo ainda melhor. Você vai adorar.

Dei de ombros, porque Brady soou tão animado que imaginei que ele insistiria se eu dissesse não. Mas eu não tinha a menor intenção de ir.

— Talvez.

— Em que hotel você está hospedado?

— The Executive. No centro.

— Ótimo. Passarei no seu hotel às sete e meia amanhã à noite. Entendo que você esteja para baixo, mas somos irmãos. Deixe-me tentar animá-lo um pouco.

Irmãos. Essa era a cereja no topo daquele bolo de merda.

Forcei um sorriso.

— Agradeço o que está tentando fazer. Mas que tal eu te mandar mensagem amanhã e te avisar?

— Claro. — Ele sorriu. — Me mande mensagem. Mas, como eu disse, estarei no seu hotel para te buscar às sete e meia, de um jeito ou de outro.

Balancei a cabeça. Eu teria que lidar com aquilo depois. Estendendo a mão para apertar a dele, eu disse:

— Obrigado pelo almoço.

Brady usou minha mão para me puxar para um abraço de urso. Ele deu tapas em minhas costas.

— Estava mesmo com saudades, cara. Te vejo amanhã à noite.

CAPÍTULO 18

Hazel

— Oi, querida.

O sorriso raro que abri naquele momento murchou quando ouvi a voz de Brady do outro lado da linha ao atender o celular. Não porque ele não vinha sendo maravilhoso ultimamente, mas porque, toda vez que meu celular tocava, ficava com esperanças de que fosse Matteo. No decorrer dos últimos dias, peguei o celular de Brady escondido algumas vezes para ligar para ele. Toda vez, eu deixava o número do meu celular em seu correio de voz, esperando que eu retornasse minha ligação. Não tinha tido sorte ainda.

Gesticulei para minha assistente de fotografia, pedindo que terminasse de descarregar o equipamento que tínhamos acabado de levar até o auditório da escola, e fui até o corredor com o celular.

— Oi. O que houve? — perguntei.

— Nada de mais. Só queria ouvir sua linda voz para começar o meu dia.

Brady estava se esforçando *mesmo*.

— Bem, só posso falar por um minuto. Estamos nos preparando para começar a tirar fotos de uma turma do jardim de infância em uma escola em Millville.

— Jardim de infância? É a sua série favorita para fotografar, não é?

— Sim. A experiência é nova e tudo é empolgante para eles, então

MINHA LEMBRANÇA FAVORITA 241

costumam ter os sorrisos mais verdadeiros. Quando chegam à sexta série, já são mestres em posar para selfies, então não é mais tão verdadeiro assim.

— É incrível o quanto você ama seu trabalho.

Por mais que Brady tenha dito isso com boas intenções, seu comentário me lembrou do quão pouco ele realmente prestava atenção. Durante noventa por cento do tempo, meu trabalho me deixava muito entediada. Peguei-me pensando *"Milo saberia"*, e isso fez minha cabeça doer. Especialmente quando me dei conta de que tinha acabado de pensar nele como *Milo*, e não Matteo.

No fim das contas, eu tinha que lembrar que era minha responsabilidade encontrar minha felicidade, quer isso significasse mudar de carreira ou, de alguma maneira, encontrar o caminho para a decisão certa sobre o meu parceiro de vida. *Aff.*

— Olha, sei que você está ocupada — Brady disse. — Eu só queria te dar bom-dia e ver se você tinha planos para hoje à noite. Estava pensando que poderíamos ir jantar naquele lugar com música ao vivo em West Village que você tanto gosta.

— No Finn's?

— Sim, esse mesmo. Seria um encontro duplo.

— Um encontro duplo? Quem é o outro casal?

— Meu amigo Matteo.

Senti como se a agulha de uma vitrola tivesse arranhado o disco e parado de repente, junto com o meu coração.

— Matteo... tem um encontro com alguém?

Brady deu risada.

— Ele não sabe disso ainda. Pensei em pedir à minha irmã que arranjasse uma de suas amigas para ele. Almoçamos juntos ontem e ele está bem para baixo por causa de uma mulher. Imaginei que isso o animaria.

Arregalei os olhos.

— Uma mulher?

— Sim. A que ele mencionou ter conhecido na viagem de carro que fez. Parece que ela o está fazendo de trouxa. Uma saída divertida à noite seria bom para ele. E música é o lance dele. O coitado está andando por aí como se alguém tivesse atropelado seu cachorro.

Um peso se instalou em meu peito.

— Então, o Matteo está... triste?

— Sim, está. Então, o que me diz? Encontro duplo amanhã à noite?

Havia tantas razões para recusar. Primeiro, a ideia de Matteo em um encontro com outra mulher me deixava enjoada, ainda mais um encontro que eu teria que assistir de camarote. Segundo, Matteo e eu não tínhamos nos falado ainda, então eu não fazia ideia de como deveríamos lidar com as coisas. Embora, obviamente, ele tivesse seguido meu exemplo e fingido que não nos conhecíamos, um encontro duplo com Matteo e Brady tinha muitas chances de ser um desastre colossal. Porém... eu não conseguia fazê-lo retornar minhas ligações, e não fazia ideia de onde ele estava hospedado para ir bater à sua porta. Então, por mais que eu soubesse que as coisas poderiam dar mais errado do que certo, vi-me desesperada.

— Tudo bem. Sim, eu vou.

Ouvi o sorriso na voz de Brady.

— Obrigado, querida. Você é a melhor.

Como Brady já estava na cidade, o plano era que eu encontrasse ele e Matteo no Finn's.

Peguei o trem e cheguei cedo. Infelizmente, a amiga da irmã de Brady, Kimber — a pessoa que iria se encontrar com Matteo — também tinha chegado cedo e já estava sentada à nossa mesa reservada. Para meu desânimo, Kimber tinha aparência de supermodelo — cabelos loiros longos e pernas compridas —, e isso fazia sentido, porque ela era — olha que surpresa — modelo.

Acabei tendo que ficar puxando assunto com ela até os homens chegarem.

— Então, onde você trabalha, Kimber?

— No momento, sou garçonete, entre um trabalho de modelo e outro.

— Deve ser empolgante... ser modelo.

Ela deu de ombros.

— Todos sempre disseram que eu deveria ser modelo, então pensei em seguir esse caminho mesmo.

Olhando em volta do ambiente, murmurei:

— Pois é.

Eu não tinha absolutamente nada para dizer a ela. Mas, novamente, meus ciúmes diante do fato de que ela estava ali para encontrar Matteo talvez tivessem distorcido minha opinião quanto à situação como um todo só um pouquinho. Convenhamos, ela não tinha a mínima chance comigo naquela noite. Eu ia odiá-la, independentemente de qualquer coisa.

Durante um tempo, não houve nada além de silêncio total entre nós enquanto tomávamos nossas bebidas. Meus olhos ficavam desviando para a porta, esperando que Brady e Matteo entrassem logo.

Kimber pediu licença para ir ao banheiro, e soltei um suspiro de alívio por não ter que olhar para a cara dela por alguns minutos.

Imediatamente, peguei o celular, ligando para Brady para descobrir onde ele estava.

— Oi, querida — ele atendeu. — Saí do trabalho um pouco tarde. Estou a caminho do hotel de Dunc. Devemos chegar aí em meia hora.

Soltei uma respiração exasperada.

— Ótimo. Eu estava torcendo para que você dissesse que estava virando a esquina. Estou aqui com a amiga da sua irmã.

— Como ela é?

— Parece jovem e fútil.

— Tipo a minha irmã... — Ele deu risada. — Não me admira serem amigas.

— Então, você não se importa por estar pretendendo apresentar Duncan a alguém assim?

Ele riu.

— Não acho que Dunc vai ligar. Ela é atraente e talvez o ajude a sair da fossa em que está.

— Você acha mesmo que juntá-lo com alguém que não pode oferecer mais nada além de um rostinho bonito vai ajudar?

— Acredite em mim, o que ele precisa agora é de uma boa foda. Eu te disse, ele ainda está ligado na garota com quem fez aquela viagem de carro, a que voltou com o namorado. Ele precisa de uma distração. Não se envolver com ninguém agora, enquanto está viajando. Só precisa de alguém que o ajude a se distrair. Pelo que entendi baseado no que Leah me contou, Kimber é perfeita para isso.

Eu estava tão frustrada. E o fato de que Matteo havia falado sobre mim enigmaticamente com Brady me deixou inquieta.

— Tudo bem, então... tente chegar o mais rápido possível.

— Farei o melhor que puder.

Eu estava prestes a desligar quando ele disse:

— Hazel?

— Sim?

— Mal posso esperar para te ver.

Suspirei.

— Eu também.

Brady ainda estava sendo tão doce e atencioso. Mas não estava conseguido apreciar isso naquela noite. Sentia-me enjoada ao tentar me lembrar por que estava ali. Era minha oportunidade de ver Matteo, tentar interpretá-lo e me certificar de que ele estava bem.

Após Kimber retornar do banheiro, conversamos mais um pouco. Ela me mostrou algumas fotos de seu trabalho de modelo no celular. Foi a primeira vez que descobrimos algo sobre o que realmente conversar, já que as fotos me fizeram mencionar meu negócio de fotografia e, a partir daí, a conversa evoluiu.

Quando avistei Brady e Matteo entrando no restaurante, meu coração começou a palpitar.

Acenei para avisá-los de onde estávamos sentadas, mesmo que a hostess estivesse claramente conduzindo-os na nossa direção.

— Puta merda. É aquele? Com o cabelo mais compridinho? — Kimber lambeu os lábios.

Quieta, vadia.

Engoli em seco.

— Sim.

Ela ficou boquiaberta ao assimilar Matteo, e aquilo me deixou ainda mais enjoada.

— Ele é ainda mais gostoso do que Leah disse.

Usando um casaco preto de lã e calça jeans escura, Matteo estava lindo mesmo. Meu coração ficou apertado, desejando que estivéssemos de volta à nossa viagem de carro, quando as coisas eram tão mais simples. Se eu ao menos pudesse estalar os dedos e fazer isso acontecer, apagar toda essa confusão complicada na qual nos metemos. O fato de que eu estava admirando Matteo com Brady bem ao lado dele também me fez sentir um pouco culpada.

Brady me deu um beijo na bochecha.

— Desculpe por fazê-las esperar. — Ele virou-se para Matteo. — Duncan, esta é uma amiga da minha irmã, Kimber.

Kimber olhou para ele toda boba.

— É um prazer conhecê-lo.

— Igualmente. — Ele não olhou para mim ao sentar ao lado dela.

Demorou um tempo até seus olhos finalmente encontrarem os meus.

Reuni coragem para dizer:

— Que bom vê-lo de novo, Matteo.

Ele assentiu e forçou um sorriso.

Kimber puxou conversa com ele imediatamente, inclinando-se para ele e enrolando os cabelos nos dedos. Ela definitivamente parecia querê-lo. E por que seria diferente? Eu não podia dizer que a culpava. Mas estava queimando de ciúmes ao assistir àquilo tudo.

Matteo parecia se animar um pouco mais a cada minuto que passava enquanto a ouvia falar e falar sobre ter ido ver *Hamilton* na Broadway. Isso se transformou em uma conversa sobre música, e eles pareciam estar se dando muito bem.

Então, Brady se manifestou:

— O que Duncan está deixando de te dizer, Kimber, é que ele é um excelente músico.

Ela arregalou os olhos.

— Lindo e talentoso? Uau, você é o pacote completo, não é? O que você toca?

Meus olhos estavam grudados à mão dela no braço dele. Queria gritar "*Não encoste nele*".

— Toco violão e canto um pouco — Matteo respondeu humildemente.

— Canta *um pouco*? — Brady deu risada. — A voz dele é incrível. Você deveria ouvi-lo.

Kimber apertou o braço de Matteo.

— Eu adoraria.

Por mais impressionante que tudo aquilo parecesse, essa garota não fazia ideia do partidão que Matteo realmente era. Ela não o conhecia como eu. Porque além de ser lindo e talentoso na superfície, ele era respeitoso e generoso. Era tão lindo por dentro quanto por fora.

Cada segundo que se passava com eles conversando e parecendo se dar muito bem era pura tortura. Eu queria torcer o nariz e desaparecer, como a garota do filme *A Feiticeira*.

Brady pousou a mão em meu joelho sob a mesa, e isso fez eu me remexer. Eu sorria para ele vez ou outra, mas, durante a maior parte do tempo, ficamos quietos, ouvindo a conversa de Matteo e Kimber. Eu sabia que, na cabeça de Brady, o propósito da noite era conseguir com que seu amigo fosse para a cama com alguém. Dava para ver pela sua expressão enquanto os observava que ele presumiu que sua missão havia sido cumprida.

Eu também estava começando a acreditar que esse cenário era uma possibilidade real, o que me deixou muito preocupada. Sim, Kimber era atraente. Mas também fiquei me perguntando se Matteo sentia que tinha que levá-la para seu quarto de hotel só para me afrontar, me punir por passar tempo com Brady. Ou, pior: e se tivesse presumido erroneamente que, de algum jeito, eu sabia quem ele era o tempo todo e agora me odiava por pensar que eu o havia enganado?

Transbordando de emoções, eu precisava de um tempo.

— Volto já. Vou ao banheiro — anunciei ao me levantar.

Após quase trombar em duas pessoas ao andar pelo restaurante, finalmente consegui chegar ao banheiro. Assim que estava na segurança daquele espaço privado, encarei-me no espelho. Eu parecia agitada. Isso não era surpresa, considerando que eu estava engolindo a noite à força.

Não estava com pressa de voltar para a mesa, então fiz tudo com calma, conferindo minha maquiagem, lavando as mãos meticulosamente.

Quando finalmente me forcei a sair, a última coisa que eu esperava era ver Matteo saindo do banheiro masculino ao mesmo tempo.

Ele congelou, e ficamos frente a frente no pequeno corredor entre os banheiros. Ele tinha vindo na esperança de me encontrar? Ou tinha mesmo precisado ir ao banheiro?

— Por que você não atendeu minhas ligações? — eu finalmente disse.

Ele lançou um olhar rápido para a área de jantar antes de voltar a olhar em meus olhos.

— Porque eu não sabia o que te dizer, Maddie. Ainda não sei. — Ele baixou o olhar para seus pés e murmurou: — Porra. Quer dizer, Hazel.

— Você vai levá-la para o seu quarto de hotel? — soltei. Não pude evitar. Eu precisava saber.

Ele ergueu o olhar para mim.

— Não.

Soltei um suspiro de alívio que, provavelmente, foi óbvio demais.

— Eu sei que não tenho direito algum de admitir o quanto estou com ciúmes agora, mas não posso evitar. Essa situação toda é um pesadelo.

Matteo cerrou os dentes.

— *Pesadelo* é uma boa palavra para definir o que tenho vivido desde que descobri quem você é.

— Eu sei. — Expirei. — Nem posso imaginar como deve ter sido. Só sei como foi para mim. Puro choque... e então, tristeza. — Senti lágrimas se formando em meus olhos. — Eu sinto muito, Matteo.

Sua expressão suavizou um pouco.

— É tão estranho te ouvir dizendo o meu nome. Mas soa lindo pra caralho.

Meu coração apertou. As palavras que estiveram na ponta da minha língua a noite toda, mas incapazes se serem libertadas, finalmente escaparam.

— Sinto sua falta — sussurrei.

Ele soltou uma respiração frustrada.

— Você tem noção da bagunça que isso é, Hazel? — Ele balançou a cabeça. — Uma puta bagunça.

— Nós precisamos conversar.

Meu coração quase se partiu quando ele falou:

— E ainda existe algo a ser dito?

— Talvez não seja certo, mas sim, eu tenho tantas coisas para dizer a você, coisas para *perguntar* a você.

Ele olhou de relance para a área de jantar novamente antes de baixar o tom de voz.

— Você acha que eu quero aquela garota ali? Sinto que não consigo respirar desde que você foi embora em Atlanta. E agora, estou simplesmente... *sufocado*. Eu quero estar com *você* esta noite, e isso é muito escroto, porque você é a mulher do meu melhor amigo.

Quis puxá-lo e abraçá-lo, mas me contive. Suas palavras me deixaram perplexa.

Abrindo minha bolsa, peguei uma caneta e encontrei uma embalagem de chiclete, onde anotei meu número.

— Não podemos fazer isso agora. Mas, por favor, me ligue ou mande mensagem quando puder. Não volte para Seattle antes de termos uma chance de conversar — implorei. — Por favor.

Ele pegou o papel e o guardou em seu bolso antes de voltar para a mesa primeiro que eu.

Não dissemos mais nada um para o outro pelo resto do jantar, e ele mal olhou para mim.

Assim que a música ao vivo começou, todos prestaram atenção na banda. Era uma boa distração em meio a uma noite tensa. Mas enquanto nós quatro supostamente assistíamos à apresentação, Kimber estava fitando Matteo. E eu estava observando os dois. Matteo e Brady pareciam ser os únicos que estavam realmente prestando atenção à música.

Mesmo tendo certeza de que Kimber tentaria se enfiar no quarto de hotel dele, acreditei na palavra de Matteo quando ele disse que não ia encorajá-la a isso. Ele não me devia nada, mas, de alguma forma, eu sabia que ele não faria nada para me magoar.

Durante um intervalo da apresentação, Matteo deixou a mesa. A princípio, achei que estivesse indo ao banheiro. Mas, então, ele foi até o vocalista e começou a conversar com ele.

Quando dei por mim, o sujeito entregou um violão a ele. Meu coração bateu mais rápido quando percebi que ele estava prestes a se apresentar.

Matteo sentou-se em uma banqueta e ajustou o microfone diante de si.

— Esses caras foram gentis e me deixaram entretê-los durante o intervalo. Só não atirem coisas em mim, ok?

A plateia deu risada.

— Esta música se chama *Almost Lover*, de A Fine Frenzy.

Almost Lover.

Quase amado.

Quando ele começou a cantar, tudo ao meu redor desapareceu.

Fechei os olhos, ouvindo sua voz grave e reconfortante e absorvendo cada palavra da música que ele havia escolhido. Era sobre dizer adeus a um amor não-correspondido. Era assombrosa e linda ao mesmo tempo, e eu tinha cem por cento de certeza de que ele estava cantando-a para mim.

CAPÍTULO 19
Matteo

Fazia alguns dias desde que eu vira Hazel e ainda não tinha ligado para ela. Também estava evitando Brady, o que era ridículo, considerando que o propósito daquela viagem era visitá-lo. Brady não fazia ideia de que a música que cantei no Finn's tinha sido para sua namorada. Não dava para medir o quão ferrado isso era. E, ainda assim, não pude evitar tentar passar aquela mensagem para Hazel, querendo que ela soubesse que eu guardava com carinho os momentos que tivemos, mas provavelmente nada mais aconteceria além disso.

Era um embate tentar entender se eu estava errado por ainda querê-la, apesar de saber a verdade. E o que Brady me confidenciara sobre ela deixou a situação ainda mais confusa. Ele havia cancelado o casamento porque ficou com tesão por uma grega qualquer e isso o fez ter dúvidas? *Que porra era essa?* E, então, havia caído em si? Ele parecia gostar muito de Hazel, mas eu me perguntava como ela se sentiria se soubesse a história completa. E eu era um cretino por querer que ela soubesse? Isso ao menos mudaria alguma coisa? Se ela o deixasse, ainda assim não poderíamos ficar juntos. Por mais que Brady estivesse errado pelo modo como lidara com as coisas, ele era meu amigo e merecia minha lealdade. Pelo menos, era assim que deveria ser.

Sentado em um banco no meio de Central Park, fiquei tão envolvido em pensamentos que não reparei que havia um idoso sentado à minha direita até ele dizer alguma coisa.

— Garoto, você deve ter se enfiado em uma merda das sérias.

Virei-me para ele.

— Por que diz isso?

O cara tinha sobrancelhas grossas e estava segurando uma bengala. Ele gesticulou para uma mulher sentada em outro banco, de frente para nós do outro lado do parque.

— Aquela gatinha ali está te olhando há uns dez minutos, e você nem a notou. Você deve estar bem preocupado.

Suspirei.

— É, pode-se dizer que sim.

— Deve ser alguma moça. Somente uma mulher pela qual você está fisgado poderia te impedir de reparar naquela ali.

Assentindo, dei risada.

— Tem razão.

— Gostaria de desabafar com o velhote aqui? — Ele inclinou-se para mim. — Talvez eu possa ajudar.

Por mais que eu duvidasse que ele pudesse me oferecer algum bom conselho, aproveitei a oportunidade para desabafar com um estranho que não poderia me julgar. Passei os vinte minutos seguintes contando tudo a ele.

Descobri que seu nome era Sherman. Ele morava em Manhattan sua vida toda e nunca se casou. Ele compartilhou comigo a história sobre aquela que ele deixou escapar — uma mulher que estava de passagem pela cidade há uns quarenta anos. Eles tiveram um romance relâmpago por duas semanas antes de ela ir embora e voltar para a Noruega. Naquele tempo, não havia internet ou um jeito fácil de manter contato. Então, ele a perdeu de vista e passou a viver arrependido por não ter se esforçado mais para fazer as coisas darem certo.

Ele tinha muito a dizer sobre minha situação.

— Quando você finalmente cai em si, às vezes, é tarde demais. Agora, não estou dizendo que deve enganar seu amigo. Mas não me parece que esse cara sabe exatamente o que *ele* quer. Entendo que você não quer traí-lo. Não cabe a mim te dizer o que fazer, de um jeito ou de outro. Mas, no fim, você se apaixonou por essa mulher sem saber quem ela era, sem ao menos saber seu nome. Foi algo que não pôde controlar, e não fez nada de errado. Mas a coisa mais importante aqui não é o que você ou ele quer. A pergunta é... o que *ela* quer? Você sabe?

Se ao menos fosse possível descobrir o que Hazel realmente estava pensando...

— Eu achei que tinha essa resposta antes de vir para cá. Teria apostado todo o meu dinheiro que ela teria ido me encontrar em Nova Orleans. Então, vê-la com ele foi um choque muito grande. E agora, posso dizer sinceramente que não sei o que ela quer.

Ele apontou para mim com sua bengala.

— É o seguinte: se você quiser estar com ela, e ela quiser estar com você... bem, são dois em três. Entendo que seu amigo ficaria magoado, mas não seria justo para ele se a mulher de quem alega gostar quiser, na verdade, ficar com o amigo dele. As pessoas não podem mudar o que sentem. Acho que você precisa descobrir o que ela quer e, então, partir daí.

Era um conselho simples, mas fazia sentido. Se Hazel tinha a intenção de ficar com Brady, ele nunca teria que saber de nada. Se ela quisesse ficar comigo, somente então eu teria uma decisão a tomar. Concluir que tudo se resumia ao que Hazel realmente queria pareceu esclarecer a situação.

— Quer saber? Você me ajudou muito. — Levantei-me, e ele deu risada, parecendo se divertir com minha constatação repentina e necessidade de sair dali. — Cuide-se, Sherman. Obrigado pela conversa.

Peguei meu celular enquanto andava rapidamente e mandei uma mensagem para o número que Hazel havia me dado.

MINHA LEMBRANÇA FAVORITA 255

> Matteo: Onde você está?

Os três pontinhos saltaram conforme ela digitava.

> *Hazel: Oi. Estou terminando uma sessão de fotos.*
>
> Matteo: Podemos nos encontrar?
>
> *Hazel: Sim. Claro.*
>
> Matteo: Posso ir até você.
>
> *Hazel: Isso seria ótimo.*
>
> Matteo: Preciso ter certeza de que Brady não nos verá. Onde ele está?
>
> *Hazel: Ele vai trabalhar até mais tarde hoje. Me disse que terá um jantar de negócios. Então, se você vier a Connecticut, vai ser tranquilo. Pode me encontrar aqui no estúdio.*
>
> Matteo: Me mande o endereço. Vou pegar um trem agora mesmo.

O estúdio de Hazel ficava na rua principal de um subúrbio tranquilo. Rodeada por butiques locais e restaurantes, era uma localização bem privilegiada.

Ela abriu a porta antes que eu terminasse de subir os degraus. Ela estava me observando.

Sem dizer nada, me puxou para seus braços. Aquilo me surpreendeu, mas foi tão, tão bom abraçá-la novamente. Sentir seus seios macios pressionados contra meu peito agravou ainda mais o turbilhão dentro de mim. Eu queria tanto que ainda estivéssemos em Atlanta, continuando de onde havíamos parado antes da realidade nos atingir com tudo.

Soltando uma respiração profunda contra seu pescoço, aproveitei o momento para desfrutar da sensação de tê-la em meus braços sem culpa.

— Eu estava louca para te ver — ela disse. — Lamento tanto por tudo isso, Matteo.

— Pare de se desculpar. — Afastei-me para olhar seu rosto. — Você não fez nada de errado, Hazel. Preciso que saiba disso.

— Estava com medo que você pensasse que, de alguma forma, eu sabia quem você era.

— Claro que não. — Suspirei. Após vários segundos de silêncio, puxei-a novamente para meus braços e sussurrei em sua pele. — Eu só quero que você seja feliz, ok? Tem que seguir seu coração. Se ficar com Brady é o que te faz feliz, então...

— Não tenho pensado em mais nada além de você. — Ela se afastou para me olhar nos olhos.

Sua confissão me deixou paralisado. Fiquei sem palavras.

— Eu sei que pode ter parecido que pretendo aceitar Brady de volta, mas a verdade é que não tomei decisão alguma. Só estamos passando tempo juntos, e...

— Você não me deve explicação. Não somos um casal. Somos duas pessoas que se divertiram bastante juntas. Fizemos planos para talvez nos reencontrarmos, mas nada definitivo. Sempre teve a ver com fazer o que parecia ser a coisa certa. Você precisa fazer o que *sente* ser a coisa certa. Se quiser ficar com Brady, então...

— Quando voltei, tudo que aconteceu entre nós parecia ter sido um sonho, Matteo. Então, quando Brady me disse que se arrependia de ter cancelado o casamento, foi como um choque de realidade. Achei que dar uma chance a ele era uma coisa que eu devia a mim mesma, mas, ao mesmo tempo, descobrir quem eu realmente sou e o que quero também é algo que devo a mim mesma. De um jeito ou de outro, em meio a tudo isso, nunca consegui tirar você da cabeça. — Ela estendeu as mãos e segurou as minhas. — E aí, depois que descobri quem você realmente é... tem sido demais para mim.

Apertei suas mãos.

— Tenho me sentido péssimo.

Fitamos um ao outro, até que ela finalmente disse:

— Tenho que te perguntar uma coisa.

— Pergunte qualquer coisa.

— Como não passou pela sua cabeça ao menos uma vez que eu poderia ser a ex de Brady?

Essa era a pergunta que eu estava temendo que ela fizesse. Porque, para dizer a verdade a ela, eu teria que trair a confiança de Brady e admitir que ele tinha mentido para mim.

Como eu poderia revelar o que Brady me contara? Não podia. Eu tinha que formular uma resposta genérica que me daria mais tempo.

— Posso te dizer, honestamente, que isso não me passou pela cabeça sequer uma vez. — Isso era tecnicamente uma afirmação verdadeira.

— Imaginei que não tinha como você saber... só é tão difícil de acreditar que isso aconteceu. — Ela soltou uma respiração. — Me diga o que fez depois que vim embora de Atlanta.

— Fiquei na fossa. Senti sua falta... demais. Meu plano original era vir a Nova York, mas senti vontade de ir para casa por um tempo primeiro. Então, voltei para Seattle, passei o Dia de Ação de Graças com um amigo e também dei uma olhada em meu apartamento e em Bach.

Sua boca curvou-se em um sorriso.

— Bach é o nome do seu gato?

— Sim. — Sorri. — Ele está com uma amiga minha. Ela é professora na mesma escola que eu e se ofereceu para ficar com ele.

— Então, você viu como Bach estava e veio para Nova York. Quais eram os seus planos para depois dessa viagem?

Eu precisava que ela soubesse.

— Quer saber a verdade?

— Sim...

— Nesses próximos meses, eu ia somente matar o tempo até poder ver você de novo. Sinto que agora talvez eu tenha que esperar sentado para sempre. — Coloquei uma mão em sua bochecha. — Não sei onde sua mente está, Hazel. Posso te dizer, sem dúvida alguma, que o meu plano era te encontrar em Nova Orleans e nunca mais deixá-la ir. Mas, nesse momento, não tenho plano algum. Não consigo ver além do dia de hoje.

Ela fechou os olhos suavemente, parecendo atormentada.

— Por quanto tempo você vai ficar em Nova York?

— Eu fico mudando meus planos. Estendi minha estadia no hotel algumas vezes e remarquei meus voos. No momento, meu checkout do hotel e meu voo para casa estão marcados para amanhã.

Uma expressão de pânico formou-se em seu rosto.

— A que horas será o seu voo?

— Por volta das oito da noite.

— Você pode mudar de novo? Por favor? Pode ficar mais um pouco?

Eu não fazia ideia de como responder a isso.

— Brady já sabe que há algo de errado comigo — eu disse a ela. — Ele não para de falar sobre eu ter rejeitado Kimber naquela noite. Ele sabe que estou gostando de alguém. Só não sabe que é de *você*. Não sei por quanto tempo mais consigo continuar fingindo estar bem quando não estou, Hazel.

— Precisamos de um pouco mais de tempo para resolver isso — ela suplicou. — Por favor...

Assenti.

— Talvez eu possa dizer ao Brady que decidi explorar um pouco mais a cidade.

Ela soltou um suspiro de alívio.

— Por favor, faça isso.

Hazel pegou minha mão e me guiou até o fundo branco que ela tinha montado para tirar fotos.

— O que está fazendo?

Ela sorriu.

— Colabore comigo por um minuto, por favor?

Após me situar em um banco no meio do fundo branco e afastar algumas mechas rebeldes do meu cabelo para trás, ela pegou uma câmera em sua mesa. Erguendo-a até o rosto, ela disse:

— Abra um sorriso bem bonito para a câmera.

— Esse não é um pedido fácil.

Ela abaixou a câmera, e seu sorriso brincalhão murchou.

— Eu sei. Mas me dê o que puder, por favor. Quero te mostrar uma coisa.

Fiquei encarando-a, me dando conta de que, mesmo agora, não havia nada que eu não faria por aquela mulher. Tenho quase certeza de que, se ela me mandasse levantar e sair pulando por aí feito um sapo, eu estaria ocupado coaxando no chão. Então, acho que forçar um sorriso não seria tão ruim assim.

Cedendo, abri meu melhor sorriso falso, e Hazel tirou um monte de fotos. Quando terminou, olhou os resultados no visor e imprimiu uma em uma impressora enorme em um canto que parecia mais uma máquina de cópias. Voltando até sua mesa, ela abriu o zíper de uma bolsa de couro que estava no chão, retirou de lá algo parecido com uma pasta e voltou até mim, que ainda estava sentado no banco.

Ela ergueu a foto que tinha acabado de tirar e eu franzi a testa. Meu Deus. *É assim mesmo que estou?* O melhor jeito de descrever minha expressão era dizendo que eu parecia ter acabado de receber a notícia de que meu cachorro tinha sido atropelado e, em seguida, alguém apontou uma arma para minha cabeça e me obrigou a sorrir. Eu estava prestes a fazer um comentário sobre a foto quando ela ergueu a que estava em sua outra mão.

A segunda foto não era do meu rosto, mas eu tinha certeza de que era eu. Não por que eu havia passado horas a fio analisando minha boca e sabia intimamente como eram os meus dentes, mas porque bastou um olhar rápido para aquele sorriso para que eu soubesse *exatamente* o que eu tinha pensado naquele momento. Minha mente visualizara um cenário em que eu estava deitado de costas com ela sentada na minha cara. Sua boceta estava praticamente me sufocando, enquanto meu pau estava fundo em sua garganta. É... eu *definitivamente* me lembrava daquele sorriso. Engolindo em seco, ergui o olhar para ela.

— Isso... — Ela agitou a mão que segurava a foto sessenta e nove. — Eu sinto falta disso, Matteo. Desse lindo sorriso e do homem que o ofereceu para mim tão facilmente e o fazia com tanta frequência. Você não pode ir embora... — Ela ergueu a outra foto. — Não pode ir embora assim.

Nos encaramos por um longo tempo. Por fim, assenti. Eu estava confuso em relação a muitas coisas — como a vida podia ter colocado essa reviravolta em nosso caminho, se eu seria capaz de ser *aquele cara* para Brady. Você sabe qual. Todos temos um desses em nosso círculo de amigos. Ele está sempre mais afastado, mas ainda assim faz parte do grupo. Todos somos amigos dele, mas também não teríamos coragem de deixar nossa namorada que bebeu um pouco além da conta sozinha com ele.

É, esse cara.

Eu não sabia se seria capaz de ser esse cara. Contudo, também não sabia como poderia deixar aquela mulher e nunca mais olhar para trás. Então, eu estava completamente do avesso no momento. Mas sabia que não queria deixá-la ainda. Talvez Hazel e eu não acabássemos em um felizes para sempre. Na verdade, eu tinha quase certeza de que esse não seria o caso. Ainda assim, não podia encerrar a história naquele momento.

Não ainda.

Não daquele jeito.

— Então... podemos passar tempo juntos? — ela perguntou, hesitante.

Passei uma mão pelo cabelo e soltei uma respiração pela boca.

— Sim. Mas precisamos tomar cuidado. Não quero que Brady descubra e ferre tudo para você, se... — Eu simplesmente não conseguia finalizar aquela maldita frase.

Hazel abriu um sorriso triste.

— Até nisso você pensa em mim primeiro. — Ela estendeu a mão e tocou minha bochecha. — É preciso ter um coração especial para ser capaz de fazer isso. Espero que saiba.

Ali estava ela, me dizendo o quanto meu coração era bom, enquanto seu toque simples em meu rosto me fazia querer pressioná-la contra a parede e beijá-la até perdermos o fôlego.

— Acredite em mim. — Me aproximei de sua bochecha e a acariciei com a ponta do nariz. — Meu coração não está pensando no meu amigo nesse momento.

A faísca que sempre existiu entre nós começou a queimar dentro de mim novamente. Olhando nos olhos de Hazel, vi que ela também mudou.

O que significava que eu precisava dar o fora dali. Eu não estava pensando claramente e não queria estragar as coisas, se ia passar mais um tempo por ali.

Peguei sua mão que estava em minha bochecha e a segurei. Apertando, eu disse:

— É melhor eu ir.

Ela assentiu.

— Quando podemos nos ver de novo?

— Vou jogar cartas amanhã à tarde com Brady e um amigo da faculdade enquanto assistimos ao jogo dos Giants.

— Posso te ver depois disso? Segunda-feira terei uma sessão de fotos que vai durar o dia todo, e depois terei uma sessão particular de fotos de maternidade à noite. Não quero esperar até terça-feira. Eu poderia ir até o seu hotel depois que você voltar.

Balancei a cabeça.

— Não acho que seja uma boa ideia. É um quarto de hotel de Nova York. O quarto é basicamente apenas uma cama.

— Tem um bar no saguão? Talvez possamos beber alguma coisa. Ou ir a algum lugar próximo.

— Não quero que você tenha que se deslocar até a cidade à noite.

— Faço isso o tempo todo.

— Talvez. Mas não por minha casa. Eu vou a Connecticut.

— Que tal na minha casa? Posso te mostrar minha parede de sorrisos.

Contanto que nos mantivéssemos somente na sala de estar, imaginei que daria tudo certo. Além disso, eu não queria andar por onde poderíamos encontrar alguém que ela e Brady pudessem conhecer.

— Seria ótimo. — Apontei para a porta com a cabeça. — Te mando uma mensagem amanhã quando sair da cidade.

Olhamos um para o outro desconfortavelmente. Na última vez em que nos despedimos a sós, atacamos um ao outro. Mas não havia nada de errado em um abraço. Amigos se abraçam. Então, dei um passo à frente e puxei-a para meus braços. Hazel me envolveu e me apertou com firmeza, sem querer me soltar.

Finalmente, forcei nossa separação. Afastando-me, assenti uma última vez.

— Tenha uma boa noite, Ma... — Corrigi-me: — Hazel.

Ela abriu um sorriso triste.

— Você também, Mi... Matteo.

CAPÍTULO 20
Matteo

Senti-me um maldito traidor.

— Mas que droga você está fazendo? Memorizando essas porcarias? Quer uma carta ou não?

Pisquei algumas vezes e encontrei Brady olhando para mim.

— Hã?

Ele deu risada e balançou a cabeça.

— Você tem sorte por eu ser um bom amigo, ou sairia daqui com apenas os fiapos do bolso da sua calça. Você geralmente me dá uma surra no pôquer. O que está havendo com você hoje?

Trevor se levantou da mesa. Ele apontou para Brady.

— Quer uma cerveja? — Ele se virou e apontou o dedo na minha direção. — Quer uma cerveja?

Isso me fez sorrir. *Trevor Repeteco.*

— Acho que você já está meio alterado, hein? Acho que você já está meio alterado.

Brady abriu um sorriso sugestivo.

— Ele já bebeu, tipo, umas oito. Ele já bebeu, tipo, umas oito.

Trevor ergueu o dedo do meio para nós.

— *Babacas*. Vou pegar cerveja só para mim.

Eddie, vizinho de Brady e a quarta pessoa do nosso jogo de cartas, se levantou.

— Tenho que ir lá embaixo e colocar a gororoba que minha mulher fez no forno para que ela possa queimá-la quando chegar em casa. Voltarei em cinco minutos.

Brady alongou os braços. Estávamos jogando há algumas horas, já que o primeiro jogo havia começado a uma da tarde.

— Então, o que você acabou fazendo ontem à noite? — ele perguntou.

Aff. Eu teria que começar a anotar minhas mentiras para poder me lembrar de todas.

— Fui a um bar perto do meu hotel e tomei alguns drinques.

Ele tomou um gole de sua garrafa de cerveja, que estava pela metade.

— Saiu para explorar? Você poderia ter levado a Kimber para casa naquela noite, se queria algo casual.

Dei de ombros.

— Não estava a fim.

— É. Ela é uma modelo linda que estava a fim de você, não quer compromisso e mora do outro lado do país. Posso ver por que ela não seria a candidata perfeita para uma noite de sexo casual — ele disse sarcasticamente. — Você já falou com a garota por quem está fisgado?

Merda.

— Hã, sim. Poucas vezes.

— Ela ainda está fazendo você de trouxa?

Balancei a cabeça, sentindo-me na defensiva por Hazel.

— Ela não está me fazendo de trouxa. Ela acabou de terminar um relacionamento e não tem certeza se já superou.

Brady finalizou sua cerveja e a colocou sobre a mesa.

— Ah, superou sim.

Franzi as sobrancelhas.

— Por que diz isso?

— Bom, se ela estiver por aí se apaixonando por outro cara, o que quer que tivesse com o primeiro cara não ia durar, de qualquer forma.

Se ele soubesse...

Brady nunca foi filosófico assim, mas aquilo fazia sentido. Se você está mesmo apaixonado por alguém, o seu coração deveria estar cheio, e não haveria espaço para deixar outra pessoa entrar.

— É, eu acho...

— Você deu uns pegas nessa garota?

Não dava para acreditar que eu estava tendo aquela conversa.

— Não. Não foi assim.

— Então, não é por causa do sexo excelente?

Balancei a cabeça. Eu precisava me desvencilhar daquilo de alguma forma, mudar de assunto. E então, me dei conta de que eu podia virar o jogo. Minha própria curiosidade mórbida queria saber o que havia acontecido com a mulher grega que fez Brady desistir de seu casamento, e essa era a oportunidade perfeita para fazer uma pergunta sobre isso e me tirar do centro da conversa ao mesmo tempo.

— E você? — perguntei. — Acabou de dizer que, se está apaixonado por uma pessoa e se apaixonando por outra, o primeiro relacionamento está condenado. Você não me falou sobre uma mulher... acho que o nome dela era Athena? Isso não significa que você e Hazel estão condenados?

Ele sorriu.

— Isso é diferente.

— Como? Porque estamos falando sobre você e não sobre mim?

— Não. Porque eu nunca me *apaixonei* por Athena. O que aconteceu entre nós foi somente físico. Se você visse como ela é, entenderia.

Trevor voltou da cozinha. Ele passou uma cerveja para cada um de nós, mesmo tendo dito que não faria isso, e retirou a tampa da sua.

— Se visse como quem é?

— Uma deusa grega do meu escritório — Brady respondeu.

Trevor tomou um gole de cerveja.

— Ah, é? Me apresente a ela. — Ele balançou as sobrancelhas. — Minha comida favorita é a grega.

— Você não faz o tipo dela — Brady disse.

Trevor pareceu ofendido.

— Por que não?

Ele abriu um sorriso sugestivo.

— Porque ela curte caras altos, com corte de cabelo e barba impecáveis, sarados e bem-sucedidos. Por isso.

Trevor era baixinho, magricela e tinha uma barba hipster comprida. Ele olhou para mim e apontou na minha direção.

— Então, ele também não faz o tipo dela? Dunc precisa de um corte de cabelo.

Brady deu risada.

— Você não foi à faculdade com a gente? Dunc é o tipo de *toda* garota. Eu só ficava perto dele para recolher as sobras.

Eddie voltou para o apartamento, e eu soube que nossa conversa estava prestes a perder o rumo. Então, fiz um último esforço desesperado. Pegando minha cerveja, retirei a tampa, joguei-a no meio da mesa e apontei a garrafa para Brady.

— Então, me apresente a Athena. Talvez eu goste mais dela do que da Kimber.

Brady pegou as cartas da mesa e começou a embaralhá-las.

— Eu faria isso. Mas você tem aquela regra. Pelo menos, tinha na faculdade.

— Que regra?

— Você não encosta sua caneta onde seus irmãos de fraternidade já assinaram antes.

Era quase nove da noite quando o condutor do trem anunciou que a estação de Maddie era a próxima. Passei a última hora e meia me punindo por estar indo para onde ia logo depois de sair de onde estava. Que tipo de cara passa um dia com um de seus melhores amigos da faculdade, que deveria estar se casando, e, em seguida, sai escondido para a casa de sua noiva à noite? Ou ex-noiva, de qualquer forma.

Um filho da puta. É esse o tipo de cara que faz uma merda dessas. Eu conhecia alguns caras que fizeram coisas assim no decorrer dos anos, e sempre mantive distância, julgando-os por quebrarem o código da amizade. Porém, enquanto eu me punia por isso, também poderia ter descido da porcaria do trem em doze estações diferentes pelo caminho e voltado para o hotel.

Em vez disso, encontrei uma maneira de justificar minhas ações.

Brady a traíra. Ele confessara mais cedo.

Então, ele não *merecia* Hazel.

Ele era o verdadeiro merda da equação.

O que eu fiz foi na inocência.

Na verdade, era completamente culpa *dele*. Se ele não tivesse desistido de seu maldito casamento porque não conseguiu manter o pau dentro das calças, eu não teria viajado para Vail e teria conhecido Hazel quando ela fosse sua esposa.

Maldito Brady. Ele era o verdadeiro motivo por estarmos todos naquele caos.

Não eu.

Essa era a verdade.

Agora... se eu ao menos pudesse *acreditar* nessas merdas que havia passado a última hora e meia dizendo a mim mesmo, talvez me sentisse um pouco melhor.

Suspirei conforme o trem desacelerou e parou na estação. Eu havia mandado mensagem para Hazel quando entrei nele para avisá-la de que estava a caminho. Ela se oferecera para me buscar, mas eu disse que pegaria um táxi e pedi seu endereço, que ela digitou para mim. Então, fiquei surpreso quando as portas se abriram, saí do trem e a primeira coisa que vi foi Hazel parada em frente a um carro estacionado bem na minha linha de visão.

Minha mãe costumava ler livros de romance e deixá-los pela casa abertos na página em que parava. Quando eu era adolescente, os pegava e lia em voz alta enquanto ela fazia o jantar, tirando sarro do que eu interpretava como fantasias de mulheres bobas e exageradas que não existiam na vida real. Mas, aparentemente, toda aquela *bobagem* — palmas suadas e corações batendo descompassados quando você vê a pessoa que ama — não era tão irrealista, afinal.

Limpando as mãos na calça ao andar até Hazel, ouvi meu sangue pulsar nos ouvidos. Ela sorriu, e juro por Deus que, por um instante, não pude ver mais nada além dela. Foi como olhar por um túnel. Eu já sabia como me sentia por ela, mas, porra... eu estava caidinho *mesmo*.

— Oi. — Sorri ao chegar ao carro.

Ela não perdeu tempo e jogou os braços em volta de mim, envolvendo-me em um abraço de urso.

— Passei o dia todo tão tensa pensando que você ia dar para trás.

Apertei-a com a mesma força com que ela me apertava.

— Quase fiz isso um monte de vezes naquele trem. Mas não consegui.

Hazel se afastou e olhou em meus olhos.

— Fico feliz por isso.

Afastei uma mecha de cabelo de seu rosto.

— É, eu também.

Ela respirou fundo.

— Vamos. Estou com uma coisa no forno e, quando saí, não consegui encontrar Abbott para colocá-la na gaiola. Ela gosta de se esconder, às vezes.

Sorri.

— É mesmo. Vou conhecer a coelha Abbott.

— Vai, sim. E, se tiver sorte, deixarei você segurar a coleira quando a levarmos para dar uma volta. Está quase na hora de levá-la para seu passeio da noite antes de dormir.

O caminho até a casa de Hazel durou apenas cerca de dez minutos. Esperei que fosse ser desconfortável, como no outro dia em seu estúdio, mas havíamos passado metade da quantidade do tempo em que nos conhecíamos em um carro, e, de alguma forma, sentar ao lado dela pareceu certo novamente. Quase não senti vontade de sair quando paramos em frente à sua casa.

— É aqui. — Ela apontou para uma pequena casa branca estilo Cape Cod em uma rua cheia de árvores altas. A vizinhança era tranquila, bem-cuidada e me lembrava muito de onde eu morava, na verdade.

— Aqui parece o subúrbio de Seattle.

— É mesmo?

Assenti.

— Sim. Moro em um apartamento, mas as casas e ruas são similares.

— A minha é bem pequena. Mas nunca tivemos mais do que dois quartos nas casas em que moramos quando eu era pequena, então acho que eu me sentiria perdida em uma casa grande.

Eu adorava o fato de ela não precisar de muita ostentação. E ao andarmos em direção à sua porta da frente, isso me fez pensar no quanto ela era diferente de Brady. A família de Brady tinha dinheiro, e se você era amigo dele, sabia disso. Ele não dizia essas coisas de um jeito arrogante, mas dava para ver nas coisas com as quais gastava dinheiro — cem pratas em um gorro de lã só porque tinha uma logo nele, ou o fato de sempre ter o modelo de iPhone mais recente, mesmo que não tivesse nada de errado com seu celular antigo. Também não me surpreendi ao ver que seu apartamento ficava em um prédio com porteiro. O cenário todo era bem a cara *dele*: um cara de terno abrindo a porta conforme ele se aproximava, aço inoxidável lustroso em sua cozinha e mármore no banheiro. Eu não conseguia ver Brady morando em um meio mais discreto como aquele.

Dentro da casa de Hazel, olhei em volta. O primeiro cômodo no qual entramos era a sala de estar, que levava a uma cozinha logo depois. Hazel foi direto até o forno e eu a segui.

— Hummm... o cheiro aqui está incrível. São brownies?

— Aham.

Arregalei os olhos ao entrar na cozinha. As bancadas estavam cheias de guloseimas. Havia um prato com o que pareciam cookies com gotas de chocolate, um prato de *Rice Krispies Treats*, cupcakes com cobertura de baunilha e um bolo inteiro com cobertura de chocolate, sem contar a forma de brownies fresquinhos que Hazel estava retirando do forno.

— Você fez isso tudo?

Hazel colocou a forma de vidro sobre o fogão e mordeu o lábio inferior.

— Sim. Eu... não consigo ficar quieta quando estou nervosa, então pensei em fazer um lanche ou dois para quando você chegasse. — Ela olhou em volta. — Eu meio que me empolguei.

Sorri. Olhando em volta, notei que sua cozinha era bem simples: eletrodomésticos brancos básicos, coisas de lojas populares, nada top de linha como no apartamento de Brady.

— Onde você ia morar depois... — Não consegui finalizar a pergunta.

— Eu ia me mudar para o apartamento de Brady em Nova York.

Não vi um pingo de decepção em seu rosto por aquilo não ter acontecido.

— É onde você quer morar? Em Nova York?

Ela deu de ombros.

— Não sou exatamente uma garota da cidade. É engraçado, até. Adoro uma aventura, mas quero que o meu lar seja meu lugar calmo. Não acho que a cidade que nunca dorme seja muito tranquila.

Inclinei a cabeça para o lado.

— Então, por que teria concordado em se mudar, se não queria morar em Manhattan?

Ela retirou suas luvas de forno e suspirou.

— Não sei. Foi um consenso, eu acho.

Meu lábio se retorceu.

— Você sabe que um consenso é quando uma pessoa cede um pouco e a outra pessoa cede um pouco, não é?

Estreitando os olhos para mim, ela estendeu a mão e pegou o prato que continha o bolo. Ela o equilibrou em uma mão.

MINHA LEMBRANÇA FAVORITA 273

— Hummm... estou com vontade de tacar esse bolo na sua cara. Devemos entrar em um consenso quanto a isso? Talvez você prefira um cupcake, *espertinho*.

Ergui as mãos como se estivesse me rendendo e ela riu, colocando o bolo de volta na bancada. Mas, no instante em que o pousou, peguei um pedaço enorme e o ergui, como se fosse esfregar em seu rosto.

Os olhos dela cintilaram.

— Você quer começar uma guerra de bolo, hein? — Me aproximei mais um pouco, deixando algumas migalhas caírem no chão. — Estou pronto agora.

Ela deu um passo para trás, rindo.

— Você não faria isso.

Ergui uma sobrancelha e avancei mais um passo.

— Tem certeza?

Hazel deu outro passo para trás e, dessa vez, esbarrou na bancada atrás de si. Ela estava encurralada.

— Eu fiz todos esses lanches deliciosos para você e é assim que me agradece? Com bolo na cara?

Fechei o espaço entre nós e apoiei a mão livre na bancada atrás dela. Bloqueando-a quase por completo, deixei o pedaço de bolo a poucos centímetros de seu rosto.

— Foi você que começou.

— Está bem! Está bem! — Ela gargalhou. — Não vou esfregar bolo na sua cara, e você não vai esfregar essa bagunça aí na minha.

Abri um sorriso de orelha a orelha.

— Bem, olhe só isso. Agora ela sabe como entrar em um consenso. — Levei o bolo até minha boca e dei uma grande mordida. — Hummm... está muito bom. Tem certeza de que não quer um pouco na sua cara?

Eu estava brincando, mas o bolo estava mesmo delicioso. Lambi os lábios para limpar os pedacinhos que escaparam e, quando ergui o olhar, encontrei os olhos de Hazel focados em minha boca, observando atentamente. Ela parecia estar faminta, mas não pelo bolo. Fiquei hipnotizado, olhando-a me olhar — o jeito como suas pupilas dilataram e o azul de suas íris escureceu bem diante de mim. Eventualmente, ela olhou para cima, e nossos olhares se prenderam.

Aquele momento era tão perfeito para tomá-la em meus braços e beijá-la. E eu queria tanto fazer isso. Mas eu tinha acabado de chegar. Estávamos sozinhos. E embora eu tivesse passado somente por sua sala de estar e chegado à cozinha, já havia contado cinquenta superfícies diferentes sobre as quais queria fodê-la. Então, não ia tentar sequer um beijo. No entanto, Hazel parecia ter outras ideias.

Parei de respirar quando ela ficou nas pontas dos pés e se inclinou para mim. Seu rosto estava tão perto que pude sentir seu hálito quente fazendo cócegas em meus lábios. Meu coração acelerou descontrolado quando seus olhos se fecharam, presumindo que ela estava se preparando para tomar a iniciativa. Mas então, de repente, logo antes de nossos narizes se encostarem, ela desviou para a direita, levando sua boca até o pedaço de bolo que estava na minha mão. Ela abriu bem seus lábios exuberantes e colocou quatro dos meus dedos em sua boca de uma vez.

Oh, merda.

Hazel estava com um brilho perverso em seus olhos ao olhar para mim por baixo dos cílios cheios. Confirmando que tinha minha total atenção, ela chupou meus dedos mais profundamente, indo até os nós antes de se afastar para lamber lentamente todo o bolo.

Puta que pariu.

Foi a coisa mais erótica que eu vira em muito tempo. Minha calça jeans ficou apertada enquanto ela terminava de me limpar, soltando meus dedos com um estalo alto.

Vendo meu rosto, ela sorriu como a diabinha que era.

— Esse foi um bom consenso, não foi? — Ela inclinou a cabeça para o lado timidamente.

Fechei os olhos e balancei a cabeça, grunhindo.

— Lembre-me de nunca negociar nada com você. Onde fica o banheiro? Preciso de um minuto.

Eu não estava brincando. Precisava de um banheiro, porque a situação na minha calça não ia melhorar sozinha.

Ela deu risada.

— No fim do corredor à direita.

— Volto já — eu disse.

Ela sorriu, parecendo entender por que eu precisava ir tão rápido.

— Ok. Vou procurar Abbott.

Minha ereção crescente e eu fomos para o banheiro, ainda pensando na sensação dos meus dedos na boca dela. *Aquilo foi demais para aguentar.* Ele fez com que ficasse fácil demais imaginar qual seria a sensação daquela boca chupando o meu pau.

Na verdade, eu só levaria uns dois segundos para me aliviar. Entretanto, achava que nada funcionaria para me acalmar de verdade naquela noite. Minha atração sexual por Hazel estava fora do normal, totalmente descontrolada. Não sei como pensei que ir ali seria uma boa ideia quando, aparentemente, eu não conseguia controlar o meu pau e não podia confiar em mim mesmo. E também não dava para confiar nela; aquela chupada em meus dedos quase acabou comigo.

Trancando a porta após entrar, fui até a pia e joguei um pouco de água fria no rosto.

Então, uma coisa surgiu do nada, pousando bem em cima da pia.

Que porra era aquela?

Pulei para trás.

Que. Susto. Do. Caralho.

Com orelhas longas e molengas, a criaturinha olhou para mim. Quando percebi, seus dois olhinhos estavam me examinando minuciosamente... me julgando pelo volume em minha calça.

A coelha Abbott.

Aquele não era um momento oportuno para conhecê-la.

— Puta merda. Você me deu um baita susto, pequenina.

Respirei fundo algumas vezes e lavei as mãos, notando o tempo todo que ela estava me observando.

É. Que bom que eu não havia decidido bater uma rapidinho, ou teria plateia.

— Vamos apenas esquecer o que estava rolando aqui, ok?

Do nada, ela fez um barulho que parecia um rosnado. Eu nem sabia que coelhos rosnavam assim.

Estendendo as mãos, peguei-a com cuidado em meus braços. Ela fez o mesmo barulho novamente, mas parecia estar tolerando o contato.

Quando voltei do banheiro, Hazel me viu segurando-a.

— Oh, meu Deus. — Ela veio com pressa até nós. — Você encontrou a Abbott! Eu a procurei em toda parte.

— É, em toda parte, menos no banheiro. Essa danadinha me deu um puta susto. Pulou da banheira para a pia.

— Ela costuma fazer coisas desse tipo. Eu sempre a encontro nos lugares mais bizarros.

A coelha ronronou, parecendo ter se acostumado a estar em meus braços.

— Ela gosta de você. — Hazel sorriu. — A mamãe dela também. —

Suas bochechas ficaram vermelhas ao erguer o olhar para mim.

Ah, Hazel. Todas as coisas que eu faria com você esta noite, se pudesse. Eu queria tanto devorar sua boca agora mesmo. Meus olhos desceram para seu pescoço, e desejei poder morder a pele dali.

Talvez fosse uma boa ideia sairmos um pouco.

— Você não disse que precisava levá-la para um passeio?

— Sim. Está na hora. Vou pegar a coleira.

Dei risada sozinho conforme ela se afastou. Isso ia ser interessante.

Quando ela retornou, curvei-me e libertei a coelha no chão, observando Hazel ajustar a coleira em torno dela. Pegamos nossos casacos e saímos para um passeio rápido pela vizinhança.

Estava escuro, exceto pela luz vindo das casas das pessoas. Abbott andava a alguns centímetros à nossa frente.

— Então, ninguém pergunta por que você passeia com um coelho?

— Ah, eu recebo alguns olhares, acredite. Só não ligo.

— Adoro o fato de você não ligar. Foda-se se as pessoas têm algum problema com isso.

Hazel desacelerou o passo e arqueou o pescoço para olhar dentro de uma das casas.

— O que tem de tão interessante ali? — indaguei.

— Ah, nada. Uma das coisas que mais gosto de fazer é dar uma volta à noite e olhar dentro das casas das pessoas — ela explicou. — Quando está escuro e as pessoas acendem as luzes, dá para realmente ver lá dentro. Acho tão interessante ver as pessoas em meio às suas rotinas diárias sem que elas saibam, seja um homem lendo um livro em um canto da sala, ou uma família sentada à mesa para o jantar. É a vida real, sem filtro, sabe?

— Acho que existe um nome para isso.

— É mesmo?

Bati meu ombro no seu de maneira brincalhona.

— Chama-se voyeurismo.

— Engraçadinho. — Ela deu risada.

— Então, isso de... espiar dentro das casas das pessoas enquanto passeia com Abbott na coleira é basicamente a sua rotina noturna?

— Sim. Abbott gosta de ar fresco, e também é tranquilizante para mim. Bem, exceto pela vez em que um cachorro tentou atacá-la. Você já ouviu um coelho gritar?

— Não mesmo.

— Eles não fazem isso com frequência, mas soa como uma criança gritando. Foi um choque ouvir aquele barulho saindo dela. Dizem que coelhos gritam quando se sentem verdadeiramente ameaçados.

Eu me identificava com aquilo. Assim que ela disse aquelas palavras — *se sentem ameaçados* —, lembrei-me de como eu me sentia em relação a perder Hazel para Brady. Talvez eu me sentisse melhor se gritasse no meio da noite como um coelho assustado para desabafar minhas frustrações.

Inspirei um pouco do ar frio da noite. A caminhada foi boa para nós. Quanto menos tempo passássemos sozinhos em sua casa juntos, melhor.

Enquanto Hazel e eu continuávamos andando, senti como se seu hábito tivesse passado para mim. Passei a também espiar dentro da casa das pessoas. Flagramos um casal discutindo bastante exaltado e assistimos ao noticiário na televisão de outra pessoa por uns dois minutos.

— Obrigada novamente por concordar em ficar na cidade por mais um tempinho — Hazel disse.

Baixei o olhar para meus sapatos conforme andava.

— Ir embora tão rápido não me parecia muito certo, mesmo que eu não tenha muita certeza de que voltarei para casa mais resolvido do que estaria se tivesse ido antes. Isso parece... uma situação impossível. E, nesse momento, o tempo não parece estar consertando nada.

Foi mais do que eu deveria ter compartilhado durante o que deveria ser um passeio casual. Sem saber como ela realmente se sentia em relação a Brady, o futuro era um borrão para mim. Eu não sabia o que aconteceria conosco, ou com minha amizade com ele, aliás. Eu sequer sabia se voltaria a vê-la depois que voltasse para casa. Eu tinha que confiar que havia entrado naquela situação por uma razão, e o que estivesse destinado a acontecer, aconteceria.

Voltei atrás.

— Quer saber? Eu não deveria ter tocado nesse assunto. Vamos apenas curtir a companhia um do outro esta noite.

Ela estendeu a mão para mim, entrelaçando seus dedos aos meus, e fizemos o restante do passeio de mãos dadas.

CAPÍTULO 21

Hazel

Assim que voltamos para casa, o clima ficou mais alegre enquanto Matteo e eu estávamos na cozinha, acabando com alguns dos doces que eu havia feito. Parte de mim queria mergulhar os dedos dele na cobertura para poder chupá-los novamente. Mas me contive. A *vibe* mais relaxada enquanto comíamos era quase parecida com a dos nossos dias como Milo e Maddie Hooker.

Um sentimento nostálgico tomou conta de mim. As coisas eram tão mais simples naquele tempo, uma questão de apenas algumas semanas antes. Percebendo que estava ficando emotiva, expulsei o pensamento da minha mente.

— Acabei não te levando para conhecer a casa por completo. Venha, vou te mostrar tudo.

Ele pareceu hesitante, mas se levantou mesmo assim. Eu sabia por quê. Porque eu conhecia Matteo. Nós sempre nos esforçávamos muito para não ficar em um quarto sozinhos. Era quase cômico o quanto éramos cuidadosos com isso. Mas quer saber? Eu tinha muito orgulho da minha casa e queria que ele visse cada cômodo.

Começamos com a parede na qual estavam pendurados meus sessenta e oito retratos de sorrisos.

— Uau. — Ele parou diante dela e sorriu, maravilhado com as fotos em preto e branco. — A famosa parede dos sorrisos.

— Sim.

Fiquei observando sua expressão conforme ele analisava todas as imagens. Ele apontou para uma.

— Quem era esse?

— Era um homem olhando sua namorada se aproximando dele no aeroporto. Ele estava muito feliz em vê-la, como você pode perceber.

Ele passou para outra foto e eu o acompanhei de perto.

— E esse?

— Era uma avó vendo a neta andar de patins no parque.

— Todos são sorrisos genuínos.

— Aham. Isso é crucial. Você viu a diferença quando te mostrei seus sorrisos.

— É surreal estar aqui, vendo isso pessoalmente. Quando você descreveu essa parede para mim, formei uma imagem na cabeça, mas nunca imaginei que chegaria a realmente vê-la.

— É muito louco, não é? Você estar aqui.

Ele contemplou a parede e, após um longo momento, disse:

— Eu não me arrependo, Hazel. — Ele se virou para mim. — Mesmo com tudo que sabemos. Não me arrependo de sequer um minuto.

— Parece loucura dizer isso, mas eu também não.

— Não importa o que aconteça, eu sempre serei uma pessoa melhor por ter te conhecido e por ter passado tempo com você.

Por que suas palavras soavam definitivas?

Com uma sensação inquieta em meu peito, segurei seu rosto entre as mãos e fiquei nas pontas dos pés, dando um beijo delicado em sua testa.

Após passarmos vários segundos olhando nos olhos um do outro, ele virou sua atenção novamente para as fotos na parede.

Aproximando-se, disse:

— É essa, não é? A que você disse ser sua favorita. A garotinha.

— Sim. É essa.

Seus olhos queimaram nos meus.

— Você extrai tanta alegria da felicidade dos outros. — Ele se aproximou de mim e segurou meu rosto entre as mãos. — Você está feliz, Hazel? É tudo que preciso saber. E não tem que me responder agora. Apenas pense e me diga quando souber. Porque se estiver feliz com Brady, é tudo que preciso ouvir. Mas, se não estiver, não deveria se conformar com qualquer coisa menos do que felicidade total.

Eu estava mais feliz do que jamais estivera quando estava viajando de carro com ele; disso, eu sabia com certeza. E precisava encontrar uma maneira de manter aquele sentimento na minha vida. Mas, se eu admitisse agora, me faria parecer insensível em relação a Brady? As palavras de Matteo despertaram uma série de perguntas que estavam bombardeando minha mente. Eu achei que amava Brady. Mas ele ter cancelado o casamento me deixou com sérios problemas de confiança. Também achei que gostava muito de Matteo. Mas quanto eu sabia sobre ele, sobre como a vida seria com ele?

Brady era seguro. Brady me amava — pelo menos, era o que ele dizia. Mas Matteo poderia me amar com essa nuvem escura pairando sobre nós? E eu seria capaz de magoar Brady de uma maneira tão profunda, deixando-o por seu amigo? Matteo trairia Brady assim, só para ficar comigo? Havia muitas coisas incertas que não seriam resolvidas antes que Matteo tivesse que ir embora.

— Há tantas coisas das quais não tenho certeza nesse momento, Matteo. Mas a maneira como me sinto quando estou com você não é uma delas.

Ele ergueu seu dedo indicador e tracejou meus lábios. Isso me deixou em chamas por dentro. Fechei os olhos, deleitando-me em seu toque, a ponto de ficar difícil de respirar. Podia sentir sua respiração rápida em minhas bochechas. Eu o queria. Isso era inegável. Meus mamilos enrijeceram. Naquele momento, eu sabia que desistiria de mostrar a ele meu quarto, porque não podia confiar em mim mesma.

Aparentemente, ele sabia exatamente onde minha mente estava.

— Você tem máscara facial? — perguntou.

Na manhã seguinte, eu ainda podia sentir o cheiro da colônia de Matteo na minha casa. Parecia estar por todo o sofá, onde ele havia sentado na noite anterior. Eu não queria que ele fosse embora, mas, no fim das contas, nós dois concordamos que seria melhor ele pegar um trem tarde da noite. Que escolha tínhamos? Nós sabíamos que as chances de cometermos algum deslize seriam enormes se ele passasse a noite. E a impressão que eu tinha era de que o relógio estava correndo, porque o voo que ele havia remarcado sairia de Nova York em alguns dias. Sua licença estava quase acabando, e ele tinha que voltar para o trabalho de professor após o recesso de Natal.

Não fazia ideia de como conseguiria me despedir de Matteo, ou como lidaria com a situação com Brady. Mas, assim que Matteo voltasse para Seattle, eu precisava tomar decisões bem sérias em relação a como eu queria que o meu futuro fosse.

Naquela tarde, fiz uma visita a Felicity. Eu não a via desde antes de Matteo chegar, então ela não sabia nada sobre sua conexão com Brady. A ideia de explicar tudo a ela era intimidante, por isso adiei tanto.

Ela estava quase totalmente recuperada do acidente e já estava andando para lá e para cá, limpando a cozinha enquanto eu estava sentada à sua mesa com os pés apoiados em outra cadeira.

Embora soubesse que ela tinha escolhido um lado — Time Brady —, eu precisava conversar com alguém sobre a situação. E sabia que podia confiar em Felicity.

Ela me olhou de cima a baixo.

— Você parece ter perdido peso.

— É... tenho passado bastante estresse nos últimos dias.

— Por quê? Aconteceu alguma coisa com Brady?

— Indiretamente, mas sim.

Contei a ela toda a história sobre Milo ser Duncan. Ela teve que parar o que estava fazendo e se sentar de frente para mim.

— Está brincando? Me diga que está brincando.

— Infelizmente, não estou.

Ela ficou em silêncio, ponderando por um bom tempo.

— Meio que faz sentido o fato de ele estar em Vail naquele tempo, se você pensar bem. Que loucura ele não ter deduzido quem era você.

— Bom, nós não dissemos nossos nomes verdadeiros um ao outro, lembra?

— Verdade. Mas ainda assim. — Ela balançou a cabeça. — Você vai contar ao Brady, em algum momento?

— Sinceramente, não sei o que é melhor. Sei que você está torcendo para que eu volte com ele, mas não tenho mais certeza.

Em seguida, contei sobre meu tempo com Matteo na noite anterior e o quanto eu me sentia conectada a ele.

Ela abriu um sorriso cético.

— Nada aconteceu?

— Não. Levamos Abbott para um passeio. Depois, ele voltou para minha casa e apenas desfrutamos da companhia um do outro. Acabamos colocando o filme mais engraçado que conseguimos encontrar e assistimos sentados em extremidades opostas do sofá, intencionalmente.

Eu não precisava contar a ela os momentos em que quase cometemos deslizes ou o fato de que eu havia chupado os dedos de Matteo. Eu tinha quase certeza de que Felicity já enxergava isso como uma traição a Brady. Mas eu não. Tanto Matteo quanto eu éramos vítimas de um azar e uma má sincronia que nos colocaram nessa situação.

— Coitado do Brady. Se ele descobrir isso... Deus, nem posso imaginar.

Apoiei a cabeça nas mãos.

— Ninguém quis magoar ninguém.

— Quanto mais penso nisso, mais sinto que você não deveria contar ao Brady. Ele nunca mais vai te olhar da mesma forma, e isso só vai magoá-lo.

— Eu ainda não decidi. Boa parte disso depende de como Matteo se sente. A amizade deles também está na reta e, independentemente de qualquer coisa, essa é uma decisão que Matteo e eu teremos que tomar juntos.

— Você faz soar como se fossem um casal ou algo assim. Não se precipite. Ele foi o caso passageiro que você teve na sua viagem de carro. Precisa fazer o que *você* sentir que é melhor para você e Brady, sem outra pessoa guiando suas decisões.

Mais uma vez, me arrependi de me abrir para ela. Ela nunca veria os dois lados.

— Você tem uma foto desse cara? — ela perguntou.

Abri a galeria do meu celular e rolei até uma foto de Milo e Maddie Hooker tirada na Bourbon Street. Para ser sincera, fiquei surpresa por ela ter demorado a pedir para ver uma foto.

— Ok, posso ver por que você está gamada. Ele parece ter saído de um filme. Adorei a cabeleira também. Uau. E esses lábios.

— Mas ele é muito mais que isso, Felicity. Você não faz ideia. Eu sei que você apoia totalmente que eu volte com Brady, mas...

— Ele é uma fantasia, claro — ela me interrompeu. — Mas eu estaria disposta a apostar que se você passasse ao menos uma semana com ele em... é em Seattle que ele mora?

— Sim. Seattle.

— Aposto que descobriria que as coisas são muito diferentes no mundo real.

— Talvez. Mas nós passamos muito tempo juntos durante a viagem. Sinto que o conheço o suficiente para confiar nele.

— Não importa. Você estava de férias. Não estava se preocupando com finanças, seu trabalho, ou qualquer outra coisa. Estava apenas vivendo o momento. Mas esse tipo de coisa não dura para sempre.

Apesar de ela tentar me convencer de que o que eu tinha com Matteo não era real, recusei-me a acreditar.

— O problema é o seguinte, Felicity. Eu não consigo parar de pensar nele. Diga o que quiser sobre o que parece certo ou errado, mas, desde o momento em que o conheci, não pensei em praticamente mais nada, tanto antes quanto depois de descobrir quem ele realmente era.

Ela suspirou.

— Bom, a questão é que... seria arriscado demais presumir que as coisas dariam certo. Você nunca passou um dia com ele quando não estava de férias ou escondendo algo do seu noivo.

— Ex-noivo.

— Ok, mas como você pode saber como é realmente estar com Matteo?

Refleti sobre aquilo. Ela tinha um ponto.

— Tem razão. Não sei como o dia a dia seria para nós. Nem sei onde moraríamos. Ele mora em Seattle, e a minha vida está toda aqui. Nada disso faz sentido e, ainda assim... — Minhas palavras se perderam.

— Ainda assim, você não consegue parar de pensar nele.

— Não. Não consigo. E isso não é justo com Brady. Então, tenho que refletir bastante depois que Matteo for embora.

— Quando ele vai?

— Em alguns dias. Ele tirou uma licença no trabalho de professor, mas deve retornar depois das festas de fim de ano. Então, ele precisa voltar.

— Bem, talvez, depois que ele for embora, você comece a esquecê-lo, de pouquinho em pouquinho. Você poderá, então, focar em Brady e cair em si.

Eu não queria esquecer Matteo. Cada conselho que Felicity me deu me fazia querer o cenário oposto. Ela estava lenta e despropositadamente me mostrando aquilo pelo que meu coração gritava.

E isso me assustava. Porque, independentemente de como tudo isso terminasse, alguém ia sair magoado.

Duas noites depois, eu estava começando a surtar, porque não via Matteo desde a noite em que ele viera à minha casa. Entre o trabalho e a proximidade de Brady, coordenar um encontro não estava dando certo.

E, naquela noite, era aniversário de Brady, então eu não tinha escolha a não ser passá-lo com ele.

Quando recebi uma mensagem de Matteo, meu coração acelerou um pouco.

> Matteo: Oi. Brady queria que eu me juntasse a vocês para o jantar de aniversário dele hoje à noite, mas eu disse que fiquei gripado. Só queria que você soubesse que não estou doente. Não queria que se preocupasse. É só que... não dá.

Aquilo me partiu o coração.

> Hazel: *Eu entendo. Perfeitamente.*
>
> Matteo: Isso de fingir é difícil demais. Não consigo mais olhá-lo nos olhos.
>
> Hazel: *Está ficando cada vez mais difícil para mim também.*
>
> Matteo: Vou sentir sua falta, Hazel.

Senti o pânico se instalar. Ele quis dizer para sempre? Ou estava se referindo ao fato de que iria embora em breve?

> Hazel: *O seu voo será amanhã à noite. Quando vou te ver?*
>
> Matteo: Você pode vir à cidade durante o dia? Tenho medo de não conseguir voltar a tempo de pegar o voo, se for até você.
>
> Hazel: *Sim. Eu estava planejando fazer isso, mas queria me certificar de que você queria que eu fosse.*
>
> Matteo: Claro que quero.
>
> Hazel: *Ok. Então, acho que te vejo amanhã, certo? Te encontro no seu hotel?*

Matteo: Sim. Me mande mensagem quando chegar, para que eu possa descer.

Hazel: Ok.

Matteo: Divirta-se hoje à noite.

CAPÍTULO 22

Hazel

— Oi. — Brady sorriu e se aproximou para beijar minha bochecha. — Você está linda.

Ainda bem que como eu me sentia não estava exposto por fora, porque, do contrário, ele diria *"Você parece completamente arrasada"*.

— Obrigada — eu disse.

— Esse vestido é novo?

Assenti e olhei para baixo.

— Eu o comprei para a nossa lua de mel, na verdade.

Brady franziu a testa.

— Entre.

O metrô em que vim havia atrasado, e eu sabia que a reserva no restaurante era para as sete e meia.

— Não é melhor irmos? Já está um pouco tarde.

Brady abriu mais a porta e deu um passo para o lado.

— Você não está nem um pouco atrasada. A Casa Oppenheimer está pronta para você.

Do corredor, espiei dentro do apartamento. As luzes estavam baixas, e a mesa da sala de jantar estava posta para dois. Velas tremeluziam no

MINHA LEMBRANÇA FAVORITA 291

centro da mesa, e um buquê de flores enorme estava sobre o prato diante da cadeira onde eu normalmente me sentava.

— Achei que íamos sair.

— Mudança de planos. Eu contratei um chef para vir e fazer o seu jantar favorito, em vez disso. Você disse que teve um longo dia hoje, então imaginei que gostaria mais disso do que de sair.

Em outro momento, eu teria gostado. Mas a ideia de um jantar romântico sozinha com Brady não era algo que me deixava à vontade. Eu teria dado qualquer coisa para que ele fizesse um gesto tão romântico *antes*. E, ainda assim, naquele momento, eu não queria sequer colocar o pé dentro do seu apartamento.

Brady sentiu minha hesitação, mas, por sorte, interpretou como surpresa. Ele sorriu e segurou minha mão.

— Eu sei. Não é muito do meu feitio. Mas você disse que poderíamos ir a qualquer lugar que eu quisesse para comemorar o meu aniversário. E, sinceramente, o único lugar onde quero estar agora é aqui com você. — Ele apertou minha mão. — Não quero dividi-la com mais ninguém.

Ele deu um puxão suave em minha mão, e não tive escolha a não ser entrar. Quando a porta da frente se fechou, uma sensação horrível e assustadora me invadiu. Por mais ferrado que soasse, parecia errado estar em um cenário tão romântico com Brady. Eu sabia, em meu coração, que Matteo ficaria devastado se descobrisse. Eu não queria magoar nenhum deles.

Brady ficou atrás de mim e me ajudou a retirar meu casaco.

— Obrigada.

Após pendurá-lo, ele puxou uma cadeira para mim na mesa de jantar.

— Venha. Sente-se. Temos entrada, prato principal e sobremesa.

Sentei-me enquanto Brady foi à cozinha. Mesmo que eu pudesse vê-lo girando o saca-rolhas em uma garrafa de vinho, ainda me sobressaltei quando ouvi o estalo alto. Aquela rolha nem se comparava ao quão tensa eu estava.

Brady serviu uma taça de Chardonnay para cada um de nós e trouxe uma bandeja de aperitivos. Era uma grande variedade de todos os meus favoritos.

— Tem certeza de que não é meu aniversário? — Dei uma risada nervosa. — É você que está me servindo e essas são as minhas comidas favoritas, não as suas.

Ele sorriu e sentou-se do outro lado da mesa, de frente para mim.

— Minha comida favorita é o que quer que faça você sorrir.

Onde esse Brady esteve nos últimos anos?

— Isso é muito meigo.

Começamos a comer os aperitivos, e bebi o vinho bem rápido. Meus nervos estavam em frangalhos.

— Então... — Brady pousou seu garfo e limpou a boca. — Estive pensando sobre esse apartamento.

— Ah, é? O quê?

— Bem, meu contrato de aluguel vence em dois meses, e acho que não vou renová-lo.

— Sério? Estou surpresa. Você adora esse apartamento. Quer ficar mais perto do seu escritório, ou algo assim?

Brady estendeu a mão e pegou a minha.

— Quero ficar mais perto de você.

— Brady, eu...

Ele apertou minha mão.

— Deixe-me terminar. Eu sei que não está pronta para vir morar comigo... ainda. E tínhamos planejado morar aqui depois do nosso casamento. Mas seu trabalho é em Connecticut. Você tem que arrastar equipamentos e outras coisas para toda parte, coisa que não seria fácil de fazer em trens. Faria mais sentido se eu pegasse uma condução longa para o trabalho.

Uau. Ele estava *mesmo* se esforçando.

— Além disso, eu gostaria de poder te ver mais do que somente aos fins de semana. Então, se eu morar mais perto de você, podemos passar mais tempo juntos. — Ele lançou uma piscadela. — Talvez isso possa até acelerar o processo de conseguir reconquistar você.

Eu não queria que ele desenraizasse sua vida por mim, já que, a cada dia, ficava mais claro que as coisas podiam não dar certo entre nós.

— Onde você moraria?

— Tenho certeza de que poderia conseguir um apartamento em algum lugar perto de você. — Ele abriu um sorriso acanhado. — A menos que você quisesse um colega de casa, quem sabe?

Diante da minha expressão, Brady deu risada.

— Ok, então você não está pronta para morarmos na mesma casa ainda. Eu entendo. Posso começar a procurar um lugar para mim... a menos que não me queira no mesmo estado que você.

Balancei a cabeça.

— Não é isso. É só que é demais. É uma mudança muito grande. Você pode me dar um tempo para pensar?

Ele assentiu e tentou fingir que eu não o tinha magoado, embora estivesse claro que sim.

— Com certeza.

Conseguimos jantar sem mais contratempos. Mas a pressão que eu sentia era enorme. Brady queria mudar sua vida por mim. Não era justo deixá-lo fazer isso se as coisas entre nós acabariam. Então, mesmo que tenhamos conversado tranquilamente e até mesmo dado risadas juntos algumas vezes, nossa situação estava pesando muito em meus ombros.

Após uma refeição deliciosa, retiramos a mesa e limpamos tudo juntos. Brady lavou os pratos e eu os sequei. Devia ser a primeira vez que eu o via usando uma esponja. Em determinado momento, eu estava na sala de jantar, limpando a bancada que separava a cozinha do outro cômodo, e Brady estava do outro lado, envolvendo uma bandeja de comida em papel-alumínio.

Peguei-me encarando-o. *Eu poderia ficar com ele novamente?*

Eu ainda o amava?

Se não amava, será que o amei, um dia?

É possível deixar de amar alguém em apenas alguns meses?

Lembrei-me do dia em que o conheci. Eu estava tirando fotos em um show do Coldplay. Uma das minhas tarefas era tirar fotos da plateia. Geralmente, eu encontrava uma garota com os braços para cima, sentada nos ombros de um cara, ou um grupo de pessoas dançando descontroladas em uma roda punk — coisas que capturavam a essência do show. Mas, naquele dia, quando eu estava escaneando a plateia com minha lente, parei em um cara gatinho olhando diretamente para mim. Ele sorriu e acenou. Tirei algumas fotos, porque ele era um colírio para os olhos, e retribuí o sorriso. Mas o show estava terminando, então, alguns minutos depois, fui para os bastidores. Eu tinha me esquecido do cara bonito quando finalmente terminei meu trabalho da noite. Após o show, fiquei para passar um tempo com a banda e tirar algumas fotos espontâneas enquanto eles comemoravam. O estacionamento já estava praticamente vazio quando saí perto das duas da manhã.

Exceto por Brady. Ali estava ele, de pé na entrada, esperando.

Acabamos indo a uma lanchonete ali perto e conversamos até o sol nascer. Quando perguntei como ele sabia que eu ainda estava lá, já que havia esperado por tantas horas, ele deu de ombros e disse que não sabia.

Mas estava disposto a esperar o tempo que fosse preciso para ver se havia a chance de me ver novamente.

Perdida em meu próprio mundo, me lembrando dos velhos tempos, nem tinha percebido que ainda estava encarando-o, até que Brady sorriu.

— No que você está pensando aí?

— Nada.

— Ah, qual é. Eu te conheço. Você estava em outro lugar.

Balancei a cabeça.

— Só estava pensando na noite em que nos conhecemos.

Brady sorriu e jogou o pano de prato sobre a bancada da cozinha.

— Melhor noite da minha vida.

— Você esperou muito tempo por mim.

Ele apagou a luz da cozinha e deu a volta na bancada, vindo para o meu lado. As velas eram a única iluminação agora. Brady segurou minhas bochechas.

— Vale a pena esperar por você, Hazel.

Meu coração inchou. Brady era um cara muito doce.

— Obrigada pelo jantar agradável.

Ele se inclinou, baixando a cabeça, como se estivesse prestes a me beijar.

Espalmei as mãos em seu peito, impedindo-o.

— Brady, não.

— Ah, vamos lá, querida. Só um beijo. Pelo meu aniversário.

Eu não queria ser uma cretina, mas também não me sentia bem com a ideia de beijá-lo. Então, quando ele se inclinou novamente — dessa vez, ignorando meu empurrão em seu peito — e seus lábios cobriram os meus, virei o rosto para o lado.

— Brady, pare! — Empurrei-o com mais força.

Ele cambaleou para trás e ergueu as mãos no ar, mostrando-me suas palmas.

— Que porra é essa, Hazel?

— Eu te disse para não me beijar.

Seu rosto se contorceu em raiva.

— Bem, então pare de ficar me enviando sinais confusos, porra. Você fica me encarando e pensando no dia em que nos conhecemos, mas eu não posso beijar minha namorada de quatro anos na droga do meu aniversário?

— Não sou sua namorada.

— Seja lá do que você queira que eu te chame, então. Que tal amigos sem benefícios? Assim é melhor? Ou será que devo ser mais específico? Mulher com quem me encontro para jantar, mas não posso chupar?

Baixei o olhar.

— É melhor eu ir.

Brady entrou na minha frente.

— Não, me diga. Eu quero saber. O que nós somos, Hazel? Porque não estou mesmo entendendo o que estamos fazendo. De alguma forma, você acha que podemos ser apenas amigos. Mas, quer saber? Nós nunca fomos amigos. Sou apaixonado por você desde a primeira vez que te vi, e não sei como ser qualquer outra coisa.

Respirei fundo.

— Acho que precisamos de um tempo de verdade, Brady.

Ele deu uma risada maníaca.

— Um tempo? É isso que vamos fazer agora? Está dizendo que tem como fazermos ainda menos do que não nos beijarmos?

Balancei a cabeça.

— Precisamos nos afastar de verdade, Brady. Passar um tempo sem nos vermos, sem contato algum.

— Ótimo. Então, você quer que eu foda outras pessoas?

Senti como se alguém tivesse cortado meu coração.

— Se é isso que você precisa fazer.

Brady esfregou a nuca e balançou a cabeça.

— Era só um beijo. Só um maldito de beijo de aniversário.

— Eu sinto muito, Brady.

— Tanto faz. — Ele deu de ombros, soando derrotado. — Vá, se é isso que realmente quer.

Por mais que eu odiasse ir embora em um momento em que as coisas ficaram tão amargas, eu sabia que estava na hora de sair dali. Nunca me sentira nervosa perto de Brady, mas, por um breve segundo, quando ele não se moveu com meu empurrão, me dei conta do quão maior e mais forte ele era. E não gostei nem um pouco da sensação. Ele estava chateado. Eu sabia disso. Mas estava na hora de ir.

Brady ficou me observando ir até o armário pegar meu casaco. Pensando que era melhor não alongar as coisas, caminhei até a porta da frente sem tentar falar outra coisa com ele. Não olhei para trás ao abrir a porta e sair. Qualquer que fosse o futuro que existia para mim e Brady, estava no passado, e era onde parecia estar preso. Estava na hora de me dar permissão para desapegar, decidir o que queria para mim mesma e ver para onde a vida me levaria.

Caminhei por mais de uma hora.

Estava frio, mas, de alguma maneira, não senti. Assim que saí do prédio de Brady, virei à direita e apenas andei, andei e andei. Após um tempo, não tinha nem uma vaga ideia de onde eu estava. Mas não estava mais no apartamento de Brady e, naquele momento, isso parecia certo.

Talvez eu tivesse *mesmo* enviado sinais confusos para ele. Não dava para ter certeza. Toda vez que eu repassava em minha mente o que havia acontecido naquela noite, a única coisa clara e cristalina era a lembrança do meu coração acelerado enquanto eu empurrava Brady de cima de mim. Todo o resto era apenas um borrão. Então, em vez de continuar a focar no que havia acontecido, decidi me concentrar no que viria em seguida.

Antes, mesmo que eu pudesse não estar mais namorando Brady, isso parecia mais uma tecnicalidade. De alguma maneira, eu ainda estava vinculada a ele de tal forma que passar tempo com qualquer outra pessoa me fazia sentir desleal. Mas então esse vínculo foi rompido. Era a primeira vez em quatro anos que eu me sentia verdadeiramente livre.

É claro que isso não significava que meus sentimentos por Brady tinham desaparecido por completo, porque não tinham. Assim como também não significava que eu queria virar a página tão rápido. Além disso, o que quer que estivesse acontecendo entre mim e Matteo, eu sabia que não podia acontecer enquanto eu estivesse fugindo de Brady. Matteo era um homem que merecia ter uma mulher correndo para seus braços porque queria fazer isso, não porque ela queria fugir de outra coisa.

Dito isso, Felicity também estava certa. Eu precisava passar um tempo com Matteo. Não em uma aventura, mas sim vivendo nossas vidas normais, para ver se isso mudaria como eu achava que me sentia por ele. E agora que eu estava mais desimpedida, talvez pudesse fazer isso. Nunca estive realmente com ele sem que Brady estivesse em destaque na minha mente.

Quando virei à direita em uma esquina, meu celular começou a vibrar na bolsa. Pegando o aparelho, vi que era um número de Nova York, mas não o reconheci. Atendi mesmo assim.

— Alô?

— Você está bem?

— Matteo?

— Sim. Estou ligando da recepção do hotel. Não queria que o meu número aparecesse na sua tela e Brady visse. Mas está tarde. Você disse que provavelmente iria embora do apartamento dele mais ou menos às dez, e eu estava ficando preocupado.

Balancei a cabeça.

— Desculpe. Eu deveria ter ligado. Estou bem. Estou só dando uma volta.

— Uma volta? Sozinha?

— Sim. — Suspirei. — Eu precisava clarear a mente.

Parei de andar pela primeira vez e olhei em volta. Mas nada me pareceu familiar, e eu não conseguia ler o nome da rua na placa que estava distante demais.

— Não sei bem onde estou.

— Eu fiz isso outro dia. Deixei meu hotel e apenas saí andando. Eu não fazia ideia de onde estava, mas nem liguei. Mas está tarde agora. Então, não sei se é uma boa ideia você estar andando pela cidade sem rumo e com a mente nublada.

— Que horas são?

— Quase onze e meia.

Nossa. Eu havia chegado ao apartamento de Brady às sete e meia. O jantar não devia ter durado mais que duas horas. Eu teria arriscado que estava andando há cerca de uma hora e meia, mas, aparentemente, estava mais para duas horas.

— Desculpe. Eu não quis deixar você preocupado.

— Você está bem, Hazel? Aconteceu alguma coisa que te fez sair andando assim?

— Não. Bom, sim. Não... quer dizer, estou bem. Não se preocupe comigo.

— Onde você está? Posso ir te encontrar onde quer que esteja e poderemos conversar sobre o que está passando na sua cabeça.

— Tudo bem. Posso pegar um Uber até você. Pelo menos, se eu pedir um carro, ele vai saber onde estou.

— Tem certeza?

— Sim. Mas você acha que podemos conversar no seu quarto? Eu sei que você estava evitando isso, mas quero muito tirar os sapatos e sentar com você por um tempo.

— Sim. Claro que sim.

— Ok. Vou pedir um carro agora. Te vejo em breve. Em qual quarto você está?

— 713.

— Ok. Até já.

CAPÍTULO 23
Matteo

Hazel chegou assim que o serviço de quarto estava saindo. Seu nariz e bochechas estavam muito vermelhos do frio, e ela parecia um pouco perdida.

— Oi.

Ela praticamente correu para os meus braços. Foi tão bom abraçá-la. Eu não tinha percebido o quão tenso estivera o dia inteiro até sentir um suspiro gigantesco rolar por meu corpo. O cabelo de Hazel tinha um cheiro tão bom, e ela se encaixava perfeitamente sob meu queixo. Ficamos grudados assim por cinco minutos inteiros. Acariciei seu cabelo com uma mão e a segurei firme com a outra, enquanto ela se agarrava a mim. Mas o desespero em seu toque me deixou preocupado, e eu precisava ver seu rosto para saber se ela estava mesmo bem.

Afastando-me, segurei suas bochechas geladas. Seus dentes estavam batendo.

— Você está bem? O que houve?

Ela abriu um sorriso triste.

— Estou bem. Congelando, de repente, mas bem. O engraçado é que andei por um bom tempo e nem ao menos senti o frio. Mas agora parece ter me pegado.

— Imaginei que você poderia precisar descongelar um pouco, então pedi uma garrafa de chocolate quente. Deixe-me servir um pouco para você.

Hazel estava usando vestido e saltos altos. Suas pernas estavam nuas, e ela havia dito ao telefone que queria tirar os sapatos. Então, servilhe uma caneca fumegante de chocolate quente e apontei para seus pés com o queixo.

— Você quer um par de meias ou algo assim?

Ela tomou um gole do chocolate.

— Eu adoraria. Na verdade, você tem uma calça de moletom e uma camiseta que possa me emprestar também?

Adorei a ideia de ela usar minhas roupas.

— Sim, claro.

Vasculhando minha mala, procurei algo limpo. Eu já tinha usado a maioria das roupas àquela altura, mas ainda tinha um par de meias limpas e uma calça de moletom não usada. Não tinha mais camisetas limpas, mas peguei uma que eu havia usado por apenas algumas horas outro dia.

— Isso é tudo que me resta. Eu usei essa camiseta, mas apenas por algumas horas. Não foi para ir à academia, nem nada disso.

Hazel sorriu e pegou as roupas.

— Tenho quase certeza de que eu usaria suas roupas suadas da academia, se significasse que eu poderia vestir algo confortável e me sentar para curtir esse chocolate quente.

Enquanto ela foi ao banheiro para se trocar, servi uma caneca de chocolate quente para mim e desliguei a televisão. Hazel voltou alguns minutos depois, adorável em seu novo visual. Sorri como não fazia há dias.

— Você está muito fofa.

Ela olhou para baixo. As barras e o cós da calça de moletom estavam enrolados. A camiseta era tão grande que ela nem precisaria da calça para se cobrir. Chegava até seus joelhos.

— Obrigada. Mas acho que eu poderia ter usado isso com a minha máscara de lama como um empecilho.

Abri um sorriso largo.

— Acredite. Você usar minhas roupas é o completo oposto de um empecilho.

Ela sorriu.

Olhei em volta do quarto. Não tinha mais nada além de uma cama e uma única poltrona em um canto. E sobre ela, estava minha bagagem, porque, do contrário, não havia sequer espaço suficiente para que eu andasse até a janela.

— Você quer que eu tire minha bagagem da poltrona para que você possa sentar?

Ela balançou a cabeça.

— Podemos sentar na cama juntos? Talvez eu possa colocar meus pés debaixo das cobertas? Ainda estão congelando.

— Sim, claro. Vamos colocá-la na cama e aquecê-la.

Hazel subiu na cama e sentou-se com as costas contra a cabeceira. Ela se aconchegou debaixo das cobertas e deu tapinhas ao seu lado.

— Venha sentar.

Obedeci, mas na direção do pé da cama, e ergui o cobertor pela parte de baixo.

— Me dê os seus pés. Vou aquecê-los.

Pegando um de seus pezinhos, pude sentir o frio irradiando pela meia. Então, esfreguei como se estivesse tentando acender um fogo com um graveto através da fricção.

— Que tal?

— Está funcionando!

Após um tempo, soltei o primeiro pé e peguei o outro.

— Então, fale comigo. Aconteceu alguma coisa entre você e Brady esta noite?

Hazel tomou um gole de chocolate quente e assentiu.

— Você quer falar sobre isso?

— Não exatamente. Ele só... — Ela baixou o olhar para as mãos. — Acho que eu não estava fazendo um favor a nenhum de nós dois passando tempo com ele. Aparentemente, ele achou que eu tinha mudado de ideia e... bem, eu disse que não podia mais vê-lo. Não até eu resolver algumas coisas.

Foi como se eu estivesse carregando uma rocha em meus ombros e alguém a tinha retirado pela primeira vez. Ela não estava dizendo que havia terminado tudo *de vez*, mas, pelo menos, eu não tinha mais que ficar me perguntando o que os dois estavam fazendo. Isso vinha me rasgando por dentro, principalmente naquele dia. Contudo, eu imaginava que Brady não havia recebido a notícia muito bem, especialmente sendo seu aniversário. Me dei conta, pela primeira vez, de que Hazel nunca teria ido à casa dele no dia de seu aniversário para pedir um tempo, então alguma coisa importante devia ter acontecido entre eles.

Ela ainda estava evitando meu olhar, então inclinei-me para frente, coloquei dois dedos em seu queixo e ergui seu rosto delicadamente.

— O que ele fez?

Hazel franziu as sobrancelhas.

— Como você sabe que ele fez alguma coisa?

— Porque eu *te* conheço. Você não ia pedir um tempo no dia do aniversário dele, a menos que ele fizesse uma merda muito grande. — O músculo em minha mandíbula flexionou. — Ele... te machucou de alguma forma?

Ela baixou o olhar novamente.

— Não, estou bem.

Ficamos quietos por alguns longos instantes. Centenas de coisas diferentes passaram em minha mente. Ele *tinha* que ter feito algo horrível. Quanto mais tempo ela passava em silêncio, piores eram as merdas que eu imaginava. Se ele tivesse encostado um dedo nela...

Hazel inclinou-se para frente e cobriu minhas mãos. Olhei para baixo e as encontrei fechadas em punhos. Fiquei observando-a abrir minhas mãos delicadamente e entrelaçá-las às suas.

— Matteo?

Ergui o olhar.

Ela sorriu, olhando em meus olhos.

— Posso ir para casa com você?

— Para casa comigo? Você quer dizer para Seattle?

Ela confirmou com a cabeça.

— Eu adoraria. Quando?

Ela abriu um sorriso envergonhado.

— Estou livre amanhã à noite. Se isso não for ousado demais.

— E o seu trabalho?

— Tenho só mais uma sessão de fotos amanhã. Depois, as coisas ficam bem fracas até depois das festas de fim de ano. É assim que funciona o cronograma do meu negócio. Como o que mais faço é fotografia escolar, fico bem ocupada em determinadas épocas, como no começo do ano e durante a primavera. Depois, o movimento cai bastante quando as escolas entram em recesso.

— Você quer mesmo ir para Seattle?

— Quero. Posso ficar alguns dias e vir embora antes do Natal. Eu quero ver onde você mora. Quero ver os lugares que visita quando tem tempo livre, conhecer alguns dos seus amigos, ver onde você trabalha... quero até mesmo conhecer Bach.

Sorri.

— Você quer conhecer o meu gato?

Seu rosto se iluminou.

— Quero! Você conheceu a Abbott. Acho que é justo.

Fui de querer dar uma bela surra em alguém para sentir como se tivesse ganhado na loteria no espaço de cinco minutos.

— Venha cá. — Abri os braços e ela engatinhou até meus colo. Coloquei uma mecha de cabelo atrás de sua orelha. — Eu adoraria levar você para casa comigo.

— Então, vamos nessa!

Senti-me o homem mais sortudo do mundo. Minha garota estava livre e ia para casa comigo. O único problema era: como raios eu ia conseguir deixá-la ir embora, quando chegasse o momento? E será que eu conseguiria olhar meu amigo nos olhos novamente, algum dia?

Estar no aeroporto com Hazel no dia seguinte foi completamente nostálgico. Foi como se as últimas semanas nunca tivessem acontecido, e podíamos simplesmente ser Milo e Maddie Hooker novamente — em espírito, pelo menos.

Hazel conseguira reservar o último assento disponível no meu voo. A sorte estava ao nosso lado, e eu torcia para que continuasse assim quando pousássemos na costa oeste.

Na noite anterior, adormecemos nos braços um do outro, mas a experiência de merda exaustiva que ela tivera na casa de Brady impediu qualquer possibilidade de algo acontecer naquele quarto de hotel. Foi melhor assim. Embora ela alegasse ter dito a Brady que se afastaria completamente, eu precisava agir com cautela. Não acaba até ter realmente acabado.

Juntos na fila do embarque, eu ainda não conseguia acreditar que ela estava indo para casa comigo. Parecia um sonho. Entretanto, o fato de que Brady ficava ligando para seu celular era um choque de realidade e um lembrete de que não estávamos mais na terra da fantasia.

Ela deixava as ligações dele caírem na caixa postal.

— O que você vai dizer a ele?

— Sobre a minha viagem?

— Sim.

Ela soltou uma respiração pela boca.

— Nesse momento, estou evitando ter que mentir para ele. Provavelmente, mandarei uma mensagem depois, dizendo que viajei para pensar. Mentir agora não fará bem algum para ninguém, mas eu disse a ele que precisava de um tempo, então não sei por que continua me ligando.

— Bem, ele deve estar arrependido por ter deixado você sair de lá daquele jeito ontem.

Uma pequena pontada de culpa me atingiu, de repente. Isso parecia acontecer em ondas. Mas então, lembrei-me de que Brady havia traído Hazel, e isso ajudava a apaziguar minha culpa. Eu ainda lutava para decidir se deveria contar a ela o que descobri. Mas, no fim das contas, eu sabia por que não havia feito isso ainda. Eu precisava me certificar de que ela tomasse a decisão que seu coração verdadeiramente queria, sem que eu a influenciasse. Se ela me escolhesse somente por causa da infidelidade de Brady, como eu saberia que era realmente a pessoa certa para ela? Essa incerteza me mataria.

Porém, se ela acabasse escolhendo-o, eu provavelmente tentaria descobrir uma maneira de contar a ela, porque, uma vez traidor, sempre traidor. Eu lidaria com isso quando o momento chegasse.

Ainda estávamos na fila quando Hazel virou-se para mim.

— Então, qual é a história deles?

Olhei para a multidão em volta, lembrando-me da brincadeira que costumávamos fazer em aeroportos.

— Quem são nossos alvos hoje?

Ela agarrou minha camisa e me puxou para perto.

— Essas pessoas aqui. *Nós*. Qual é a deles?

Fiz uma pausa.

— Ah, esses dois malucos? Eles vão fugir por um tempinho.

— Por quê? — ela perguntou.

— Porque a realidade deles é mais louca do que qualquer fantasia. Mas eles conseguem dar conta da vida melhor quando estão juntos. E estavam com saudades desse sentimento.

Ela sorriu.

— Ele só espera que ela não dê meia-volta e vá embora quando vir o quanto o apartamento dele é pequeno.

— Pensei que você fosse terminar essa frase de um jeito diferente. — Hazel deu risada.

Quando percebi ao que ela estava se referindo, sorri.

— Ah, não. Meu apartamento é a única coisa que você vai achar pequena demais. Posso assegurá-la disso.

CAPÍTULO 24

Hazel

Apesar de seu aviso, o apartamento estúdio de Matteo era definitivamente menor do que eu imaginara. Mas, por ter três janelas, não dava uma sensação muito claustrofóbica.

Olhei em volta enquanto ele levava nossas malas para um canto.

— Esse apartamento é fofo.

Ele ergueu o olhar para mim.

— Isso é código para minúsculo e sufocante?

À esquerda, havia uma pequena cozinha. À direita, ficava a área de estar. Um violão estava encostado na parede, e uma prateleira continha dezenas de discos de vinil.

— É pequeno... mas é você.

— Por favor, não associe a palavra *pequeno* a nada relacionado a mim. — Ele piscou.

— Desculpe. — Dei risada. — Eu quis dizer que tem a sua personalidade.

— É o que posso pagar, já que quero estar no meio da ação no centro da cidade. A maioria dos apartamentos de um quarto nessa área custa o triplo desse aluguel, então decidi que me viraria em um estúdio. Só fica apertado quando recebo alguém, coisa que raramente acontece.

Olhei para a cidade por sua janela.

— Estou muito empolgada para conhecer Seattle.

— Amanhã, podemos ver o que quiser. Dá para ir a pé para todo lugar.

Virei-me para ele.

— A propósito, também não tem problema se não visitarmos os pontos turísticos. Imagino que você tem muito que pôr em dia depois de passar tanto tempo fora. Posso ajudar com o que quer que precise. Mas deveríamos ir comprar comida e essas coisas.

— É, minha geladeira está completamente vazia. Podemos fazer isso, mas não vou colocar você para trabalhar, Hazel. Isso deveria ser uma espécie de férias para você.

— Na verdade, não é, Matteo, lembra? Quero experienciar a vida com você como ela é. Então, sim, eu adoraria ver Seattle pelo menos um dia, mas, durante o resto do tempo, apenas faça o que faria normalmente se eu não estivesse aqui. Isso provavelmente não inclui fazer passeios turísticos. Vou seguir o fluxo conforme for.

— Então, você quer que eu fique sentado coçando a barriga como Al Bundy, de *Um Amor de Família*, enquanto como torresmos e assisto TV?

— Se é isso que você faz, claro. — Dei de ombros.

Seu tom ficou sério.

— Essa viagem é um teste, de certa forma, não é? Para ver se tem algo na minha vida que pode te desanimar?

Odiei o fato de ele pensar isso.

— Não é isso, de maneira alguma. Por favor, não pense isso.

— Bom, *é* uma competição, não é?

Sua mudança de humor me pegou de surpresa. Mas acho que foi estupidez da minha parte esperar que ele não demonstrasse frustração alguma, dada essa situação complicada.

— Matteo, nesse momento, não, não existe competição. Estou muito feliz por estar aqui.

Sua expressão suavizou.

Uma batida na porta nos impediu de continuar a conversa.

— Você está esperando alguém? — perguntei.

— Não a essa hora — ele disse ao ir atender.

Quando ele abriu a porta, fiquei surpresa ao ver uma garota atraente do outro lado. Ela parecia ter vinte e poucos anos e segurava um gato grande de pelos laranja.

Bach.

Ele começou a miar ao ver Matteo.

— Oi! — Matteo disse. — Eu não estava esperando que você o trouxesse hoje.

— É. Eu sei que combinamos amanhã. Mas imaginei que você estivesse com saudades dele.

Matteo afagou as orelhas do gato.

— Estava mesmo.

Os olhos dela encontraram os meus, e ela pareceu surpresa ao ver que Matteo tinha uma convidada.

Sim, claro. Você veio ao apartamento dele a essa hora da noite por causa do gato.

— Hazel, esta é Carina — Matteo apresentou. — Carina, esta é Hazel.

Carina tinha cabelos castanho-escuros, olhos castanhos grandes e lábios cheios. Eu não tinha dúvida alguma de que ela já tinha dormido com Matteo.

— Prazer em conhecê-la — eu a cumprimentei, sentindo-me um pouco perturbada.

— Igualmente. — Ela inclinou a cabeça e perguntou: — Como vocês se conheceram?

Matteo respondeu antes que eu tivesse a chance de dizer alguma coisa.

— Hazel é uma pessoa que conheci enquanto viajava. Ela é de Connecticut.

— Oh... ok. Interessante. — Ela alternou olhares entre nós dois. — Bom, seja bem-vinda a Seattle.

Aquilo com certeza não tinha sido sincero.

— Obrigada.

Carina finalmente colocou o gato no chão, que ronronou e começou a se entrelaçar nas pernas de Matteo.

— Então, não há nada louco para reportar em relação ao Bach? — ele indagou a ela.

— Não. Na verdade, tive dificuldade para colocá-lo no carro. Acho que ele tinha finalmente se acostumado ao meu apartamento e não queria ir embora.

— É. Aposto que ele vai me odiar agora que viu como o outro lado da cidade vive. Você tem muito mais espaço.

— Bem, ele é bem-vindo para ir me visitar sempre que sentir saudades.

— Obrigado mais uma vez por cuidar dele.

— O prazer foi meu. — Ela olhou para mim. — Bem, é melhor eu ir. Hazel, foi um prazer conhecê-la.

Engoli em seco.

— Digo o mesmo.

Ao começar a se afastar, ela perguntou a Matteo:

— Você vai voltar ao trabalho depois das festas de fim de ano, não é?

— Aham. Estarei lá logo depois do recesso de Natal.

— Todos estão ansiosos para a sua volta.

— Sei que quando chegar lá, estarei feliz em voltar — ele disse. — A ideia de retornar é um pouco intimidante. Mas vou retomar o jeito rápido. Sinto falta dos meus alunos.

— E eles com certeza sentem sua falta. — Ela suspirou. — Ok. Bem, tenham uma boa noite.

— Obrigada — murmurei. A porta se fechou, seguido por alguns segundos de silêncio desconfortável. — Ela parece... legal. Então, você trabalha com ela?

— Sim. Ela dá aula de literatura para o ensino médio.

— Ah. Eu sei que você disse que uma amiga estava cuidando do seu gato, mas eu não imaginava que ela era tão... — Balancei a cabeça para me impedir de fazer papel de idiota. Eu estava me saindo muito ciumenta.

— Tudo bem, Hazel, pergunte o que realmente quer.

— Não é da minha conta.

— Eu não escondo nada. Não há nada acontecendo entre mim e Carina agora. Nós saímos algumas vezes, mas foi há muito tempo.

Aquela admissão doeu, mesmo que eu soubesse que havia acontecido algo entre eles antes mesmo de perguntar.

— Não há nada mais entre vocês dois?

— Não da minha parte.

— Mas ela ainda gosta de você.

— Não sei. Talvez? Não importa, para mim.

— Por que você parou de sair com ela?

— Ela não era a pessoa certa. Eu disse a ela que não queria nada sério. Agora, somos amigos, e ela gosta de gatos e é uma das poucas pessoas que Bach parece tolerar.

— Ah, ok, eu sei que ela ainda gosta de muito mais do que somente o seu gato. São onze e meia da noite e ela veio com Bach quando você disse a ela para trazê-lo só amanhã? Só há um motivo para uma pessoa ir à casa de um cara a essa hora da noite. E não é para entregar um animal. Ela não esperava que eu estivesse aqui. E claramente ainda não te esqueceu.

Bom, se não estava óbvio antes, meus ciúmes definitivamente estavam claramente expostos agora.

— Eu sinceramente não sei dizer quais eram as intenções dela. Mas ela viu que estou com você.

Tinha mais uma coisa que eu precisava saber. Estava me corroendo por dentro.

— Quando você voltou para cá entre a nossa viagem e a sua ida a Nova York, disse que queria ver como Bach estava. Não rolou nada com ela?

Seu tom ficou insistente.

— Não. Não rolou nada, Hazel. As coisas entre mim e Carina acabaram de vez faz tempo. E eu estava ligado demais em você para sequer pensar em outra pessoa. Se acha que eu poderia mudar de direção tão facilmente assim, então não me conhece. — Vi dor em seus olhos. — No entanto, *você* pareceu mudar de direção bem rápido quando voltou para casa.

Aquelas palavras doeram, mas eu sabia que eram verdade. Ou, pelo menos, pareciam ser, na superfície.

Ele voltou atrás.

— Desculpe. Isso foi desnecessário.

— Eu nunca te esqueci, nem por um segundo, Matteo. Só fiquei confusa quando voltei.

Seus olhos queimaram nos meus.

— E você ainda está... não é?

Eu não podia culpá-lo por questionar minhas intenções. Ali estava eu, dizendo a ele que precisava testar as águas. Não lhe dei garantia alguma. E, francamente, ele merecia mais que isso.

— Eu vejo as coisas com muito mais clareza agora — eu disse. — E minhas razões para estar aqui são puras e demonstram onde meu coração está. Minhas intenções estão no lugar certo, Matteo. Não quero magoar você.

Ele fechou os olhos e balançou a cabeça, parecendo sair de seu desânimo momentâneo.

— Venha cá. Me desculpe.

Quando ele me puxou para um abraço, falei contra seu peito:

— Não, sou eu que peço desculpas.

— Essas foram algumas das semanas mais difíceis da minha vida — ele admitiu.

Ele havia dito algo mais cedo que ainda estava pesando em minha mente.

Afastei-me, saindo de seus braços.

— Posso te perguntar uma coisa?

— Sim.

— Você falou que disse à Carina que não queria nada sério com ninguém. Mas não é assim que você realmente se sente?

— Eu não queria nada sério com *ela*. Mas não estou desperdiçando o seu tempo, Hazel. Eu não faria isso.

— Me desculpe por todas essas perguntas. Estou tentando ser madura com tudo isso. Fui pega desprevenida com ela aparecendo quando fazia poucos minutos que eu havia chegado.

Sua boca curvou-se em um sorriso.

— Você ficou com ciúmes.

— Sim. E isso não é nada bonito.

— Tem noção do quanto isso me deixa feliz? Não ser o único ciumento?

— Você está vendo um lado meu muito cansado, vulnerável e perdida no fuso horário nesse momento.

— Bem, que tal descansarmos? — Matteo foi até o sofá e afofou os travesseiros. — Venha deitar. Vou fazer um chá para você. É basicamente tudo que tenho em casa, até irmos ao mercado amanhã. Vamos apenas relaxar antes de irmos para a cama.

Notando o fato muito óbvio de que não havia cama em lugar algum ali, perguntei:

— Onde está a cama, exatamente?

— O sofá vira uma cama muito confortável. E será toda sua esta noite.

Sentei-me no sofá.

— Onde você vai dormir?

— Nós sempre damos um jeito, não damos? — Ele foi até o armário. — Enfim, olhe só isso. — Ele pegou um colchão de ar. — Esse negócio infla em questão de segundos. É onde durmo sempre que recebo visita. Mas os meus pais juraram que nunca mais passariam a noite aqui depois da última vez. Eles preferem um pouco mais de espaço. Então, ficarão em um hotel quando vierem daqui a alguns dias. Eles virão para o Natal, mas costumam vir antes para evitar aeroportos muito cheios.

Levei alguns segundos para registrar aquilo.

— Espere, os seus pais estão vindo para Seattle... em alguns dias?

— Sim, eu ia mencionar isso.

Eu vou conhecer os pais dele?

— Por que não me contou?

— Bom, estou contando agora. Quando você disse que queria vir para casa comigo, eu não quis que isso te desanimasse ou te impedisse. Esperei que você não se importasse em conhecê-los.

— Não é que eu me importe. Só não estava esperando isso, embora devesse ter deduzido que você passaria as festas de fim de ano com sua família. Não sei por que isso não me passou pela cabeça. Provavelmente porque minha dinâmica familiar é muito diferente da maioria das pessoas.

— Na maior parte das vezes, eu vou para Vail, mas eles decidiram vir esse ano, já que acabei de visitá-los. Eles passam alguns feriados comigo, outros com o meu irmão e a família dele em Boston e, em outras ocasiões, todos vão para Vail. Todo ano é diferente. Você costuma ver os seus pais durante as festas de fim de ano?

— Meus pais estão sempre viajando. Vez ou outra, encontro com eles onde estiverem no momento. Mas já disse a eles que não quero viajar esse ano. Vou para a casa de Felicity. Imaginei que seria uma boa ajudá-la a cozinhar, já que ainda está lesionada. Claro que nunca imaginei que acabaria vindo para a Seattle e estaria prestes a conhecer os seus pais antes disso. Ai, meu Deus.

— Bom, você disse que queria sentir como é a minha vida, não disse? Então pode muito bem conhecer os meus pais. Sei que não é um momento muito ideal, mas não é como se eu tivesse imaginado que você estaria aqui comigo agora.

— Estou mesmo muito feliz por estar aqui, Matteo. Vamos recomeçar, ok? Sinto que minha insegurança nos fez começar com o pé esquerdo.

— Você não deveria ter que pedir desculpas por sentir ciúmes. Eu mesmo não me desculpei por isso.

Ele me puxou para seus braços, mas então, o apito da chaleira interrompeu nosso momento. Ele se levantou e foi até a bancada para me preparar uma xícara.

Ao rasgar o saquinho de chá, ele disse:

— Tecnicamente, eu poderia pagar um lugar um pouco maior do que esse. Mas, depois que Zoe morreu, eu meio que me tornei minimalista. Nunca senti que precisava de mais do que um espaço pequeno. Dá menos trabalho para limpar. Obviamente, se eu morasse com alguém, teria que me mudar.

— Tenho certeza de que a localização compensa o tamanho.

— É, bem, eu tive que me livrar de cinquenta por cento das coisas que tinha para morar aqui. E, se compro alguma coisa, tenho que jogar alguma outra fora. Mas o lado bom é que consigo limpar o apartamento inteiro em quinze minutos.

O gato ficou seguindo Matteo durante todo o tempo em que ele conversava comigo. Após me entregar o chá, Matteo o pegou do chão.

— Bach teve que se ajustar ao espaço. Ele ficou meio deprimido quando nos mudamos. Só dá certo por causa das janelas. Ficar olhando lá para fora é algo que ele gosta de fazer o dia todo.

Ele carregou o gato até o sofá e sentou ao meu lado. Quanto estendi a mão para acariciar Bach, ele sibilou para mim. Recuei rapidamente.

— Ele sempre faz isso com estranhos?

— Bom, eu poderia mentir e dizer que sim, mas...

— Poxa.

— Talvez ele sinta o quanto eu gosto de você e a considera uma ameaça.

— Acho que você se safou bem com essa.

Bach desceu do colo de Matteo e foi para uma caminha no canto da sala.

Matteo e eu ficamos acordados conversando por um tempo antes de ele abrir o sofá-cama para mim. Adormeci bem rápido assim que minha cabeça encostou no travesseiro.

Quando dei por mim, fomos acordados por uma batida na porta. Luz preenchia o apartamento. Estendi a mão para alcançar meu celular e vi que eram quase onze da manhã.

Matteo coçou a cabeça ao se levantar do colchão de ar.

Ele espiou pelo olho-mágico.

— Ok, não se desespere.

Sentei-me na cama, passando as mãos em meu cabelo desalinhado.

— Quem é?

Ele se encolheu.

— Não sei por que chegaram três dias mais cedo, mas são os meus pais.

CAPÍTULO 25
Matteo

Abri a porta e encontrei os rostos sorridentes dos meus pais. Eles estavam segurando sacolas de compras do mercado.

— Surpresa!

— Mãe, pai... o que estão fazendo aqui? Não era para terem chegado ainda.

— Bem, você nos disse que chegaria ontem à noite, então pensamos em te fazer uma surpresa alguns dias antes. Para sermos francos, estávamos entediados em Vail.

A pobre Hazel parecia ter visto um fantasma. Eu nunca teria escolhido colocá-la naquela emboscada. Ela havia adormecido com a roupa que tinha viajado, que agora estava amarrotada. Era um despertar bem rude, para dizer o mínimo.

Minha mãe arregalou os olhos quando viu Hazel.

— Oh... você deve ser a Carina.

Porra.

Merda.

A situação me lembrava do barulho de um disco arranhando. Eu sabia que a suposição da minha mãe devia ter irritado Hazel. Mas a única mulher que eu havia mencionado para minha mãe desde Zoe foi Carina. E isso só para que eles soubessem quem estava com Bach, caso algo acontecesse comigo.

— Não, mãe. Esta é a Hazel. Obviamente, eu não sabia que vocês viriam. Pretendia avisar a vocês que não estava sozinho. Hazel é uma amiga muito querida que conheci durante minhas viagens. Ela decidiu vir a Seattle para me visitar antes do Natal.

Ainda grogue, Hazel se aproximou para cumprimentá-los.

— É um prazer conhecê-los, sr. e sra. Duncan.

— Igualmente. — Meu pai sorriu.

Meu pai era mais fácil de se convencer do que minha mãe. Na visão dela, ninguém era boa o suficiente para seu filho. Ela demorara bastante para aprender a gostar de Zoe. Além daquele relacionamento, eu raramente apresentava mulheres aos meus pais.

— Bem, nós certamente não esperávamos interromper seu tempo com sua hóspede. Eu havia planejado fazer um belo brunch para você. Mas acho que essa foi uma surpresa inoportuna. É melhor irmos?

Meu estômago roncou diante da mera menção à comida.

— Você pode manter os planos para o brunch de pé. Estou morrendo de fome.

Meu pai deu risada.

— Se a Hazel não se importar que dois velhotes se juntem a vocês.

— Nem um pouco. Eu adoraria. — Ela sorriu.

Eu teria que lhe dar crédito por conseguir abrir um sorriso. Não devia ter sido fácil acordar assim.

Meus pais começaram a retirar das sacolas as compras que trouxeram. Em minutos, o cheiro de café preencheu o ar. Pouco depois, o som de bacon fritando era como música para meus ouvidos. As coisas estavam ficando cada vez melhores.

Hazel queria a vida real. Não dava para se ter uma representação melhor da vida real do que meus pais aparecendo à porta no primeiro dia.

Assim que o brunch foi servido, nós quatro nos amontoamos à minha mesa minúscula, que pelo menos tinha quatro cadeiras.

— Então, Hazel, o que você faz? — minha mãe perguntou.

— Sou fotógrafa em Connecticut.

— Você tem um negócio estabelecido lá?

— Sim.

— Então, provavelmente não se mudaria para cá?

— Ainda não pensei muito sobre isso.

— Não consigo imaginar Matteo sossegando em Connecticut. Ele sempre precisou estar onde há mais ação, isso se ele ao menos passar muito tempo em um lugar só.

— Pare de assustá-la, mãe — falei, enfiando bacon na boca.

— Não foi minha intenção. Só é raro eu conhecer alguém com quem você esteja passando o tempo. — Ela tomou um gole de café. — Mas notei as duas camas separadas.

— Marianne... — meu pai a repreendeu.

— Não tem problema — Hazel disse.

É mesmo? Porque, para mim, parece que tem, sim.

Mamãe ergueu as sobrancelhas.

— Agora, estou me perguntando se você é mesmo uma amiga querida, como ele disse, e nada mais. Desculpe por me intrometer, só estou curiosa, e o meu filho não me conta nada.

— Estamos indo devagar — ela revelou.

— Bem, acho isso bastante impressionante nos dias de hoje.

— Mãe, Hazel está sendo gentil e respondendo a essas merdas

porque é educada, mas estou prestes a não ser se você não parar. Minha vida sexual não é da sua conta.

Todos ficaram quietos por um momento. Foi Hazel quem finalmente quebrou o gelo.

— Ou a falta dela — murmurou.

Franzi as sobrancelhas. A princípio, não fazia ideia de que raios ela estava falando. E então, comecei a rir, e Hazel também. Talvez precisássemos desse momento mais leve, ou talvez tivéssemos surtado de vez, mas, assim que começamos, não conseguimos parar. Caímos em uma crise de gargalhadas.

Em determinado momento, quando estávamos começando a nos acalmar, Hazel soltou um ronco pelo nariz, e isso só nos fez cair na risada de novo. Lágrimas desciam por nosso rosto. Meu pai parecia estar se divertindo com aquilo, mas minha mãe não parecia muito satisfeita.

Quando finalmente consegui falar, estendi a mão e toquei a da minha mãe.

— A Hazel me faz feliz, mãe. Isso é tudo que você precisa saber.

Um tempo depois, concordamos em encontrar meus pais para jantar em um restaurante que eles adoravam ali perto, e eles foram embora para ver se conseguiriam fazer o check-in no hotel mais cedo. Hazel e eu finalmente ficamos sozinhos. Eu lavei a louça, enquanto ela secou, e, em seguida, disse que precisava checar seu e-mail de trabalho, então tomei um banho rápido antes de liberar o banheiro para ela.

Quando ela saiu de lá usando a camiseta que eu deixara no gancho da porta e com os cabelos enrolados em uma toalha, não consegui parar de encará-la. Ela estava linda.

— O que foi? — Ela esfregou a bochecha. — Esqueci um pouco de hidratante no rosto ou algo assim?

Neguei com a cabeça.

— Só gosto de olhar para você.

Seu rosto suavizou e ela se aproximou, sentando-se no meu colo. Passando os braços em volta do meu pescoço, ela roçou o nariz no meu.

— Estou tão feliz por estar aqui com você, Matteo.

— Mesmo com minha mãe intrometida perguntando se estamos transando?

Ela sorriu.

— Especialmente com ela aqui. Estou aprendendo mais coisas sobre você do que esperava.

Segurei seu rosto entre as mãos.

— Obrigado por ter lidado tão bem com essa visita surpresa. E, só para constar, o que eu disse para minha mãe é a mais pura verdade. Você me faz feliz. E, nesse momento, acho que é tudo que nós dois precisamos. Temos bastante barulho ao fundo, mas vamos tentar focar apenas em nós enquanto você estiver aqui.

Ela sorriu e assentiu.

— Gostei dessa ideia.

Eu sabia que estar com ela em meu apartamento minúsculo era um convite para o deslize. Mas, quando seus olhos desceram para meus lábios, não pude me conter.

— Venha para mais perto — eu disse.

Hazel separou os lábios e se aproximou até ficar a pouquíssimos centímetros de distância do meu rosto.

— Aqui?

Deslizei a mão para sua nuca e puxei-a para mim, colando meus lábios nos seus. Nenhum de nós perdeu tempo, buscando avidamente a língua um do outro. Hazel estava sentada de lado em meu colo, mas logo mudou de posição para montar em mim. Seus seios ficaram pressionados contra meu peito, e era como se não conseguíssemos ficar perto o suficiente. Inclinei a cabeça e aprofundei o beijo, agarrando sua bunda com as duas mãos e puxando-a ainda mais para mim. Hazel gemeu em minha boca quando pousou bem em cima da minha ereção. Assim como seu dono, meu pau ganhava vida em questão de trinta segundos apenas por tocá-la.

Não havia nada que eu quisesse mais do que estar dentro dela, mas não sabia no que ela estava pensando. Por mais que eu quisesse, ela precisava ter certeza de sua decisão. Contudo, quando ela enfiou as mãos em meus cabelos, puxou e rebolou no meu pau, tive a sensação de que estava me dizendo exatamente do que estava a fim.

Interrompemos o beijo, ofegantes.

— Porra. — Apoiei a testa na dela. — Isso não é fácil, Hazel.

Ela sorriu.

— Não mesmo. É *dureza*, sem dúvidas.

Dei risada e afastei a cabeça.

— Me diga o que você quer. Tudo bem eu te beijar?

Ela grunhiu.

— Eu te quero *tanto*, Matteo. — Ela se afastou um pouco para trás em meu colo e olhou para baixo. Mordendo o lábio inferior, ela disse: — Acho que deixei uma pequena evidência disso na sua calça.

Caralho. Quando baixei o olhar, encontrei uma mancha úmida bem em cima do volume em minha calça. Hazel não estava usando calça por baixo da minha camiseta comprida. Passei uma das mãos pelos cabelos.

— Porra, essa é a coisa mais sexy que já vi. Não se surpreenda se eu nunca mais lavar essa calça. Não tenho vergonha de dizer que talvez eu até a cheire uma vez ou outra depois que você for embora.

Hazel deu risadinhas e suas bochechas ficaram rosadas.

A toalha que estava enrolada em seus cabelos tinha caído em meio aos nossos amassos, e seus cabelos úmidos tinham caído para todos os lados. Afastei uma mecha e prendi atrás de sua orelha, beijando seus lábios delicadamente mais uma vez.

— Que tal conversarmos sobre isso quando não estivermos no calor do momento? Assim, será mais provável sermos sinceros sobre como queremos levar as coisas.

Ela sorriu.

— Ok.

— Vou tomar um banho — eu disse.

— Mas você já tomou.

— Aparentemente, tem algumas partes que preciso lavar de novo. — Pisquei para ela. — Espero que você tenha deixado o seu hidratante no banheiro.

CAPÍTULO 26
Matteo

Naquela tarde, decidi que não havia pressa para ir ao supermercado, já que encontraríamos meus pais para jantar. O céu de Seattle estava azul, para variar, então acabou se tornando o dia perfeito para mostrar a Hazel alguns dos pontos turísticos locais.

Fomos ao Space Needle, andamos no Monotrilho de Seattle e, quando estávamos voltando, fomos ao Pike Place Market. Hazel estava com sua câmera, e eu queria mostrar a ela o mercado de peixes, onde eles jogavam os peixes de um lado para o outro antes de embalá-los para os fregueses. Pensei que seria uma oportunidade divertida para algumas fotos.

Por mais que tenhamos nos divertido bastante passeando, o ponto alto do meu dia foi simplesmente poder andar livremente, segurando a mão da minha garota. Nossa viagem de carro havia sido a melhor da minha vida, mas, naquele tempo, éramos Milo e Maddie. E, em Nova York, tínhamos que nos esconder como se estivéssemos fazendo algo errado. Então, estar andando por aí com nossos dedos entrelaçados enquanto eu mostrava a Hazel a cidade onde eu morava e testemunhar seu sorriso sempre que ela via algo pela primeira vez fez com que aquela fosse a melhor tarde que eu poderia querer.

Hazel adorou o mercado de peixes e tirou pelo menos umas cem fotos dos trabalhadores manuseando cavalinhas e bacalhaus enormes. Quando ela terminou, comprei dois cafés grandes para nós e lhe disse que conhecia um lugar perfeito para termos a conversa que começamos pela manhã. Caminhamos por alguns quarteirões, dando a volta no perímetro do Pike Place Market e seguindo por um beco tranquilo até os fundos de algumas das peixarias. Uma delas tinha pelo menos cinquenta caixotes de leite empilhados atrás da porta e, ao lado, havia uma lata de lixo muito fedorenta. Peguei dois caixotes da pilha e os coloquei um de frente para o outro, ao lado da lata de aço nojenta.

Gesticulei para que ela se sentasse.

— Pronto. Este é o lugar. Sente-se.

Hazel enrugou o rosto.

— Você quer sentar e tomar café aqui?

— Quero. Não consigo pensar em um local mais perfeito.

Ela deu risada.

— Mas aqui está fedendo!

Sentei-me em um dos caixotes.

— Meu ponto é exatamente esse. Estamos prestes a ter uma conversa sobre sexo. Acho que, se tem alguma coisa que pode manter nossas cabeças no lugar e nossas libidos sob controle, é sentar ao lado dessa lata.

Hazel parecia incerta quanto à seriedade do que eu estava falando, mas, quando cruzei uma perna sobre a outra e me acomodei no meu caixote de leite, tomando meu café, ela ergueu as sobrancelhas.

— Ai, meu Deus. Você não está brincando, está?

Balancei a cabeça.

— Levo minhas discussões sobre foder você muito a sério. Agora, sente-se e vamos acabar logo com isso antes que a gente desmaie com esse cheiro horroroso.

Hazel me olhou como se eu fosse maluco, mas seu sorriso não vacilou. Eventualmente, ela puxou o outro caixote para mais perto de mim e se sentou. Tomando um gole de café, ela disse:

— Ok, vamos falar sobre sexo, sr. Duncan.

Sério? Eu já estava começando a ficar de pau duro só de ouvi-la dizer a palavra sexo. E gostei muito de ouvi-la me chamando de sr. Duncan. *Nota mental: precisamos brincar de professor e aluna, em algum momento.*

Balancei a cabeça. Quem diria que sentar em um beco com o cheiro rançoso de peixe morto nos rodeando não controlaria meu pau cheio de tesão?

Respirando fundo, fechei os olhos e me forcei a focar.

— Sim, vamos falar sobre sexo. Eu adoro, e adoraria ainda mais fazer com você. Papai e mamãe, você de quatro, sob mim, em cima de mim, me cavalgando de costas, de ladinho, contra a parede, ou na posição anjo de neve. Eu gostaria de fazer tudo.

Ela deu risada.

— Anjo de neve? O que é isso?

Balancei as sobrancelhas.

— Talvez eu te mostre depois dessa conversa.

Ela arregalou os olhos.

— Ai, meu Deus!

Olhei para trás, à direita e à esquerda, achando que ela tivesse visto um rato passar correndo.

— Que foi? Qual é o problema?

Hazel cobriu a boca.

— Estou ficando excitada ao lado de uma lata de lixo cheia de peixes mortos.

Dei risada.

— Ah, sim. *Isso.* Sei como é.

Hazel suspirou.

— Mas, falando sério, Matteo. Eu te quero tanto que dói. Meu desejo por você nunca foi problema. Não consigo parar de ter pensamentos sacanas sobre você desde a primeira noite em que nos tornamos os Hooker. E isso foi antes de conhecer a pessoa maravilhosa que você é por dentro também.

Estendi a mão e segurei a sua.

— Sinto-me exatamente da mesma forma. Por isso que ontem, quando me perguntou se transei com Carina quando vim para cá antes de ir para Nova York, achei que você não entendesse de verdade como me sinto por você. Uma mulher deslumbrante poderia ter aparecido à minha porta completamente nua e se jogado em mim, dizendo que tudo que ela queria era uma noite de sexo sem compromisso, e, ainda assim, *nada* teria acontecido. Sabe por quê?

— Por quê?

Apertei sua mão.

— Porque ela não é você, linda.

Hazel sorriu, mas então, baixou o olhar para suas mãos por um instante.

— Na noite do aniversário de Brady, ele me beijou.

Meu coração pareceu afundar para o estômago. Ao ver minha expressão, Hazel sacudiu a cabeça.

— Bem, não chegamos a nos beijar realmente. Na verdade, ele *tentou* me beijar. Eu o empurrei, mas ele tentou de novo.

Apertei minha mandíbula com tanta força que pensei que fosse quebrar um dente.

— Está dizendo que ele te forçou? Porque isso é *errado, porra*. Não dou a mínima se você é minha ou não, eu vou descer a porrada nele.

Hazel pegou minha outra mão e apertou as duas.

— Não foi nada desse tipo. Pelo menos, não chegou a esse ponto. Eu o mandei parar e fui embora.

Me levantei e comecei a andar de um lado para o outro.

— Por que raios você não me contou nada disso quando estávamos em Nova York?

— Porque não havia motivo para te chatear. Eu já tinha resolvido, e o Brady... bem, foi mais culpa minha do que dele. Fui à casa dele em seu aniversário, e estávamos nos dando bem. Ele só interpretou a situação da forma errada. Após passar quatro anos com uma pessoa, você cria um certo conforto na hora de ler os sinais, e não é como se você pedisse permissão sempre. Mesmo que não estivéssemos juntos, ele pensou que podia fazer isso. E quando eu disse não, acho que ele pensou que precisava insistir para me convencer. Para ser honesta, no decorrer dos anos, tiveram algumas vezes em que eu estava cansada ou não estava no clima, e bastava ele insistir um pouco para eu mudar de ideia. Então, acho que, na cabeça dele, era isso que estava acontecendo. Só que minha mente estava em um lugar completamente diferente.

Passei uma mão pelo cabelo e continuei a andar. Normalmente, eu não era uma pessoa violenta, mas a raiva que sentia dentro de mim enquanto imaginava o que havia acontecido entre eles me dava vontade de socar a lata de lixo de aço.

Hazel se levantou e entrou em meu caminho, fazendo-me parar.

— Eu não quis chatear você.

— Hazel, ele não tinha o direito de te tocar, principalmente mais de uma vez. Não importa como você tente justificar, isso é completamente *errado*.

Em meio à minha fúria, eu tinha me levantado e começado a perder o juízo, mas não tinha parado para olhar Hazel com atenção. Ao ver seu rosto, meu coração doeu. Seus olhos estavam marejados.

Segurei seu rosto entre as mãos.

— Linda, por favor, não chore. Eu sinto muito. Não quis chatear você.

Ela cobriu minhas mãos com as suas e balançou a cabeça, fungando.

— Isso saiu completamente errado. Eu não quis tocar nesse assunto para te deixar com raiva. Eu te contei porque estava tentando explicar que não pude sequer beijar outro homem, nem mesmo um homem com quem um dia eu ia me casar, mesmo que fosse aniversário dele, Matteo.

Puxei-a para meu peito e a envolvi em um abraço. Parcialmente, eu estava me contendo quando se tratava de levar as coisas a outro nível por lealdade ao meu amigo — um amigo que havia traído sua noiva, partido seu coração quando lhe deu um pé na bunda e tentado forçá-la a beijá-lo quando decidiu que já tinha cansado de foder outra mulher.

Mas quer saber? Essa foi a gota d'água. Independente dos meus sentimentos por Hazel, Brady não era o tipo de cara que eu precisava ter como amigo. E eu era um idiota por não usar o pouco tempo que tinha com a mulher que amava para tentar fazê-la minha.

Olhei nos olhos de Hazel.

— Olha, eu vou fazer essa conversa ser bem simples. Eu quero você. Quero andar pela cidade segurando sua mão, seja em Nova Orleans, Seattle ou Nova York. Quero as suas máscaras faciais de lama no nosso banheiro e os seus sorrisos em todas as nossas paredes. Quero você na minha cama, debaixo de mim, ou por cima, se quiser. Não vou mais me conter. Então, quando estiver pronta, basta dizer.

Fitamos um ao outro por um longo tempo. Por fim, Hazel assentiu.

— Ok.

— Ok?

Ela sorriu.

— Mas, dizer o quê?

Franzi a testa.

— Como assim?

— Você disse que, quando eu estiver pronta, basta *dizer*. Bem, qual é a palavra mágica?

Beijei sua testa.

— Que tal *hooker*? Bem apropriada, não acha?

Ela deu risada e me abraçou.

— Obrigada por ser você, Matteo.

Dei risada.

— Sem problemas, considerando que não sei ser outra pessoa.

Hazel olhou rapidamente para a lata de lixo e torceu seu nariz fofo.

— Será que podemos sair daqui agora?

— Então, o que estão achando do hotel? — perguntei ao meu pai, que estava sentado de frente para mim.

Encontramos meus pais no Homer's, um restaurante para o qual eu os levara quando eles me visitaram no ano anterior.

— É ótimo. Estou feliz, porque eles tem os meus canais de esportes. Sua mãe está feliz porque já encontrou duas coisas sobre o que reclamar.

Minha mãe estava olhando o cardápio. Ela retirou seus óculos de leitura.

— A garrafa de água do quarto estava aberta. Sabe-se lá o que alguém pode ter colocado nela. O mundo é um lugar insano, ultimamente. E as persianas não fecham por completo. O seu pai me faz parecer uma pessoa que reclama demais, mas não é verdade. Eu sou apenas...

Meu pai completou sua frase:

— *Minuciosa*. Nós sabemos, Marianne. Você é apenas *minuciosa*, não uma pessoa que vive reclamando.

Dei risada. Meus pais nunca mudavam.

Inclinando-me para Hazel, perguntei:

— O que você vai pedir?

— Não consigo decidir. Muitas coisas parecem deliciosas.

Meus olhos desceram para seus lábios.

— Eu sei o que quero.

Seus olhos cintilaram, e ela ergueu o cardápio para esconder seu sorrisinho malicioso.

— E você, sra. Duncan? — Hazel indagou. — O que vai pedir?

Minha mãe inclinou-se para frente e torceu o nariz.

— Eu estava pensando em pedir peixe, mas há um cheiro esquisito aqui. Bem fraco, mas senti enquanto estávamos no canto esperando a mesa. Parece cheiro de cavalinha estragada.

Pousei meu cardápio e cruzei as mãos.

— Ah, não. É só a Hazel. É ela que está com cheiro de peixe morto.

Hazel arregalou os olhos.

— O quê?

Dei de ombros.

— Você não está sentindo?

— Senti um pouco mais cedo. Algumas vezes, na verdade. Mas pensei que o cheiro estava impregnado no meu nariz. Você acha que eu estou fedendo?

Inclinei-me e dei duas fungadas nela.

— Aham. Cavalinha estragada. — Sorri para minha mãe. — Belo palpite, mãe.

Minha mãe pareceu horrorizada, enquanto eu estava achando aquilo muito engraçado. Era divertido pegar no pé de Hazel.

Ela puxou seu suéter e deu uma fungada bem forte. Seus olhos se arregalaram quando percebeu que o cheiro ruim estava mesmo vindo dela.

Completamente nervosa, ela tentou explicar aos meus pais.

— Eu... eu não costumo ter cheiro de peixe estragado. Nós fomos ao mercado de peixes hoje mais cedo. Esse suéter é feito de uma mistura de tecidos sintéticos, e acho que um pouco do cheiro ficou impregnado nele quando eu estava sentada ao lado da lata de lixo de peixes mortos.

Minha mãe ergueu as sobrancelhas.

— Você sentou ao lado da lata de lixo de peixes mortos?

Eu mal conseguia conter meu sorriso. Essa merda estava ficando cada vez mais hilária.

— Sim. Sentei — Hazel disse. — O seu filho achou que seria um bom lugar para tomarmos um café.

Decidindo que deveria dar uma ajudinha a Hazel, inclinei-me sobre a mesa em direção à minha mãe e assenti.

— Estávamos falando sobre sexo.

Minha mãe piscou algumas vezes, apertou os lábios e pegou novamente o cardápio. Olhei para meu pai, mas ele apenas deu risada e escondeu o rosto atrás do cardápio.

Hazel, por outro lado, não estava muito satisfeita.

— Obrigada por me dizer que eu estava fedendo.

Dei de ombros.

— Não me incomoda nem um pouco.

— Mas *me* incomoda!

Me aproximei e ergui a cabeça, exibindo meu pescoço para ela.

— E eu? Estou fedendo?

Ela me cheirou.

— Não está.

Sorri.

— É, achei mesmo que era só você.

Hazel me lançou um olhar irritado, mas acabou cedendo e começou a rir.

— Eu vou te matar mais tarde — sussurrou.

Lancei uma piscadela para ela.

— Mal posso esperar.

Depois disso, minha mãe e Hazel entraram em uma longa discussão para decidir se o preço do óleo trufado valia a pena ou não, depois Hazel mencionou que tinha uma coelha de estimação e minha mãe se animou como nunca a vira fazer antes. Aparentemente, mamãe tivera um coelho de estimação quando era criança, coisa que eu nunca soube. As duas trocaram meia dúzia de histórias, e minha mãe disse ao meu pai que queria pegar um coelhinho de estimação quando eles voltassem para casa para que ela também pudesse levá-lo para passear com uma coleira. No fim de tudo, quando chegou o momento de pagarmos a conta, minha mãe tinha se afeiçoado à minha garota.

— Por quanto tempo você ficará na cidade, querida? — ela perguntou a Hazel.

— Apenas alguns dias.

— E depois?

Hazel e eu olhamos um para o outro e nossos rostos murcharam. Sem saber, minha mãe havia feito a pergunta mágica. *E depois?*

— Não resolvemos isso ainda, sra. Duncan.

Minha mãe estendeu sua mão por cima da mesa e tocou a de Hazel.

— Tenho um bom pressentimento quanto a você e o meu filho, Hazel. E, por favor, me chame de Marianne.

— Obrigada, Marianne.

CAPÍTULO 27
Hazel

Eu não podia acreditar que o meu último dia em Seattle tinha chegado.

Pensar em deixar Matteo me deixava enjoada, mas eu precisava voltar para Connecticut e enfrentar a realidade — o que quer que isso significasse, àquela altura. Andei evitando dar a Brady qualquer informação específica sobre o meu paradeiro. Isso obviamente não podia continuar para sempre.

Por mais que passar os últimos dias juntos tivesse apenas solidificado minha conexão com Matteo, nenhum de nós havia mencionado como iríamos lidar com Brady ou o que aconteceria no geral depois que eu voltasse para Connecticut. Não queríamos desperdiçar o tempo precioso falando sobre o conflito inevitável que estava se aproximando.

Para nossa última noite, Matteo me levou a um evento com microfone aberto em uma cafeteria local. Com sofás macios de couro e atmosfera cheia de energia, aquele lugar era tudo que eu imaginara em uma cafeteria de Seattle. Eles também tinham o melhor e mais forte café espresso que já tinha provado.

Matteo disse que sempre quisera se apresentar ali, mas nunca tivera coragem nos anos após o falecimento de Zoe. Era sua terceira apresentação no curto tempo em que eu o conhecia, e senti tanto orgulho por sentir que eu podia ter contribuído para aquilo. Eu estava tão orgulhosa dele.

Os músicos se apresentariam em uma pequena área iluminada por luzes de Natal penduradas na parede. A escuridão do restante do ambiente ajudava a manter o foco no palco.

Quando chegou a vez de Matteo, ele subiu e apresentou sua versão de *I'm Yours*[7], de Jason Mraz. É claro que me apeguei a cada palavra, analisando sua escolha de canção. Podia ou não ter sido sobre mim, sobre amor ou apenas uma rendição ao destino. Isso era definitivamente algo que teríamos que fazer daquele momento em diante — confiar no destino.

Quando a música terminou, a plateia foi à loucura. Corri até o palco e o abracei com força. Apesar dos aplausos e gritos altos, senti como se fôssemos as únicas pessoas na face da Terra. Abraçar Matteo sob aquelas luzinhas do palco onde ele tinha acabado de fazer uma baita apresentação foi melhor do que eu poderia ter imaginado para o fim da viagem.

Contudo, o clima após irmos embora da cafeteria pareceu se transformar em melancolia.

Passava um pouco das nove horas, e nosso plano era ir jantar em algum lugar.

— Você sabe o que está a fim de comer? — ele perguntou.

Para nossas últimas horas juntos, decidi que não queria compartilhá-lo.

— Eu estava pensando sobre isso, e o que eu realmente gostaria de fazer é ficar na sua casa esta noite. Talvez possamos comprar uma pizza e levar para o seu apartamento.

— Claro. — Ele segurou minha mão e a apertou. — Podemos fazer isso.

Compramos uma pizza metade pepperoni e metade queijo, já que eu preferia a minha bem simples.

De volta ao apartamento de Matteo, comemos casualmente no chão,

---

7   Em tradução livre, Sou Seu. (N.T.)

com o clima ainda meio sombrio. Cada um comeu apenas uma fatia. Eu não estava com tanta fome e, aparentemente, ele também não.

Quando meu celular tocou, eu soube imediatamente quem era, mesmo antes de olhar. Quando confirmei que estava certa, apertei em ignorar.

— É ele? — Matteo perguntou com um tom amargo.

— Sim — respondi, hesitante.

— Porra, por que ele fica te ligando quando está claro que você não quer falar com ele?

É claro que eu não tinha uma resposta para isso.

Uma coisa que notei durante a viagem foi o quanto Matteo parecia tolerar Brady cada vez menos. Alguma coisa havia mudado. No começo, ele parecia ter mais empatia pelo amigo. Atualmente, era como se a mera menção a Brady o deixasse furioso. O que eu presumia era que, conforme os sentimentos de Matteo por mim se intensificaram, ele começou a ver Brady mais como um adversário.

Suspirei.

— Sinto muito, Matteo. Você merece algo melhor do que ter que lidar com essa situação.

Ele pareceu pensativo por um momento.

— Acho que não deveríamos nos comunicar depois que você for embora.

Meu coração afundou.

Ele se levantou e abriu a gaveta da mesa lateral para pegar um pedaço de papel. Em seguida, retornou ao seu lugar ao meu lado no chão.

— Comprei uma passagem para você para Nova Orleans no Dia dos Namorados. Aqui estão todas as informações da reserva — ele disse, entregando-me.

— O que isso tem a ver com não se comunicar?

— Acho que você precisa tirar um tempo para pensar bem quando chegar em casa, sem nenhuma interferência minha. Você me faz sentir que me quer, que quer isso, nós. Mas Brady claramente ainda está envolvido. Não quero que você tome alguma decisão da qual possa se arrepender, de um jeito ou de outro. Você pode ver, depois desses dias em Seattle, que uma vida comigo seria diferente da vida à qual está acostumada. Eu obviamente não posso te dar a estabilidade financeira que alguém como Brady poderia. Nem sei onde moraríamos. Tudo seria muito incerto. Mas tenho que dizer uma coisa... não quero ficar com alguém que não tenha certeza absoluta de que quer ficar comigo.

A viagem só havia fortalecido meus sentimentos por Matteo. Então, eu estava confusa por ele parecer mais preocupado.

— Eu fiz alguma coisa que te deu a impressão de que ainda estou confusa? Porque cada segundo que passei com você aqui me deu ainda mais certeza de que você é a pessoa certa para mim, Matteo.

Ele parecia querer acreditar em minhas palavras, mas algo o estava impedindo.

Ele balançou a cabeça.

— Você diz isso agora. Ainda está aqui comigo. Mas veja o que aconteceu quando voltou para casa na primeira vez. Brady voltou se arrastando e você o deixou entrar na sua vida novamente.

Não tinha como argumentar contra isso. Eu ficara mesmo confusa quando cheguei em casa depois da nossa viagem de carro. Naquele tempo, Matteo — Milo — era novo e assustador. E Brady era antigo e familiar. Embora ele tivesse me abandonado, Brady ainda parecia a opção mais segura. E, de alguma forma, eu sentia que devia a ele uma segunda chance. Mas, fosse ele seguro ou não, minha alma não se iluminava quando eu estava com Brady, como acontecia quando estava com Matteo. No decorrer das últimas semanas, eu havia aprendido que minha felicidade era mais importante do que estabilidade.

— Nesse momento, não existe parte alguma de mim que não pertença a você — eu disse. — Mas somente o tempo vai te mostrar o que há de verdade em meu coração.

Matteo ficou em silêncio por alguns minutos.

Por fim, ele virou-se para mim.

— Eu sempre acreditei que a morte de uma pessoa que eu amava era a coisa mais devastadora que poderia acontecer. Mas perder uma pessoa que amo e que ainda está viva deve ser tão ruim quanto, se não pior.

Levei alguns segundos para me dar conta de que Matteo tinha acabado de dizer que me *amava*, de maneira escondida em uma declaração dolorosa. Mas, mesmo assim, ele tinha dito. Essa devia ser a melhor oportunidade para retribuir o sentimento, mas não pareceu ser o momento certo. Eu não queria que ele pensasse que eu estava dizendo só porque ele disse.

Ele merecia ouvir as palavras de mim quando eu não tivesse mais nada me prendendo. Eu não estava mais com o meu ex, mas, até Brady saber a verdade, Matteo e eu estávamos vivendo à sombra de uma mentira, com um peso enorme em nossos ombros.

Antes que eu pudesse pensar em como responder, meu celular tocou novamente.

Merda.

Brady de novo.

Péssimo *timing*.

Eu sabia que toda vez que Brady ligava, era como se uma faca atravessasse o coração de Matteo. Então, em vez de dizer alguma coisa, ele se levantou e foi para o banheiro. Quando a porta se fechou bruscamente, meu corpo estremeceu. Mas não podia culpá-lo. O banheiro era o único lugar para onde escapar em um apartamento estúdio.

Alguns minutos depois, ouvi o chuveiro ligar. Era um momento estranho para decidir tomar um banho, mas eu entendia. Matteo provavelmente sabia que estava prestes a dizer algo do qual se arrependeria, então optou por tentar esfriar a cabeça.

Eu não queria ir embora naqueles termos, principalmente por ele não querer se comunicar comigo até Nova Orleans. Eu sabia que ele estava zangado com a rasteira que a vida nos dera, mas também sabia que cada parte daquela raiva se devia ao quanto ele se importava comigo.

Senti algo como uma atração invisível, que fez eu me levantar do chão e seguir para o banheiro. Eu só ia ver se ele estava bem. Pelo menos, foi o que disse a mim mesma.

Mas depois que abri a porta do cômodo cheio de vapor e vi sua silhueta nua através da porta de vidro embaçada, eu soube que não havia mais volta.

Durante alguns minutos, fiquei apenas observando-o passar xampu no cabelo.

Mas quando mais tempo eu passava ali parada, mais meu desejo por ele se tornava insuportável.

Ele finalmente falou comigo.

— O que você está fazendo?

Não respondi; apenas tirei a blusa. Removi a calça e, em seguida, a calcinha. E então, abri a porta do box e entrei.

Nossos olhares se prenderam e sua respiração ficou mais pesada. Seu olhar desceu. A água escorria por seu lindo rosto enquanto ele fitava meu corpo completamente nu pela primeira vez.

— Porra. Você está tentando me matar esta noite, Hazel?

Enquanto eu admirava, embasbacada, seu corpo lindo e torneado, tudo o que eu queria fazer era passar cada minuto que ainda me restava em Seattle venerando-o.

Fiquei de joelhos e respondi sua pergunta colocando seu pau na boca.

Ele soltou um gemido alto que ecoou pelo banheiro ao jogar a cabeça para trás. Percorri seu pau com a boca, enfiando-o até bater na garganta. Chupava com mais força a cada segundo. Nunca tinha feito algo tão ousado assim.

Ele agarrou meus cabelos molhados.

— Porra. Vá devagar, linda. Isso é demais para aguentar.

Mas ele usou sua mão para guiar os movimentos da minha cabeça, para enfiar seu membro ainda mais fundo, prova de que ele não queria mesmo que eu parasse.

Ele impulsionou os quadris com força mais uma vez, quase me fazendo engasgar antes de tirar o pau da minha boca.

— Levante-se, Hazel.

Obedeci e, então, ele me empurrou lentamente até minhas costas encontrarem a parede. Seu tom era rouco... provocante.

— Você acha que pode simplesmente entrar aqui nua, me deixar foder sua boca gostosa e consertar tudo?

Minha respiração ficou mais ofegante.

— Pensei que, já que está com raiva, pode muito bem descontar em mim.

Matteo falou contra meus lábios:

— É isso que você quer? Foder até minha raiva se dissipar?

Mais e mais excitada a cada palavra suja, virei de costas para ele e apoiei as mãos no azulejo da parede.

Senti seu pau quente e pulsante no meio das minhas nádegas. Então, sua boca pousou em meu pescoço e ele chupou minha pele, de maneira lenta e rigorosa. Meu clitóris vibrou com um desejo intenso. Empurrei a bunda contra ele, querendo-o dentro de mim.

— O que foi que eu te disse, Hazel?

Mal conseguindo falar, murmurei:

— Hã?

Pude sentir sua risada em minha pele.

— Qual é a palavra mágica?

Com a mente nublada, tinha me esquecido completamente do nosso pacto.

— Hooker — suspirei, a palavra mal saindo audível.

— Como é? — Ele pressionou seu pau com mais força entre minhas nádegas. — Não te ouvi.

— Hooker! — eu disse mais alto.

Ele cobriu minhas costas com beijos lentos e firmes antes de eu sentir a ardência da penetração. A fricção causou uma leve dor conforme ele se enterrava em mim. Com minhas mãos ainda apoiadas à parede, movi os quadris para encontrar suas estocadas, a sensação tão incrível que eu sabia que não duraria muito tempo. Normalmente, eu tinha o problema contrário.

Sua respiração estava frenética. A postura calma e convencida de alguns segundos antes parecia ter sido substituída pela mesma necessidade incontrolável que eu estava sentindo desde que entrara no banheiro.

Ele me envolveu pela cintura com os braços para meter ainda mais fundo.

— Você é minha, Hazel — ele sussurrou. — Você é minha, porra.

Suas palavras enviaram arrepios pelo meu corpo. Eu gostava do lado possessivo de Matteo. Se eu ao menos tivesse mais tempo para desfrutar dele...

CAPÍTULO 28

Matteo

Estar dentro de Hazel era melhor do que eu jamais poderia imaginar. Eu amava a maneira como seu corpo reagia toda vez que eu falava. Ela era tão apertada, e eu sentia que ia gozar sempre que ela se movia ao menos um pouco. Mas, de alguma forma, consegui me controlar.

Quando finalmente perdi o controle, esvaziando meu gozo dentro dela enquanto fitava a pele macia de sua bunda gostosa, aconteceu de repente e inesperadamente.

— Merda — murmurei. Fiquei decepcionado até me dar conta de que ela também estava gozando.

O gemido que ela soltou fez com que o restante do meu orgasmo fosse ainda mais intenso.

Eu a segurei ali por vários minutos, sem querer sair de dentro dela. Sempre senti que Hazel era minha, mas então ela havia entregado seu corpo a mim, e isso aumentou ainda mais as apostas. Se eu achava que era possessivo antes, naquele momento, estava pior ainda.

Nosso tempo estava acabando, e eu sabia que precisava tê-la mais vezes antes de ter que abrir mão dela novamente.

Talvez tudo acabasse se desenrolando perfeitamente bem. Ela apareceria em Nova Orleans e declararia que eu era seu escolhido. Mas e se ela não fizesse isso? E se ela chegasse em casa e Brady fizesse uma lavagem cerebral nela? Meu instinto me dizia que seu coração estava comigo, mas se, por alguma razão, aquela noite fosse tudo que poderíamos ter, eu com certeza ia fazer valer a pena.

Desliguei o chuveiro e apertei seu cabelo para retirar o excesso de água. Ele ficava em um tom de vermelho forte diferente quando molhado.

— Venha — eu disse ao conduzi-la para fora do box do chuveiro, pegando uma toalha e enxugando-a, enquanto do meu corpo escorriam gotas de água que caíam no chão.

Assim que nós dois estávamos completamente secos, ela deu um gritinho de surpresa quando a peguei no colo e a carreguei para fora do banheiro, parando na sala de estar para beijá-la antes de ser forçado a colocá-la de volta no chão para abrir o sofá-cama.

Nunca fiz aquilo com tanta pressa. Bach parecia irritado, sentado no peitoril da janela observando tudo rolar. Ele me teria todo só para ele em breve; ele tinha que aguentar.

Conduzi Hazel pela mão para a cama. Ela deitou-se de costas e pairei sobre ela, apoiado em meus braços e pernas. Eu já estava duro de novo.

— É surreal finalmente ter você nua sob mim assim.

— É estranho eu já te querer de novo? — Ela pareceu quase envergonhada por perguntar, o que foi adorável pra caralho.

— Não está sentindo o quanto já estou duro de novo? Preciso do oposto de uma pílula de Viagra nesse momento... alguma coisa que me ajude a me acalmar.

— Por falar em pílulas — ela disse. — Caso você não saiba, eu tomo anticoncepcional. Então, o que acabamos de fazer...

— Eu sei, Hazel. Eu vi as pílulas na sua bolsa de maquiagem durante nossa viagem, então eu sabia que você tomava. Mas não sei se seria capaz de resistir a você esta noite, mesmo que você não tomasse. — Dei um longo beijo em seus lábios. — Não sei como vou conseguir te deixar ir depois disso.

Ela me abraçou pelo pescoço.

— Não me deixe ir até ter que fazer isso. Vamos fazer cada minuto desta noite valer a pena.

Depois dessa, abri suas pernas e a penetrei novamente, desfrutando a sensação de seu corpo de uma maneira diferente, agora que estávamos pele com pele sem a interferência da água. E eu precisava dizer, sentir o calor de sua boceta sem barreira alguma foi ainda melhor do que da primeira vez.

Hazel apertou minha bunda com suas mãos delicadas enquanto eu metia nela com força. Ela abriu ainda mais as pernas, ávida para que eu a fodesse com mais força. Ver o quanto ela era desinibida me deixou extremamente satisfeito.

Eu com certeza não estava mais pensando em Brady. Nada mais importava além de gozar dentro daquela mulher maravilhosa, mostrar a ela com meu corpo o quanto eu a queria, o quanto precisava dela.

— Você está tão molhada. É tão lindo.

— É por sua causa. É você que está fazendo isso comigo.

— Esperei tanto por esse momento — grunhi.

A cada vez que eu impulsionava e recuava, ficava tentado a implorar que ela ficasse, que me deixasse amá-la daquele jeito todos os dias e que esquecesse a bagunça que a esperava em Connecticut. Mas eu sabia que precisava deixá-la livre. Se ela voltasse para Brady, significaria que não era a pessoa certa para mim. Mas eu esperava em Deus que eu estivesse certo em relação a ela. Naquele momento, eu tinha que confiar nos meus instintos. E eles me diziam que Hazel era minha desde o momento em que nos conhecemos.

Consegui conter meu orgasmo até ela começar a se contorcer sob mim. Chegamos ao ápice juntos. Ao gozar, imaginei que estava deixando um pedaço meu com ela. Era bizarro o quanto eu queria marcá-la como minha. Também era bizarro o quanto eu pouco me importava com Brady naquele momento. Talvez isso fizesse de mim uma pessoa terrível, mas nada mais importava além de Hazel.

Na manhã seguinte, Hazel estava em meus braços. Eu não pretendia sair da cama até termos realmente que levantar. E, é claro, era uma daquelas raras manhãs em que o sol se esgueirava pela janela. Por que não era um dos dias nublados e chuvosos costumeiros de Seattle?

Estávamos cansados, porque tínhamos passado uma boa parte da noite compensando todo o tempo em que nos contivemos. E agora, eu queria que tivéssemos cedido muito antes, tipo na primeira noite em Vail. Porque estávamos perdendo muita coisa.

— Estou dolorida da melhor maneira possível. — Ela sorriu.

— Espero não ter sido bruto demais com você ontem à noite.

Ela balançou a cabeça.

— Foi o melhor sexo da minha vida.

Após nos perdemos em um longo beijo, eu quis me certificar de que ela soubesse como eu me sentia antes que entrasse no avião.

Entrelacei meus dedos aos dela.

— Ouça, Hazel. Preciso te dizer uma coisa...

Uma expressão preocupada surgiu em seu rosto.

— Ok...

— Eu não sei o que nos aguarda nas próximas semanas. Mas não quero que pense que o fato de que te darei espaço significa que não estarei aqui para você, se precisar de mim. Estou aqui, ok?

— Obrigada por esclarecer isso. Não sei se posso passar tanto tempo sem falar com você.

— Mas eu acho mesmo que é melhor tentarmos não nos comunicarmos.

Quando ela baixou o olhar, estendi a mão para erguer seu rosto pelo queixo.

— Olha, eu quero ser o único para você, ok? Quero tanto. Mas há somente uma coisa que eu quero muito mais do que isso, que é que você seja feliz, viva a vida que realmente quer, seja comigo ou com outra pessoa. Não deixe que o Brady te manipule e te faça pensar que deve algo a ele. Apenas seja verdadeira consigo mesma e ao que quer. Ouça o seu coração. — Peguei sua mão e a pousei em meu peito. — Mas o meu? Vai continuar batendo por você até Nova Orleans.

CAPÍTULO 29

Hazel

O voo de volta para Connecticut foi longo e doloroso. Tudo que eu queria era voltar para os braços de Matteo. Deixá-lo foi algo forçado e prematuro, como se tivéssemos sido arrancados um do outro.

Quando o Uber me deixou em frente à minha casa, fiquei chocada ao ver o carro de Brady estacionado ali. Eu tinha finalmente respondido suas mensagens quando estava no aeroporto, avisando-o de que chegaria naquele dia. Então, ele deve ter tomado a liberdade de me encontrar. Eu não diria que era uma surpresa agradável.

Deveria ter pedido que ele me devolvesse sua chave quando terminamos tudo, mas fui burra por não pensar nisso. Saber que ele estava na minha casa sem mim parecia uma violação.

Meu coração bateu com força. Não estava preparada para vê-lo. Me perguntei se ele seria capaz de perceber só de olhar para mim. Eu estava coberta de Matteo.

Quando abri a porta, forcei um sorriso ao vê-lo.

— Oi. Que surpresa.

Ele deu alguns passos em minha direção.

— É, deve ser mesmo.

— Por que você não me disse que viria?

Quando ele não tentou me abraçar, eu soube que algo estava errado.

— Você fez uma boa viagem? — questionou friamente.

— Sim.

A cada segundo que passava, eu sentia uma estranheza no ar.

Fiquei alarmada quando entrei na cozinha e notei que havia fotos dispostas em uma linha sobre a bancada. Não somente fotos... fotos de Matteo que eu havia tirado.

Comecei a suar frio.

— O que... o que é tudo isso?

Brady cruzou os braços contra o peito.

— Não sei. Eu estava esperando que *você* pudesse *me* dizer. Vim até aqui para conversar, porque você não respondia a nenhuma das minhas mensagens. Estou me sentindo péssimo desde a noite do meu aniversário, e queria pedir desculpas pessoalmente. Sua câmera estava na sala de estar, então pensei em tirar algumas fotos minhas, como costumávamos fazer com o celular um do outro. Você se lembra de que costumávamos fazer isso, não lembra, Hazel? Eu deixava meu celular dando sopa enquanto ia ao banheiro por um minuto e, no dia seguinte, encontrava uma bela surpresa em forma de quinze fotos diferentes de você sorrindo, colocando a língua para fora e fazendo caretas. Você sempre parecia tão feliz naquelas fotos. Mas não foi isso que recebi desta vez, foi?

Brady parecia estar realmente esperando uma resposta, mas eu não tinha uma. Eu devia estar parecendo um cervo assustado diante de faróis. Após passar um minuto me encarando intensamente, ele foi até uma das fotos de Matteo e a pegou. Era uma foto que eu havia tirado dele cantando e tocando no palco em Nova Orleans.

— Vi essa primeiro. Mas sou tão ingênuo que apenas presumi que você devia ter tirado na noite em que saímos em duplas naquele restaurante no Village, mesmo que não lembrasse de você estar com a câmera. Sabe o que pensei quando olhei para essa foto? — Ele balançou-a no ar. Quando não respondi, ele perguntou novamente, mais alto dessa vez. — *Eu disse*: sabe o que pensei quando olhei para essa foto?

Balancei a cabeça e sussurrei:

— Não.

— Eu sorri e admirei o seu trabalho. — Brady soltou uma risada maníaca. — Porra, eu fui tão trouxa que fiquei apenas pensando no quanto você é talentosa.

Brady fez uma pausa. O jeito como seus olhos brilhavam de raiva estava me deixando muito nervosa. Ele olhou para a foto novamente e, movimentando o pulso com muita raiva, jogou-a no chão. Em seguida, pegou uma segunda foto. Essa era uma mais de perto de Matteo. Ele tinha acabado de tocar uma música e estava olhando para a câmera com muita emoção nos olhos.

— Sabe o que pensei quando olhei para essa?

Mais uma vez, ele me encarou, esperando uma resposta.

Balancei a cabeça e baixei o olhar, mais uma vez sussurrando "não".

— Pensei comigo: que bom que esse cara é o meu melhor amigo. Porque, caralho, que filho da puta bonitão. Eu me lembro de quando ele costumava tocar violão e cantar em palcos durante a faculdade. Bastava dedilhar um pouco e cantar alguns versos que as mulheres faziam fila para oferecer as bocetas para ele. Mas eu não preciso me preocupar com isso. Minha garota é leal, e eu sempre pude confiar no meu melhor amigo.

Ele movimentou o pulso novamente e lançou a segunda foto no chão. Então, pegou as outras e foi jogando uma a uma a cada palavra que vociferava.

— Não. É. A. Minha. Garota. Ou. O. Meu. Melhor. Amigo.

Restavam três fotos sobre a bancada. Ele pegou uma delas e a agitou no ar.

— E então, cheguei a essa. Uma foto do meu melhor amigo com uma cacetada de *neve* ao fundo. A neve que caiu em Nova York esse ano até agora não foi mais do que alguns flocos, pelo menos que eu saiba. Mas, novamente, imaginei que devia estar errado. Devia ter uma pilha de neve em algum estacionamento em um lugar do qual eu não estava ciente. — Brady jogou a foto no chão.

— Depois, cheguei a essa. — Ele ergueu a penúltima foto da bancada e a mostrou para mim antes de também dar uma olhada nela. — Aqui está o meu amigo usando camiseta e bermuda, diante do que parece ser algum tipo de mansão sulista ou algo assim. — Brady virou a foto para mim novamente. — Isso não parece a cidade de Nova York, parece, Hazel?

Balancei a cabeça.

Brady jogou a foto no chão e pegou a última da bancada.

— Mas, mesmo assim, após ver uma dúzia de fotos completamente óbvias, ainda me recusei a acreditar. Tinha que haver alguma lógica que explicasse por que a minha garota teria todas essas fotos do meu melhor amigo em sua câmera, em lugares que não parecem ser Nova York. Então, continuei em negação, até chegar a essa foto.

A foto era uma selfie que eu havia tirado de Matteo e eu no dia antes de irmos embora de Nova Orleans. Eu estava sorrindo para a câmera e Matteo pressionava seus lábios em minha bochecha.

— Me diga, Hazel. Como eu ia explicar essa foto para mim mesmo? — Ele pausou e começou a rir. — Eu sou mesmo um trouxa do caralho. Parte de mim *ainda* tinha esperança de que existia alguma explicação razoável para tudo isso. Até que vi você entrar pela porta da frente com culpa estampada no rosto. Então, eu *realmente soube*.

Brady caminhou até minha mala e ergueu a etiqueta de bagagem da companhia aérea, que não pensei em arrancar antes de entrar em casa.

— SEA? Se não me engano, esse é o código do aeroporto de Seattle. — Sua voz falhou quando ele continuou: — Como foi sua viagem para foder com o meu melhor amigo, Hazel?

Lágrimas desciam pelo meu rosto.

— Brady... — Balancei a cabeça. — Sinto muito. Não queria que fosse assim.

Ele jogou a última foto no chão e seus ombros caíram. Sua raiva parecia estar se dissipando e se transformando em tristeza, e aquilo partiu meu coração. Dei alguns passos em sua direção e estendi a mão, mas Brady ergueu as suas e se afastou.

— Não. Não me toque.

Sacudi a cabeça.

— Nós não planejamos isso, Brady.

— Há quanto tempo? Há quanto tempo você está transando com o meu melhor amigo?

Olhei para baixo.

— Nos conhecemos quando fui para Vail.

Ele soltou uma risada debochada.

— Perfeito. Você fodeu com ele na suíte de lua de mel que eu tinha reservado para nós?

Balancei a cabeça novamente.

— Não foi assim. Você tem que acreditar em mim.

— Ah, é mesmo? E por quê? Porque você tem sido muito honesta comigo ultimamente? Eu passei tempo com vocês dois juntos. Vocês devem ter dado tanta risada às minhas custas. *Que otário ele é por não perceber.*

— Brady, eu juro, nós nos conhecemos por acaso em um hotel em Vail, e nenhum de nós fazia a mínima ideia de que tínhamos uma conexão. Não fazíamos a menor ideia, até Matteo entrar naquele bar onde você e eu nos encontramos há algumas semanas.

— Aham, isso soa muito convincente. Vocês dois se conheceram em Vail, onde supostamente estariam para o nosso casamento, e com nomes totalmente comuns como Hazel e Matteo, vocês nunca se deram conta de nada.

— Nós... não estávamos usando nossos nomes verdadeiros.

Brady ergueu as sobrancelhas.

— *Oh!* Certo, certo. Tudo faz sentido agora. Obrigado por me informar. Agora compreendo completamente como isso pôde acontecer. Está totalmente claro.

O fato de que Matteo e eu havíamos usado nomes falsos por duas semanas e nunca descobrimos por que realmente estávamos em Vail eram as mesmas razões pelas quais tudo parecia ridículo naquele momento. A história parecia tão absurda que quase me pareceu inacreditável também.

Brady e eu ficamos em silêncio por um longo tempo. Ele ficou olhando para o chão, para as fotos de Matteo espalhadas pelo chão, e balançou a cabeça.

Quando ergueu o olhar, vi que seus olhos estavam marejados.

— Você o ama?

Eu não tinha certeza se deveria ser honesta ou não, mas achei que para Brady chegar a acreditar em alguma parte da história louca de como Matteo e eu nos conhecemos, eu precisava começar sendo verdadeira.

Assenti.

— Amo.

Brady balançou a cabeça.

— Athena nunca significou nada para mim. Foi uma burrice que cometi por estar com medo. Posso ter traído primeiro, mas foi só sexo, Hazel. Trair com sentimentos é muito pior.

Senti como se todo o meu fôlego tivesse fugido.

— Quem... quem é Athena?

Brady soltou uma risada de escárnio.

— Ótimo. Então, isso nem ao menos foi você se vingando de mim? Você não fazia ideia de que eu tinha feito merda quando começou a foder com o meu melhor amigo. Sabe, eu sempre achei que você e eu éramos diferentes, que você era boa demais para mim. Mas, no fim das contas, você é tão escrota quanto eu.

Balancei a cabeça, ainda sem entender.

— Quem é Athena? A mulher com quem você trabalha?

Brady me dispensou.

— Quer saber? Já deu. Se quiser detalhes sobre o que aconteceu entre mim e Athena, pergunte ao seu namoradinho. Eu confiava tanto nele como amigo que contei tudo a ele sobre ela.

Puta merda. Uma raiva fervente borbulhou em mim conforme me dei conta de quanto tempo eu havia passado *me* culpando pelo fim do noivado. E *ninguém* tinha me contado a verdade.

Ele olhou em meus olhos mais uma vez e, então, se virou e saiu pela porta da frente.

CAPÍTULO 30
Matteo

— Vamos... atenda. — Andei de um lado para o outro em meu apartamento.

Minha mãe franziu a testa.

— Ela continua sem atender?

Passei uma mão pelo cabelo e balancei a cabeça. Fazia três dias desde que Brady ligara, falando arrastado, na noite em que Hazel voltou para casa. O toque do celular havia me acordado às quatro da manhã. Nenhuma ligação a essa hora traz coisas boas, mas, quando peguei meu celular da mesa de cabeceira e vi o nome na tela, eu soube. *Eu soube.*

Eu tinha sido um covarde durante o último mês, me esgueirando pelas costas do meu amigo, então atendi, recompondo-me para assumir minhas culpas. Mas mal pude compreender Brady em seu estado bêbado. Consegui entender que ele estava esperando Hazel na casa dela depois que ela pousou e encontrou algumas fotos de nós dois na câmera dela. Depois disso, o resto da conversa consistiu basicamente nele falando coisas desconexas e dizendo que eu era um merda sacana. Ele tinha razão. Não pude discutir com ele quanto a isso. Toda vez que ele desligava na minha cara e ligava novamente quinze minutos depois para gritar um pouco mais, o mínimo que eu podia fazer era atender e deixá-lo colocar um pouco daquilo para fora. Meu celular finalmente parou de tocar um pouco antes das seis.

Esperei mais uma hora para ligar para Hazel, mas ela não atendeu. Quando chegou a tarde, eu já havia tentado ligar pelo menos cinquenta vezes e estava começando a imaginar o pior. Desesperado para saber se ela estava bem, tentei até mesmo ligar para Brady. Mas ele também não atendeu. Surtando completamente do outro lado do país, estava considerando ligar para a polícia e pedir que fossem conferir como Hazel estava. Mas então, me lembrei de que uma vez ela havia usado meu celular para ligar para sua amiga Felicity, então busquei no meu histórico e liguei para ela.

Após explicar quem eu era e lhe dar uma versão resumida da história, implorei para Felicity ir à casa de Hazel para ver se ela estava bem. A hora que ela demorou para retornar a ligação foram os piores sessenta minutos da minha vida. As merdas insanas que estavam povoando minha mente eram inimagináveis. Mas, por fim, Felicity ligou, e me assegurou de que Hazel estava fisicamente bem. Por mais que isso tenha me deixado aliviado, não entendia por que ela mesma não me atendia para me dizer isso.

Reconhecia que eu havia sugerido que não nos contatássemos quando ela voltasse para casa, mas isso era uma emergência. Não fazia sentido. Não consegui arrancar muita coisa de Felicity além de que Brady havia descoberto e Hazel não queria falar com ninguém.

Não poder ouvir a voz de Hazel tinha me deixado arrasado, mas decidi que esperaria mais dois dias antes de tentar ligar novamente. E agora, já fazia seis dias desde que ela havia voltado para casa e eu ainda não conseguia fazê-la me atender. Já havia mandado mensagens, ligado, e até mesmo tentando mandar mensagens para ela através de redes sociais. Na noite anterior, véspera de Natal, eu tinha certeza de que seria o dia em que ela finalmente atenderia. Quando ela não fez isso, não pude me impedir de ligar para Felicity pela segunda vez. Mesmo que eu não tenha conseguido fazê-la me contar muito além do que tinha me contado da primeira vez que liguei, ela me deu um pouco de luz sobre o motivo pelo qual Hazel estava me ignorando. *O fodido do Brady* havia contado a ela sobre a mulher com quem ele dormira, junto com o fato de que eu sabia disso.

De manhã, pensei em pegar um voo para Connecticut. Mas, então, minha mãe batera à minha porta sem o meu pai. Ela sentou comigo, perguntando o que estava acontecendo e se eu estava bem. E acabei desabafando tudo com ela, contando toda a minha história louca, desde como Hazel e eu nos conhecemos até nossa viagem de carro, ao baque de entrar em um bar em Nova York esperando ver meu velho amigo Brady e descobrir que minha Maddie não era minha Maddie. Ela era a Hazel do meu amigo.

Minha mãe podia ser intrometida, mas ela estava ao meu lado quando precisei dela. Ela tinha até mesmo me dado bons conselhos e me feito enxergar as coisas pela perspectiva de uma mulher. Se não fosse por ela ter me convencido a desistir, eu provavelmente estaria em um avião para ir até Hazel e forçá-la a falar comigo antes que estivesse pronta.

Sentei-me à mesa e soltei uma respiração audível pela boca.

— Eu sei, querido. — Minha mãe deu tapinhas em minha mão. — Ela vai cair em si. Você só precisa dar um pouquinho de tempo a ela. Eu vi a forma como ela olha para você. Ainda não acabou. Nesse momento, ela está confusa e se sente traída por você e pelo Brady.

— Pensei que isso deveria ser um papo motivacional para me fazer sentir melhor.

— E é. Mas não significa que vamos ignorar a parte da verdade que não nos favorece. Entendo que você estava em uma situação complicada, e entendo seus motivos para não querer contar à Hazel o que sabia sobre Brady. Você queria que ela te escolhesse por querer ficar com você, não porque não queria ficar com Brady depois de descobrir a traição. Entendo, de verdade. Mas isso não muda o fato de que você escondeu algo dela. Diante de tudo que me contou, ela foi honesta com você desde o início, até mesmo quando te disse que não tinha certeza se as coisas entre ela e Brady tinham mesmo terminado quando voltou para casa após aquela viagem. Isso não deve ter sido algo fácil, para ela, de dizer a você. Ela correu o risco de te perder. Mas foi honesta consigo mesma e com você.

Soltei uma respiração trêmula.

— Diferente de mim, que não fui honesto. Porque não confiei nela o suficiente para deixar que decidisse ficar comigo pelas razões certas.

Minha mãe assentiu.

— Temo que sim. Às vezes, a melhor coisa que você pode fazer por alguém que ama é dar a essa pessoa o espaço que ela precisa. Mesmo que também seja a coisa mais difícil que você possa fazer.

Forcei um sorriso.

— Obrigado, mãe.

Meu pai chegou um pouco mais tarde, e conseguimos ter um Natal bem tranquilo e agradável. Quando meus pais foram embora, pensei bastante sobre o que minha mãe dissera. Passei o tempo todo ligando para Hazel sem parar só para poder ouvir sua voz, o que era egoísta, porque a única pessoa que se sentiria melhor com isso seria eu. Então, decidi parar, deixá-la ter o espaço de que precisava. Contudo, antes de fazer isso, eu queria que ela soubesse que minha falta de contato não significava que eu não estava pensando nela. Então, mandei uma mensagem:

> Hazel, eu sinto muito por você estar magoada agora. E sinto ainda mais pelo fato de que foi algo que fiz que contribuiu para essa dor. Sei que você precisa de um pouco de espaço, então é isso que te darei. Mas, por favor, saiba que, em cada momento de cada dia, você está em meus pensamentos. Eu esperava poder te dizer isso pessoalmente, mas se será a última coisa que poderei dizer durante um tempo, preciso dizer agora. Eu te amo, Hazel. Acho que te amo desde o primeiro instante em que pousei os olhos em você. Quando olho para trás, não sei como vivi tanto tempo sem você na minha vida. Mas, então, me lembro de que eu não estava mesmo vivendo de verdade até você fazer o meu coração voltar a bater.

Fiquei surpreso quando, alguns minutos depois, meu celular vibrou. Ver o nome de Hazel aparecer na tela me fez sentir um pouco mais de esperança. Mas, então, li sua mensagem.

> *Obrigada. Se cuide, Matteo.*

E qualquer resquício de esperança que havia desabrochado dentro de mim murchou instantaneamente. Sua mensagem pareceu muito mais uma despedida do que somente a necessidade de um pouco de espaço.

CAPÍTULO 31

Matteo

Sete semanas depois

Cheguei um dia mais cedo.

As últimas sete semanas pareceram sete anos. A cada dia, eu saía da cama e dançava conforme a música, mas não sentia que estava realmente vivendo. Graças a Deus, minha licença havia acabado e eu tive que voltar ao trabalho. Do contrário, teria uma deficiência de vitamina D por falta de luz do sol. Eu odiava comparar qualquer coisa relacionada a Zoe à minha situação com Hazel, mas a maneira como isso estava me afetando talvez fosse pior do que o que eu havia passado depois que perdi Zoe. Isso parece loucura, eu sei. E, em muitos sentidos, parecia desrespeitoso com Zoe ao menos pensar isso. Mas, quando ela morreu, eu não tive outra escolha além de aceitar que ela havia partido e seguir em frente. Isso não significava que eu queria encontrar uma nova namorada, nem nada disso. Ainda assim, depois que o choque passou, aceitei que ela tinha ido embora da minha vida para sempre. O que acontecera era um fato frio e severo que eu não poderia mudar.

Eu não tinha certeza se algum dia conseguiria aceitar que as coisas entre mim e Hazel haviam acabado, sabendo que ela e eu ainda estávamos respirando o mesmo ar.

Mas, durante as últimas sete semanas, cada dia que passava e eu não recebia notícias dela me fazia sentir que as chances de as coisas darem certo no final estavam minguando.

Ficar no meu quarto de hotel, no *mesmo quarto* que Hazel e eu havíamos compartilhado havia apenas alguns meses, me perguntando se ela apareceria no dia seguinte, estava me deixando louco. Então, decidi sair para dar uma volta. A Bourbon Street sempre estava agitada. Eu precisava de uma distração, mesmo que fosse por um tempo curto.

Passei pelo pequeno restaurante onde Hazel e eu havíamos dividido um jambalaya. Cada passo que eu dava ao me afastar dele fazia meu coração pesar. Era como se eu estivesse me arrastando, com pesos de cinco quilos em cada pé. Passei por um bar que visitamos para tomar um drinque, depois do lugar com microfone aberto onde cantei olhando para seu lindo rosto na plateia. Aquela porcaria de caminhada deveria me ajudar a clarear a mente, mas era a última coisa para a qual estava servindo.

Quando cheguei a uma fachada da qual havia me esquecido completamente, parei de repente. *Vidência e Alinhamento de Chacras.* Como pude não me lembrar daquele lugar? Zara me dera uma mensagem de Zoe. E também dissera a Hazel que viu um grande conflito com uma pessoa cujo nome começava com M. Naquele tempo, Hazel e eu éramos Milo e Maddie e não fazíamos *a mínima ideia* do grande conflito que estava prestes a ser esfregado em nossa cara.

Não resisti e entrei para ver se Zara estava. O pequeno espaço da recepção estava vazio. Uma cortina roxa-escura de veludo separava o espaço adjacente onde eu sabia que ela fazia suas leituras. Então, fiquei quieto, para não interromper caso tivesse alguém lá com ela. Após um minuto ou dois de silêncio, uma voz familiar soou do outro lado da cortina.

— Já estava na hora de você voltar.

Deduzi que ela estava falando com quem quer que estivesse no outro espaço com ela, então permaneci calado. Mas diante da minha falta de resposta, a voz gritou:

— Ande logo, o que está esperando? Não estou ficando mais jovem aqui.

Franzi a testa.

— Hã... está falando comigo?

— Bem, eu não estou falando comigo mesma. Sou vidente, não maluca.

Afastei a cortina pesada e encontrei Zara sentada à mesa sozinha. Ela acenou impacientemente para mim.

— Venha, venha. Vamos começar o show. Você não trouxe a sua gatinha desta vez, hein?

Sentei-me, hesitante e confuso.

— Você se lembra de mim?

— A maioria das pessoas que recebo são bêbados cheirando a cerveja velha e garotas que querem saber se conseguirão encontrar o sr. Perfeito mostrando os peitos na Bourbon Street. Não recebo muitas pessoas assim, como você.

Sorri, algo que era uma raridade ultimamente.

— Obrigado. Você fez um trabalho incrível na última vez em que estive aqui, então acho que eu estava esperando que você pudesse me ajudar de novo.

Zara estendeu a mão com a palma para cima.

— Claro. Vai custar quarenta dólares, por favor.

Enfiei a mão no bolso e retirei o bolo de notas que tinha.

— Quarenta? Da última vez foi vinte.

Zara deu de ombros.

— Cobro um valor *premium* quando falo com celebridades mortas.

Após um momento, dei risada.

— Está se referindo ao David Bowie? Não era exatamente o Bowie, era *Zoe*.

Zara balançou a cabeça.

— Bem, ainda custará quarenta dólares, porque, aparentemente, preciso comprar um aparelho auditivo para quando falar com as pessoas do além.

Retirei duas notas de vinte e coloquei-as na mão de Zara. Quarenta era uma pechincha, até. Eu teria esvaziado minha conta bancária se ela pudesse me dizer se Hazel apareceria ou não no dia seguinte. Valeria a pena para finalmente ter uma noite de sono completa.

Zara guardou as notas em seu sutiã e fechou os olhos, estendendo as duas mãos para mim.

Quando não fiz nada imediatamente, ela entreabriu um dos olhos.

— Me dê as suas mãos.

— Oh. Sim, claro. Foi mal.

Fiquei olhando-a em silêncio por uns cinco minutos. Seus olhos fechados formaram uma série de expressões diferentes. Em determinado momento, suas sobrancelhas se franziram com força, e ela pareceu irritada. Então, um minuto depois, um sorriso se espalhou em seu rosto. Por fim, ela abriu os olhos e soltou minhas mãos.

— Você viu algo preocupante? — Eu estava ansioso.

Ela fez um gesto vago com a mão.

— Que nada. Eu só queria segurar as suas mãos por um tempinho. Faz muito tempo desde que um homem lindo como você fez isso.

Ela girou em sua cadeira e retirou um baralho de cartas de uma caixa ao seu lado. Eu as reconheci. Eram as cartas de tarô que ela usara na última vez.

Zara afastou seus dreads do rosto e virou três cartas sobre a mesa. Analisando-as, ela apontou para as duas primeiras.

— Já falamos sobre o seu passado, então presumo que você esteja aqui para saber sobre o seu presente e o futuro.

Assenti.

— Sim, seria ótimo.

Ela pegou a carta do meio e segurou-a contra a testa com os olhos fechados por um minuto.

— Você está solitário — ela disse.

Franzi as sobrancelhas, mas assenti.

Zara inclinou-se para frente e baixou o tom de voz.

— Posso te mandar para um lugarzinho que fica do outro lado da cidade. Diga a eles que foi Zara que te mandou lá e, por cinquenta pratas, você não vai mais ficar solitário.

Dei risada.

— Tudo bem. Acho que não vou precisar.

Ela pousou a carta do meio e pegou a seguinte, segurando-a contra a testa por um instante.

— Seu bichinho não quer uma nova amiga.

Franzi as sobrancelhas.

— Como é?

— Você tem um gato, não é?

— Sim.

— Bem, ele não vai gostar da nova amiguinha.

— Quem é a nova amiguinha dele?

— Como eu vou saber? Só estou dizendo o que estou recebendo.

— Está bem, está bem. — Podia significar que Hazel estava vindo? Meu gato não gostou muito dela na primeira vez em que se conheceram. Talvez fosse um sinal positivo?

— E a maçã pela qual você irá procurar? Está no porta-malas do carro.

— A maçã? É isso que você está vendo? Eu vou perder uma fruta?

— Ei! — Zara vociferou. — Não fique irritadinho com a mensageira.

Passei uma mão pelo cabelo.

— É, tem razão, me desculpe. Só estou muito apreensivo.

— Está apreensivo por causa da garota com quem esteve aqui na última vez? A ruiva?

Meu pulso começou a acelerar.

— Sim. O que você está vendo sobre ela?

Zara fechou os olhos com força por um momento e, então, os abriu.

— Nada. Desculpe. Não vejo nada sobre ela.

Meu coração afundou para o estômago.

— Mas estou vendo outra coisa — Zara disse. — Você curte astrologia, por acaso?

Neguei com a cabeça.

— O seu aniversário é em maio, ou talvez uma mulher em sua vida que faça aniversário em maio?

Tornei a balançar a cabeça negativamente.

— Estou vendo um touro. Mas não um touro qualquer. É do tipo que usam em mapas astrológicos para representar pessoas nascidas no signo de Touro.

Revirei meu cérebro, buscando qualquer conexão com o mês de maio ou astrologia, mas não encontrei nada.

Ao ver minha expressão, Zara franziu a testa.

— Olhe, garoto. Normalmente, eu inventaria um papo furado dizendo que você irá conhecer sua futura esposa na próxima quarta-feira, ou que vejo um término no seu futuro, quando não recebo nada empolgante. Mas você não me parece alguém que quer ouvir essas bobagens.

Abri um sorriso triste.

— Não sou mesmo. Mas fico grato por você ter tentado, Zara.

— Sem problemas, meu bem. — Ela abriu a caixa de onde havia tirado suas cartas de tarô e pegou outra coisa. Ao estender o que parecia ser um cartão de visitas para mim, ela disse: — Este é um cupom de cinquenta por cento de desconto para aquele lugar que mencionei mais cedo, aquele que pode dar um jeito na sua solidão. Só para caso você mude de ideia.

Balancei a cabeça e me levantei.

— Guarde isso para mim, Zara. Talvez eu volte para buscar amanhã à noite.

378   VI KEELAND E PENELOPE WARD

CAPÍTULO 32

Matteo

Perambular pelo French Quarter de manhã, com o sol ainda nascendo, era uma experiência interessante, como uma calma surreal após a tempestade. Eu tinha quase certeza de que algumas das pessoas que estavam passando por mim nem tinham ido dormir ainda; algumas pareciam ainda estar bêbadas.

Então, havia também os casais de idosos caminhando lentamente, procurando um lugar para tomar café da manhã, enquanto o som do clarinete de um artista de rua tocava em algum lugar ao longe. Os caminhões de limpeza estavam passando, tentando lavar os pecados da noite anterior. E trabalhadores que acordavam cedo passavam de bicicleta. A cidade estava acordando, e eu ansiava que Hazel estivesse ali comigo para podermos vaguear pelas ruas juntos.

Para qualquer outra pessoa ali, era como qualquer outra manhã em Nova Orleans. Mas, para mim? Era o começo de um dia que definiria o resto da minha vida. Um dia que, inevitavelmente, significaria a diferença entre um futuro cheio de esperança e um coração partido impossível de ser reparado.

Parei em uma cafeteria e pedi duas carolinas açucaradas e café. Por mais deliciosas que fossem, meu estômago estava inquieto, então não consegui comer direito. Não conseguia parar de pensar sobre aquela noite.

Diante do fato de que Hazel não me contatava há um mês e meio, se eu tivesse que apostar, diria que ela não viria. Mas nem mesmo cavalos selvagens poderiam me impedir de me agarrar à chance remota de ela aparecer.

Quanto mais tempo Hazel e eu passávamos separados, mais eu sentia falta do que tivéramos. Mas ela havia perdido um pouco da confiança em mim, que eu podia nunca mais conseguir reconquistar. Só me restava torcer para que o que quer que tivesse que acontecer, acontecesse.

Passei o dia fazendo o melhor que podia para passar o tempo antes do horário em que o voo que eu havia reservado para Hazel estava marcado para chegar. Mas nada foi capaz de eliminar a preocupação em minha mente.

Conforme a tarde foi se aproximando, meus nervos ficaram descontrolados.

Por volta das quatro da tarde, voltei para o quarto do hotel e fiz o melhor que pude para me ocupar: tomei um banho, assisti TV, comi o que tinha no frigobar. Não tinha mais nada além disso para fazer. Eu não queria sair do quarto. Não podia correr o risco de acontecer algo que pudesse me impedir de voltar na hora em que ela deveria chegar.

Desliguei a televisão por volta das cinco e quarenta e cinco e comecei a andar de um lado para o outro.

Quando o relógio finalmente marcou seis horas, decidi acessar o site do aeroporto para checar o status do voo.

DESEMBARQUE.

Meu coração acelerou conforme encarei aquela palavra.

DESEMBARQUE.

Era isso; ou ela estava ali, ou não. Não tinha mais volta.

Após isso, os minutos pareceram se arrastar. Estimei que ela levaria pelo menos uma hora para pegar sua bagagem da esteira e ir do aeroporto para o hotel.

Então, quando o relógio marcou sete da noite, minha testa começou a suar. Fiquei diante da janela, como se ficar mais perto do mundo do lado de fora fosse, de alguma forma, fazê-la aparecer magicamente.

Quando deu sete e meia, meu coração afundou.

E a meia hora até às oito da noite foi provavelmente a mais excruciante, porque esse foi o horário em que decidi internamente desistir de qualquer chance de ela aparecer. Deixei avisado na recepção que ela chegaria, instruindo-os a lhe entregar uma chave para que viesse direto para o quarto. Fiquei pensando em ligar para a recepção para me certificar de que tinham entendido direito, que ela não estava mesmo esperando por mim lá embaixo. Mas a quem eu estava tentando enganar? Se ela estivesse ali e não tivesse conseguido fazer o check-in, alguém já teria me ligado. *Ela* teria me ligado. Então, não. Ligar para a recepção não ajudaria essa situação irremediável.

Deitei-me na cama e encarei o teto. Estava na hora de começar a aceitar o fato de que Hazel não viria. Isso doeu pra caralho. E quanto mais a ficha caía, mais eu *não conseguia* aceitar. Perder a amizade de Brady era uma coisa. Isso foi péssimo, e eu sempre me arrependeria da forma como as coisas acabaram entre nós. Mas Hazel era o amor da minha vida.

O amor da minha vida.

Uau.

Foi estranho reconhecer isso naquele momento, quando, aparentemente, já era tarde demais. Eu amara Zoe profundamente. E talvez não fosse justo comparar meus sentimentos por Zoe com a forma como me sentia por Hazel. Elas eram duas pessoas diferentes, e meu amor por cada uma delas foi único. Mas eu sentia que Hazel era a pessoa com quem eu estava destinado a ficar. E perdê-la me fez perceber o quanto eu realmente a amava. Sentia como se ela tivesse uma parte de mim que eu nunca recuperaria.

Forcei-me a sentar na cama. Devo ter ficado ali com a cabeça apoiada nas mãos por uma hora seguida.

E então, uma coisa aconteceu. Um surto de adrenalina pareceu vir do nada, uma força interior potencializada pelo amor.

De jeito nenhum você vai desistir desse jeito, porra.

Tenha colhões e vá recuperar sua mulher.

Naquele momento, comecei a juntar minhas coisas com pressa, com a certeza de que estava prestes a ir para o aeroporto e pegar o primeiro voo para Connecticut ou Nova York.

Eu não ia desistir até ter a chance de explicar minha motivação para não contar a ela sobre a traição de Brady. Eu devia tanto a ela quanto a mim mesmo garantir que ela entendesse minhas razões e que eu nunca tive a intenção de magoá-la. E se, ainda assim, ela não pudesse confiar em mim, pelo menos eu saberia que havia feito tudo o que podia.

Tinha acabado de juntar todas as minhas coisas quando ouvi uma batida na porta.

Fui correndo ver quem era.

Quando abri, quase caí para trás ao vê-la.

Hazel.

Ela parecia cansada, desgrenhada, e estava... segurando um filhote de gato?

Por quê?

Eu não ligava. Fiquei ali parado, maravilhado, cheio de esperança.

Porque, cacete, ela estava ali. Minha Hazel estava ali.

Ainda em completa incredulidade, minhas palavras saíram em um sussurro.

— Você está aqui.

Ela assentiu silenciosamente, ainda segurando o gatinho com firmeza.

Mas o que era isso?

Após ela colocar o filhote no chão, puxei-a para meus braços.

— Eu estava prestes a ir embora — falei contra seu cabelo. — Graças a Deus não fiz isso.

— Para onde você ia?

— Para Connecticut. Para você.

Limpei uma lágrima de seu olho. Ela parecia exausta.

— O que aconteceu com você, Hazel?

— É uma longa história. Você pode me beijar primeiro?

— Porra, claro que posso.

Tomei sua boca na minha o mais rápido que pude, soltando um suspiro exasperado que ela provavelmente sentiu bater em sua garganta. A cada segundo que passava enquanto eu devorava sua boca, me dei conta de que não importava por que ela tinha chegado tão tarde, por que tinha um filhote de gato aleatório com ela ou por que seu cabelo fazia com que parecesse que ela havia sido eletrocutada.

Eu estava tão feliz por tê-la em meus braços. Isso era tudo que importava.

Ergui seu corpo e ela envolveu minha cintura com as pernas. Senti a necessidade urgente de carregá-la até a parede.

Ela abriu o botão e o zíper da minha calça, e eu abaixei a sua. Em segundos, afastei sua calcinha para o lado e entrei em sua boceta quente e deliciosa. Hazel enfiou os dedos em meu cabelo ao fodermos contra a parede em um frenesi primitivo. Enquanto a penetrava, senti como se estivesse liberando toda a tensão que havia se acumulado dentro de mim durante as últimas vinte e quatro horas.

Quando senti seus músculos apertarem meu pau, libertei-me, colocando a mão na parte de trás de sua cabeça para protegê-la ao gozar dentro dela. Foi o sexo mais rápido que já fizemos, mas provavelmente o orgasmo mais intenso da minha vida.

— Eu te amo tanto, Hazel — eu disse, ofegando ao olhar para ela.

— Eu também te amo, Matteo. Pensei que nunca chegaria aqui a tempo para te dizer isso. E feliz Dia dos Namorados. Comprei uma coisa para você, mas, quando cheguei ao aeroporto, percebi que tinha esquecido de colocar na mala. Tudo deu errado hoje, uma coisa atrás da outra.

Afastei os cabelos de seu rosto.

— A melhor coisa que você poderia me dar está aqui: o seu coração. Feliz Dia dos Namorados, meu amor.

Quando o gatinho miou, interpretei como uma deixa para colocar Hazel de volta no chão. Ela foi para o banheiro enquanto eu vestia novamente a calça e o gato circulava minhas pernas. Ainda parecia surreal.

Quando Hazel retornou, estendi a mão para ela, conduzindo-a para a cama. Ela apoiou a cabeça em meu peito ao começar a explicar tudo.

— Perdi o voo. Peguei um trânsito terrível por causa de uma obra na estrada. Então, mesmo saindo de casa para o aeroporto várias horas adiantada, não consegui chegar a tempo. E o único voo que eu poderia pegar para chegar aqui em uma hora razoável era um que pousou em um aeroporto a algumas centenas de quilômetros de distância.

Arregalei os olhos.

— Você dirigiu durante uma parte do caminho? Por que não me disse? Eu teria saído mais cedo para te encontrar.

Ela suspirou.

— Bom, para começar, meu celular descarregou no avião.

— Merda.

— Assim que desembarquei e aluguei um carro, dirigi até um posto de gasolina para conseguir um carregador, mas, depois que saí de lá, um pneu furou antes que meu celular carregasse.

Merda.

— Oh, amor. Eu sinto muito. — Beijei sua cabeça.

Com os olhos marejando novamente, ela continuou:

— Eu não queria ficar esperando na beira da estrada. Como não estava muito longe do posto, voltei para lá com o pneu furado mesmo. Enquanto ele estava sendo trocado, essa gatinha de rua muito fofa apareceu do nada. O mecânico disse que a mãe havia abandonado uma ninhada. Ela estava se enrolando nas minhas pernas e isso ajudou a me acalmar, porque, àquela altura, eu estava surtando. — Ela enxugou os olhos. — Não pude deixá-la para trás. Então, coloquei-a no carro e saí de lá.

— E dirigiu direto para cá?

Ela balançou a cabeça.

— Não foi exatamente isso que aconteceu. Após dirigir por uns vinte minutos, percebi que estava sem o meu celular. Imaginei que o havia deixado no posto de gasolina quando meu pneu estava sendo trocado.

Estremeci.

— Hazel, essa história é mais louca do que os últimos três meses juntos.

— E fica ainda melhor. — Ela fungou e riu um pouco. — Não consegui encontrar meu celular no posto, então vim até aqui sem celular.

— Meu Deus.

— Mas, quando fui pegar minha bagagem do porta-malas ao chegar aqui, lá estava meu celular. Eu devo tê-lo deixado cair lá quando estava procurando o pneu reserva no posto de gasolina.

Assim que ela disse isso, me dei conta de uma coisa bizarra.

— Puta merda.

Porta-malas.

— O que foi?

— Eu cheguei aqui ontem. Uma das coisas que fiz foi visitar aquela vidente, Zara. Ela me disse algo que não fez sentido algum, até agora.

— O quê?

— Ela me disse que a maçã pela qual eu procuraria estava no porta-malas do carro. Pensei que se referia a uma maçã de verdade, a fruta. Mas agora percebi que ela estava vendo o celular da *Apple* que estava no seu porta-malas.

Ela deu risada.

— Acho que foi a mesma associação que ela fez quando falou em avelãs referindo-se a mim.

— Que loucura.

— O que mais ela disse?

Cocei a cabeça, tentando me lembrar.

— Alguma coisa sobre um touro... como o desenho que representa o signo de touro. Você não parou em algum bar country a caminho daqui e subiu em um touro mecânico, não é?

Seus olhos se moveram de um lado a outro enquanto ela ponderava.

— Você disse touro? O carro que aluguei é um *Taurus*.

Não pude evitar minha risada.

— Bem, mistério resolvido.

A gatinha pulou na cama aos nossos pés.

Coloquei a mão na bochecha de Hazel e fitei seus olhos.

— Não acredito que você está aqui.

Ela suspirou profundamente.

— Levei um tempo para chegar aonde estou agora, tanto literal quanto figurativamente. Mesmo que, em meu coração, eu soubesse que você não tinha escondido aquela informação de mim com más intenções, me magoou muito.

Suas palavras deixaram meu peito apertado.

— Eu sei. O que fiz foi egoísta. Mas preciso que você saiba que eu sempre planejei te contar. Se você escolhesse ficar com Brady, eu não teria deixado você tomar essa decisão sem confessar o que sabia. Mas eu só... — Fiz uma pausa para organizar meus pensamentos. — Eu precisava saber que você me escolheria porque me amava, não porque foi traída por ele.

Seus olhos suavizaram.

— Eu teria escolhido você de qualquer maneira. A escolha foi feita no instante em que pousei os olhos em você naquele bar em Nova York, quando vi a mágoa no seu olhar e me dei conta de que eu era tão importante para você quanto você era para mim. E a cada momento em que estivemos juntos desde então, meu amor por você só aumentou. Eu te amo tanto, Matteo Duncan.

Puxando-a para mais perto, falei contra a curva de seu pescoço.

— Nunca mais vou te deixar escapar.

— Que bom. Porque não pretendo voltar para Connecticut.

Afastei-me para olhá-la.

— O quê?

Ela mordeu o lábio.

— Se você concordar, quero ir para Seattle com você.

— E o seu trabalho?

Hazel deu de ombros.

— Nunca amei fotografia escolar. Quero seguir o que amo. Que, no caso, é você. Encontrarei trabalhos freelancers. Desde nossa viagem de carro, eu vinha tentando descobrir como construir a vida que verdadeiramente quero, e ficar presa a um negócio era um impedimento. Já fazia um tempo que eu pensava em vendê-lo. Felicity e seu marido o compraram de muito bom grado. Ela ficou bem animada.

Uau. Isso parecia um sonho.

— E a coelha Abbott? — perguntei.

Hazel baixou o olhar e seus lábios começaram a tremer.

— Abbott... morreu.

Oh, não.

Meu estômago afundou.

— O quê?

— Acham que ela teve um ataque cardíaco. Disseram que, às vezes, um barulho alto pode matar um coelho de susto. Um dia, cheguei em casa e... encontrei-a deitada no chão. Ainda não sei o que aconteceu. — Ela começou a chorar.

Meu coração se partiu por ela.

— Quando foi isso?

— Algumas semanas atrás — ela respondeu, enxugando os olhos.

— Meu amor, eu sinto muito por não estar ao seu lado quando isso aconteceu.

Ela fungou.

— Obrigada. Isso fez com que as últimas semanas longe de você fossem ainda mais difíceis. Mas a morte de Abbott solidificou minha decisão de abrir mão da minha vida em Connecticut. A vida é curta demais para ser desperdiçada com pessoas ou coisas pelas quais você não tem paixão. E, nesse momento... minha paixão é você.

— Porra, mulher. Já estou de pau duro de novo. Quem sou eu para te afastar da sua paixão? — Dei um beijo longo e intenso em sua boca antes de soltá-la.

Seus lábios estavam inchados quando ela perguntou:

— Você acha que terá espaço para mim e Nola?

— Nola? — Olhei para a pequena gata cinza. — É esse o nome dela?

— Sim. Decidi que, se chegássemos vivas, eu a chamaria de Nola. — Ela sorriu. — Uma das razões que me fizeram trazê-la foi por pensar que um novo gato poderia distrair Bach um pouco. Sabe, já que vou pegar o único companheiro que ele tem, ou pelo menos, grande parte da sua atenção. Ele já me odeia. Talvez ela seja uma boa distração para ele.

Puta merda.

O outro aviso de Zara passou a fazer sentido.

Seu bichinho não quer uma nova amiga.

— Não sei se Bach vai ficar muito feliz.

— Por quê?

Não tive coragem de contar a ela sobre a previsão de Zara.

— Não se preocupe. Vamos dar um jeito. Tudo vai ficar bem. — Sorri.

EPÍLOGO

Hazel

Dez meses depois

Matteo e eu pretendíamos fazer uma celebração de Natal adiantada em Seattle antes de viajarmos para Vail para passarmos as festas de fim de ano com seus pais.

Para duas pessoas que amavam aventuras, estávamos vivendo uma vida bem sossegada nos últimos meses. No entanto, tínhamos um pote cheio de pedaços de papel dobrados com diferentes viagens que queríamos fazer escritas em cada um, e nos comprometemos a nunca perder o espírito aventureiro que havia dado início à nossa jornada. Às vezes, tirávamos um papel aleatoriamente do pote e viajávamos por um fim de semana, quando as finanças permitiam. Mas, sinceramente, amávamos nossos tempos sossegados tanto quanto as aventuras, fosse indo a cafeterias locais ou brincando com nossos gatos. Quando se está com a pessoa certa, todos os dias são uma aventura. Não precisávamos estar sempre viajando pelo país para nos sentirmos realizados. O simples fato de estarmos juntos — fosse indo a cafeterias locais ou brincando com nossos gatos — nos fazia feliz.

Éramos abençoados por termos nos encontrado. Apesar do começo complicado do meu relacionamento com Matteo, eu sabia, lá no fundo, que meu tempo com Brady existira para que eu pudesse conhecer seu amigo. Talvez isso fosse bizarro, mas era a verdade.

Decidimos ficar em Seattle por causa do trabalho de professor de Matteo. Por mais que eu sempre tivesse dito que fotografia escolar não era minha paixão, acabei assinando um contrato com um distrito escolar local. Só que eu não fazia somente fotos escolares. Eu havia aberto o leque, fazendo mais ensaios de casamento, eventos de família e retratos, além de também alguns eventos musicais locais. Diversificar os serviços que eu oferecia me deu mais flexibilidade. Eu podia fazer meus próprios horários, e se tivesse que tirar duas semanas de folga para viajar para Vail com o meu namorado, era livre para isso.

Matteo e eu nos mudamos de seu estúdio e encontramos um apartamento de dois quartos não muito longe de seu antigo prédio. Com nossas rendas, ainda tínhamos condições de morar na cidade. Eu não sentia a mínima falta de Connecticut. Não havia encontrado a mim mesma até encontrar o meu verdadeiro amor. Com Matteo, eu não ansiava por mais nada além de estar com ele; não precisava de total estabilidade *ou* somente aventuras insanas. Precisava apenas dele. Ele me ajudou a perceber que a verdadeira felicidade é encontrada quando seguimos nossos corações. E *ele* era o meu coração.

Matteo se aproximou enquanto eu estava sonhando acordada e acariciando Nola na sala de estar.

— No que está pensando? — ele perguntou.

— No quanto esse Natal está sendo melhor do que o do ano passado. Parece muito apropriado o fato de que iremos para Vail em breve. Como se tivéssemos completado o círculo.

Ele se sentou ao meu lado no sofá e beijou minha testa.

— Mal posso esperar para te levar para esquiar novamente.

— É, talvez eu possa subir de nível e não ter que ficar nas montanhas para iniciantes se treinar mais de um dia.

Ele piscou para mim.

— Farei isso acontecer.

Massageei seu joelho.

— Meu instrutor gostoso.

— Eu estava pensando que talvez devêssemos reservar uma noite no hotel onde nos conhecemos — ele disse. — Sabe... podemos nos cansar de ficar na casa dos meus pais por duas semanas.

— Eu adoraria. Vai ser como nos velhos tempos.

Ele beijou meu pescoço.

— Só que, dessa vez, ao invés de ficar sonhando em dormir com você enquanto estou no quarto ao lado, poderei ter você só para mim.

Agarrei sua camisa.

— E ao invés de ficar comendo o seu corpo sem camisa com os olhos, poderei tê-lo para mim o quanto quiser.

Ele se aproximou e falou contra meus lábios:

— O que você acha que teria acontecido se nós dois não tivéssemos escolhido aquele hotel? Onde estaríamos, agora?

Suspirei.

— Odeio dizer isso, mas acho que eu estaria casada com Brady. Eu nunca saberia que ele tinha me traído. Estaria entediada e insatisfeita em Connecticut. E nunca teria me dado conta do quanto a vida pode ser incrível.

Matteo assentiu.

— Acho que eu ainda estaria no mesmo desânimo em que estava antes de nos conhecermos. Se bem que eu provavelmente te conheceria em Nova York e me perguntaria como Brady teve tanta sorte. Pensar em você com ele agora me faz querer vomitar.

Não falávamos muito sobre Brady. Mas, quando o fazíamos, dava para ver que Matteo ficava um pouco triste.

— Você... sente falta dele, em algum momento? — perguntei.

Nola se mexeu entre nós e ronronou. Matteo ponderou aquilo por um instante.

— Sinto falta do que tínhamos antes de eu saber que ele era um traidor. Não acho que ele seja má pessoa, mas com certeza não merecia você. Tive que perder a amizade dele para poder ter você na minha vida, então não me arrependo de nada.

— Eu também não. Sabendo o que sei agora, nem lamento mais por ele. — Encarei o vazio enquanto acariciava a barriguinha de Nola. — Mas sinto falta da mãe dele. Nós éramos bem próximas. Escrevi uma longa carta para ela antes de me mudar para Seattle. Nunca recebi resposta. Isso me deixou triste. Mas ele é filho dela. Sua lealdade sempre estará com ele.

Matteo apoiou a cabeça em meu ombro.

— Já te agradeci por abrir mão da sua vida antiga por mim?

— Está brincando? Eu não estava realmente vivendo, naquele tempo.

O timer do forno disparou, nos fazendo levantar do sofá. Eu tinha feito uma lasanha para o nosso jantar de Natal.

Um tempo depois, sentamos juntos na pequena cozinha, curtindo a companhia um do outro enquanto os gatos rodeavam debaixo da mesa, esperando as sobras. Felizmente, após um começo complicado, Bach e Nola passaram a se dar bem, na maior parte do tempo. Eles tinham uma rotina noturna de brincar de brigar. É claro que tivemos que procurar outra pessoa que não fosse Carina para ficar com nossos animais de estimação sempre que viajávamos, porque pode apostar que arranquei aquela merda pela raiz rapidinho. Chega de ex-ficantes atraentes cuidando dos gatos de Matteo. Agora tínhamos um vizinho muito legal, Elias, que concordou em vigiar Bach e Nola sempre que estávamos fora.

Após o jantar, Matteo se levantou da mesa e estendeu a mão para que eu a segurasse.

— Está pronta para trocarmos presentes?

Eu estava nervosa, mas animada para dar a Matteo seu presente. Não era nada do que ele estava esperando.

Segui meu namorado até onde ele vinha guardando meu presente.

— Então, finalmente verei o que você vinha escondendo no quarto de hóspedes?

Matteo me dissera que meu presente era grande demais para esconder em um armário. Então, ele me proibira de entrar no quarto de hóspedes durante as última semanas. Fiquei tentada a bisbilhotar, mas consegui não ceder à curiosidade. Eu suspeitava de que podia ser a esteira sobre a qual falei algumas vezes.

Mas, ao invés disso, o que meus olhos encontraram quando ele abriu a porta foi o melhor e mais emocionante presente que ele poderia me dar.

— Quando? — Balancei a cabeça, incrédula. — Como você conseguiu montar isso?

— Não foi muito fácil. Fiquei vindo escondido para ir montando sempre que você tinha algum trabalho fora e eu não estivesse trabalhando. Outro dia, quando você foi ao mercado para comprar seu chá, aproveitei quinze minutinhos para vir aqui.

Era uma casa de bonecas vitoriana, como a que eu sempre quis quando era criança. Eu havia contado a Matteo, quando nos conhecemos, que, uma vez, Brady me comprara um kit, mas não construíra para mim. Nunca imaginaria que ele se lembraria.

Meu queixo caiu.

— Não acredito nisso. É incrível.

A casa de bonecas tinha três andares, e era toda azul por fora, com alguns detalhes em cor-de-rosa. Era basicamente uma mansão para bonecas. Ao olhar mais de perto, percebi que era muito mais do que somente uma casa de bonecas comum, não apenas pelo tamanho. Ela era toda personalizada.

— O animal na parede!

Ele deu risada.

— É um guaxinim empalhado, uma ode ao nosso tempo na Wyatt Manor.

Balancei a cabeça.

— Não acredito em todos os detalhes em que você pensou.

— Dê uma olhada na toalha de mesa da cozinha.

Cobri minha boca.

— Ai, meu Deus!

A estampa era de abacaxis, em homenagem à festa de sexo que fomos em Santa Fé.

Ele havia transformado nossas aventuras em um lar. Era como uma metáfora a toda a minha experiência com ele.

Era uma festa para os olhos: mobília em miniatura com linho de verdade, tapetes, luzes. Mas onde estavam as pessoas?

Então, vi o quarto do andar de cima, e lá estavam eles. O bonequinho com cabelos castanhos estava de joelhos diante da bonequinha, uma ruiva usando botas de estilo bem sulista. As mãos do bonequinho estavam estendidas, e havia uma caixinha nelas.

Meu coração acelerou quando percebi que o homem estava fazendo um pedido de casamento.

Quando virei-me para Matteo, ele já estava com um joelho no chão e uma caixinha nas mãos.

Fiquei boquiaberta.

— Hazel, nos conhecemos há menos de dois anos, mas não consigo me lembrar da minha vida sem você. Você é minha parceira de aventuras, melhor amiga, amante e alma gêmea. Quero passar o resto da minha vida com você. Quer casar comigo?

Ele não fazia ideia da importância de estar fazendo aquilo logo *naquela noite*.

Sem saber direito o que dizer, enxuguei lágrimas dos olhos.

— Eu te amo tanto. Eu preferiria morrer a viver sem você, a essa altura. É claro que quero me casar com você.

Eu não tinha olhado para o anel, até então. Era um diamante solitário redondo maravilhoso. Matteo o colocou em meu dedo o mais rápido possível e, então, tudo pareceu mágico, assim como toda a minha experiência com ele desde o instante em que nos conhecemos.

Matteo me ergueu e me girou.

Quando me colocou de volta no chão, eu disse:

— Estou muito ansiosa para dar o seu presente. Volto já.

Com o coração acelerado, corri até nosso quarto para pegar a sacola com o presente.

Voltei para o quarto de hóspedes e entreguei a ele.

Ele retirou o papel de presente e franziu a testa. Então, ergueu dois pijamas estilo macacão com estampa xadrez *buffalo* vermelho e preto, um para mim e outro para ele. O seu dizia *Sr. Hooker* e o meu dizia *Sra. Hooker.*

Limpando a garganta, eu disse:

— Eu não tinha certeza se pedia mesmo com *Sr. e Sra*. Não queria que você achasse que eu estava sendo presunçosa. Era para ser uma brincadeira. Mas, depois desta noite, combina totalmente, não é? E a estampa xadrez *buffalo* é bem natalina, também.

— Com certeza! Como sabia que eu sempre quis um desses? — Ele me deu uma piscadela. — Devemos vestir agora? Porque eu topo. Se bem que vai ser difícil de tirá-lo facilmente quando eu precisar de você nua. — Ele fez uma pausa. — Espere. Xadrez *buffalo*? Búfalo. Será que Zara não estava se referindo ao seu carro, em Louisiana? Talvez ela estivesse falando desse búfalo aqui. Ou será que era um touro...

— Isso não me passou pela cabeça. Não tenho certeza.

Minhas palmas estavam suando. Ele não tinha visto o que mais tinha na sacola. O objetivo disso estava passando despercebido.

— Tem mais uma coisa aí dentro — eu disse finalmente.

— É mesmo? — Ele enfiou a mão na sacola. — Ah, é, você tem razão.

Matteo pegou um terceiro pijama estilo macacão com estampa xadrez. Ele desdobrou a peça e a segurou aberta para ler as palavras da parte da frente: *Bebê Hooker.*

Ele abriu um sorriso de orelha a orelha.

— Maneiro! Nosso futuro bebê vai poder usar isso, um dia.

Ele não estava entendendo.

Mordi meu lábio, sentindo meu coração martelar no peito.

— Bom, se o futuro for daqui a oito meses...

Ele levou alguns segundos para processar.

— Espere, o quê? Você... você está grávida? — Ele balançou a cabeça em descrença. — Como?

— Cúrcuma. — Dei uma risada nervosa.

— Hã?

— Cúrcuma. Comecei a tomar suplementos à base de cúrcuma depois de ouvir falar que tinha muitos benefícios para a saúde. Não sabia que um desses *benefícios* era interferir na eficiência do anticoncepcional.

Ele piscou várias vezes.

— Porra, eu amo cúrcuma! Vou colocar essa merda em tudo agora! — Ainda segurando o pijaminha, ele me abraçou.

— Você está feliz com isso?

Ele me apertou um pouco mais.

— Claro que estou. Esse é o melhor presente de Natal que você poderia me dar.

— Tive medo de ser cedo demais.

— É o momento perfeito. — Uma empolgação adorável brilhou em seus olhos. — Espere aqui. Tenho que pegar uma coisa.

Matteo foi até o armário e tirou uma caixa da prateleira de cima. Ele a abriu e tirou algo de dentro.

— Eu tinha guardado isso. Mas acho que o momento certo para pegá-lo é agora.

Ele ergueu uma miniatura de bebê e foi até a casa de bonecas. Estendendo a mão no quarto do segundo andar, ele retirou a pequena caixa das mãos do homem e ajustou as pernas do boneco para que ele ficasse de pé diante da mulher. Em seguida, posicionou os braços dos dois bonecos e colocou o bebê entre eles. Foi um dos momentos mais lindos da minha vida.

Matteo ajoelhou-se e pousou sua bochecha em minha barriga.

— Ei, garotinho ou garotinha. É o seu papai. — Ele olhou para mim.

Sorri para ele, vendo lágrimas surgirem em seus olhos. Era raro vê-lo chorar, e, naquele momento, eu também estava chorando.

Ele continuou falando com o nosso bebê.

— Pensei que a mecha de cabelo da sua mãe naquele saquinho plástico fosse minha lembrancinha favorita daquele nosso tempo juntos. Mas, não. Você, pequeno, sempre será minha lembrança favorita.

AGRADECIMENTOS

Somos eternamente gratas a todos os blogueiros que divulgam nossos livros com muito entusiasmo e persistem mesmo quando se torna cada vez mais difícil ser visto nas redes sociais. Esse tem sido um ano desafiador para todos nós: blogueiros, leitores e escritores. Obrigada, mais do que nunca, por todo o trabalho árduo contínuo que fazem e por ajudar a nos apresentar aos leitores que, de outra forma, talvez nunca ouvissem falar de nós.

Para Julie. Temos muita sorte por termos sua amizade, apoio diário e incentivo. Obrigada por estar sempre a uma mensagem de distância.

Para Luna. Nossa mão direita. Agradecemos muito por sua amizade e ajuda e estamos muito orgulhosas de tudo o que você realizou este ano.

Para nossa agente, Kimberly Brower. Temos muita sorte em chamá-la de amiga, além de agente. Somos muito gratas por você estar sempre conosco a cada passo do caminho nesta aventura literária.

Para Jessica. É sempre um prazer trabalhar com você como nossa revisora. Obrigada por garantir que Hazel e Matteo ficassem prontos para o mundo.

Para Elaine. Uma editora, revisora, diagramadora e amiga incrível. Nós amamos muito você!

Para Sommer. Obrigada por dar vida ao Matteo na capa. Você acertou em cheio. Esta é a nossa capa favorita de todos os tempos dentre todos os livros que escrevemos juntas!

Para Brooke. Obrigada por organizar este lançamento e por tirar um pouco da carga de nossas intermináveis listas de tarefas todos os dias.

Por último, mas não menos importante, aos nossos leitores. Continuamos escrevendo devido à avidez de vocês por nossas histórias. Adoramos surpreendê-los e esperamos que tenham gostado deste livro tanto quanto nós gostamos de escrevê-lo. Obrigada, como sempre, pelo entusiasmo, amor e lealdade. Adoramos vocês!

Com muito amor,
Penelope e Vi

MINHA LEMBRANÇA FAVORITA   403

Editora Charme

Entre em nosso site e viaje no nosso mundo literário.
Lá você vai encontrar todos os nossos
títulos, autores, lançamentos e novidades.
Acesse www.editoracharme.com.br

Você pode adquirir os nossos livros na loja virtual:
loja.editoracharme.com.br

Além do site, você pode nos encontrar em nossas redes sociais.

 https://www.facebook.com/editoracharme

 https://twitter.com/editoracharme

 http://instagram.com/editoracharme

 @editoracharme